COZY MYSTERY

MUERTE ENTRE MUFFINS DE ARÁNDANOS

ALMA

Título original: *Blueberry Muffin Murder*

Primera edición: Kensington Publishing Corp.
Publicado de acuerdo con Sandra Bruna Agencia Literaria, S.L.

www.editorialalma.com

@almaeditorial

Diseño de la colección: lookatcia.com
Diseño de cubierta: lookatcia.com
Maquetación y revisión: LocTeam, S. L.

ISBN: 978-84-10206-29-8
Depósito legal: B-16955-2024

Impreso en España
Printed in Spain

El papel de este libro proviene de bosques gestionados de manera sostenible.

El papel Munken Print Cream utilizado en el interior de esta publicación está certificado Cradle to Cradle™ en el nivel bronce.

COZY MYSTERY

JOANNE FLUKE

MUERTE ENTRE MUFFINS DE ARÁNDANOS

Una novela de misterio de Hannah Swensen

ALMA

ÍNDICE DE RECETAS

Este libro es para nuestra Billie,
la novia de Moishe.

CAPÍTULO UNO

Hannah Swensen se despertó con una extraña sensación. Tenía el cuerpo caliente, pero sentía la nariz como si fuera un carámbano. Se sentó en la cama, extendió el brazo para encender la luz y se quedó mirando las bocanadas de vaho que su aliento dejaba en el aire. No era de extrañar que tuviera la nariz tan fría. La caldera se había vuelto a estropear y Lake Eden, en Minnesota, estaba en plena ola de frío en febrero.

—¿Moishe? ¿Dónde estás? —Hannah echó un vistazo al dormitorio, pero su compañero de piso felino no estaba en ninguno de sus lugares habituales. No veía ningún gato naranja y blanco acurrucado en las profundidades acolchadas del cesto de la ropa sucia; la parte superior de la cómoda solo tenía la habitual pila de libros, y el alféizar de la ventana con vistas al comedero de pájaros estaba vacío. Sin embargo, había un bulto de tamaño considerable en medio de la cama. Hannah se quedó observándolo un momento. Era demasiado pequeño para ser una de las almohadas y demasiado grande para tratarse de un calcetín desparejado.

Levantó las sábanas y encontró a su gato hecho un ovillo en medio de la cama, absorbiendo todo el calor de la manta eléctrica.

—¿Qué haces ahí debajo? —preguntó Hannah, mirando sorprendida a su ferozmente independiente gato. Moishe rara vez se acurrucaba junto a ella durante más de unos minutos y nunca se había metido en la cama. El frío debía de haberle obligado a meterse bajo el edredón y la manta. Y eso que iba equipado con un abrigo de piel de serie.

El despertador empezó a sonar con su infernal pitido electrónico. Era hora de levantarse, pero lo único que Hannah deseaba era volver a meterse bajo las sábanas. Suspiró y, a regañadientes, descolgó las piernas por el borde de la cama para buscar a tientas las zapatillas con los dedos de los pies. Encontró una enseguida e introdujo el pie izquierdo mientras intentaba encontrar la pareja. Tardó un poco porque estaba escondida a los pies de la cama. Cuando al fin consiguió meter el pie dentro, le castañeaban los dientes como un tambor redoblando.

El hambre debió de imponerse a la comodidad en la mente de Moishe, porque corrió tras ella por el pasillo y entró en la cocina. Hannah encendió la luz y suspiró aliviada al ver que el temporizador de la cafetera había funcionado correctamente. Se sirvió una taza de café bien cargado, la agarró con las dos manos y dio un sorbo hirviente. No había nada mejor que un café muy caliente en una mañana muy fría. Luego llenó de pienso el cuenco de Moishe y llevó su café y el desayuno del gato al salón.

La chimenea cobró vida cuando Hannah pulsó el interruptor de la pared y Moishe se acomodó frente al fuego para desayunar. Hannah se sentó en una silla, apoyó los pies en el hogar que albergaba los utensilios de chimenea que no necesitaba y dio las gracias por las maravillas de su estufa de gas. En realidad habría preferido una chimenea de verdad que quemara maderas aromáticas como el cedro y el pino, pero esto era mucho más cómodo. No tenía que subir la leña hasta su apartamento en el segundo piso, ni barrer las cenizas y bajarlas en un cubo metálico hasta el contenedor del garaje. Su chimenea no daba problemas y el calor era instantáneo. Clic, se encendía. Clic, se apagaba.

Mientras estaba allí sentada, tostándose los pies y esperando a que la cafeína le hiciera efecto, Hannah oyó un estruendo lejano procedente de las profundidades del sótano. Alguien debía de estar trabajando en la caldera. ¿Qué madrugador podía haber avisado al personal de mantenimiento tan pronto?

Hannah reflexionó mientras sorbía el café. Cada edificio de apartamentos tenía su propia caldera. En su bloque había cuatro viviendas: dos en la planta baja y dos en el segundo piso. Era poco probable que la señora Canfield, propietaria de una de las viviendas de la planta baja, hubiese detectado algún problema. Una vez le dijo a Hannah que nunca se acostaba más tarde de las diez, y la caldera hasta esa hora había funcionado bien. Clara y Marguerite Hollenbeck, las dos hermanas solteras dueñas del piso de arriba, estaban de viaje. Se habían pasado por la tienda de galletas de Hannah el lunes para decirle que iban a una conferencia de catequistas en el Bethany Lutheran College. Los Plotnik vivían justo debajo de Hannah y eran los candidatos más probables. Phil y Sue tenían un bebé de cuatro meses que, de vez en cuando, pedía biberón en mitad de la noche.

Se oyó un chirrido en el sótano y Moishe se sobresaltó y levantó la cabeza del cuenco. Al chirrido le siguieron una serie de golpes y Hannah notó una ráfaga de aire caliente que salía de las rejillas de la calefacción. La caldera volvía a funcionar. Al menos no tendría que preocuparse de dejar el gas encendido para Moishe ni de meter la Coca-Cola *light* en la nevera para que las latas no se congelaran y reventasen.

—Tengo que prepararme para ir a trabajar, Moishe. —Hannah le dio una palmadita, se terminó el café y apagó la chimenea.

Después de llevarle el cuenco a la cocina y darle agua fresca, se dirigió a la ducha. Iba a ser un día ajetreado y tenía muchas galletas que hornear. Como propietaria de The Cookie Jar, la cafetería y pastelería de la ciudad, había sido contratada para suministrar las galletas para el Festival de Invie9rno de Lake Eden.

Mientras abría el grifo, regulaba la temperatura y se metía en la ducha, pensaba en los planes del alcalde Bascomb y su comité del Festival de Invierno. Si tenían éxito, el festival daría nueva vida a Lake Eden en una época del año en la que todo el mundo necesitaba un poco de ánimo. En su pequeña ciudad de Minnesota no había muchos negocios de invierno y la promesa de que llegaran visitantes con dinero para gastar tenía a todo el mundo entusiasmado.

Lake Eden es un destino turístico muy popular durante los meses estivales, cuando la ciudad se llena de veraneantes. Todos los años, el día en que se abre la temporada de pesca, un largo desfile de pescadores remolcando barcas atraviesa la ciudad para probar suerte en el lago que está justo dentro de los límites del pueblo. En verano, las aguas azul cielo están salpicadas de barquitas desde el amanecer hasta el anochecer, y de sus profundidades se extrae un número récord de luciopercas amarillas.

La buena pesca no es lo único que ofrece el lago Eden. También es un conocido lugar de turismo familiar, con sus pintorescas orillas y playas de arena. Los alquileres de cabañas están muy solicitados en verano, y los afortunados propietarios utilizan los beneficios para pagar sus hipotecas y reforzar sus ahorros de cara a los meses de invierno.

Cuando termina la temporada estival, justo después del Día del Trabajo, los turistas y los veraneantes abandonan la ciudad.

Los restaurantes con vistas al lago quitan las parrillas, la tienda de cebos y aparejos tapa el escaparate y el embarcadero se cierra con cadenas durante el invierno. Cuando las hojas de los árboles empiezan a mostrar sus colores otoñales, solo quedan los residentes de todo el año.

A Hannah le gusta el otoño. Las noches son frescas, con indicios de nieve, y la escarcha cubre los bordes de la carretera cuando se dirige al trabajo. El invierno, al principio, tampoco está mal. La nieve es blanca e inmaculada, el aire limpio y frío le hace cosquillas en la nariz y los clientes habituales de The Cookie Jar están de buen humor y haciendo planes navideños.

Cuando pasan las Navidades y el Año Nuevo, la historia cambia. Las facturas de la calefacción se disparan y se vuelven astronómicas, y el negocio se ralentiza hasta convertirse en un goteo. Hay una breve oleada de actividad por San Valentín, pero cuando las cajas de bombones con forma de corazón no son más que un agradable recuerdo, el invierno parece alargarse interminablemente sin flores primaverales a la vista.

Finales de febrero es la época más triste del año en Lake Eden. El sol débil y anémico apenas asoma por el cielo encapotado y las ramas de los árboles parecen negras y descarnadas contra un horizonte que a veces no se distingue de los albos bancos de nieve. Resulta difícil mantener el buen humor cuando cada día es exactamente igual al anterior, y el estado de ánimo decaído es una constante. Para combatir este mal anual, el alcalde Bascomb ha programado el primer Festival de Invierno de Lake Eden para la tercera semana de febrero.

Pero, ojo, no hay que confundirlo con el Festival de Invierno de St. Paul, con su gigantesco palacio de hielo y cientos de miles de visitantes. Hannah lo considera un cruce entre una feria del condado y unos mini-Juegos Olímpicos de Invierno. Habrá esquí nórdico, competiciones de motos de nieve, exhibiciones de patinaje de velocidad, carreras de trineos tirados por perros y pesca en hielo en el lago Eden. También habrá concursos infantiles en el parque, como el del mejor muñeco de nieve hecho en familia, el del mejor ángel de nieve y muchos otros que los más pequeños podrán disfrutar.

El auditorio del Instituto Jordan ha sido designado como centro de bienvenida, y todos los clubes y sociedades de Lake Eden se han afanado en montar exposiciones y tenderetes. Los visitantes del Festival de Invierno dejarán los coches en el aparcamiento del colegio, y cada treinta minutos saldrán trineos lanzadera desde el instituto para transportar a la gente a los distintos lugares de las actividades.

Hannah se aclaró el pelo por última vez y salió de la ducha para secárselo con una toalla. Fuera del vaporoso baño el aire era gélido, y estuvo tiritando mientras se ponía a toda velocidad unos vaqueros y la sudadera oficial del Festival de Invierno de Lake Eden. Era de color azul brillante con una ráfaga de copos de nieve blancos que formaban letras mayúsculas en la parte delantera. La leyenda rezaba «LAKE EDEN», porque «FESTIVAL DE INVIERNO DE LAKE EDEN» superaba el máximo de diez letras que establecía el fabricante.

Moishe se reunió con ella en el dormitorio y la observó mientras se ponía unos calcetines calientes y se calzaba unas botas altas de piel de alce con suela de goma. Luego la siguió por el pasillo hasta la cocina, intentando engancharle los cordones de las botas.

Hannah rellenó el cuenco de comida de Moishe antes de que tuviera tiempo de maullar para pedir más, se sirvió otra taza de café y se sentó a organizar su día en la vieja mesa de formica que había rescatado de la tienda de segunda mano Helping Hands. Pero antes de que pudiera pasar a una página en blanco en el bloc de notas que tenía junto al salero y el pimentero sonó el teléfono.

—Madre —dijo Hannah con un suspiro, y Moishe se detuvo a medio mordisco para lanzar una mirada torva al teléfono. No le gustaba Delores Swensen, y la madre de Hannah tenía seis pares de medias rotas como prueba. Hannah se levantó para coger el teléfono de pared y volvió a sentarse. Su madre no era conocida por su brevedad, precisamente—. Buenos días, madre.

—No deberías contestar así, Hannah. ¿Y si hubiera sido otra persona?

Hannah recordó fugazmente las clases de lógica que había tomado en la universidad. Era imposible que fuera otra persona. Decidió no discutírselo, ya que si lo hacía solo prolongaría la conversación, y se conformó con la respuesta estándar.

—Sabía que eras tú, madre. Nadie más me llama a las cinco y media de la mañana. ¿Cómo van los trineos lanzadera?

—Están todos listos para ponerse en marcha, y eso incluye el que ha donado el tío de Al Percy. —Delores soltó una carcajada—. Deberías haberlo visto, Hannah. Estaba tan destrozado que lo único que han podido conservar son los patines y los herrajes. Los del taller de carpintería han tenido que construir una carrocería completamente nueva y ha quedado fabuloso.

—Estupendo —comentó Hannah, y dio otro sorbo a su café. Delores había desempeñado un papel decisivo ayudando al alcalde Bascomb a reunir trineos para que la clase de taller del Instituto Jordan los restaurara. Tenía un don especial para encontrar antigüedades, y no era fácil conseguir trineos viejos en buen estado.

—Encontré una foto en una tarjeta de Navidad y la utilizaron como modelo. Hoy los chicos lo van a tapizar con mantas de pelo blanco y podremos usarlo para el príncipe y la princesa de invierno.

Hannah se lo imaginó. Sonaba perfecto para la realeza del Festival de Invierno.

—¿Cuántos trineos tienen?

—Doce. —Había una nota de orgullo en la voz de Delores—. Y antes de que yo me involucrara el mes pasado solo tenían dos.

—Has hecho un gran trabajo. Seguro que con doce puedes conseguir que te hagan un precio especial para el seguro.

Hubo un silencio, y Hannah oyó a su madre respirar con fuerza.

—¿Seguro? Espero que el Comité del Festival de Invierno haya pensado en eso. Alguien podría caerse y demandar a la ciudad, y...

—Tranquila, madre —la interrumpió Hannah—. Howie Levine está en el comité y es abogado. Estoy segura de que ya habrá pensado en ello.

—¡Eso espero! Llamaré al alcalde hoy para asegurarme. Prometí llamarlo de todos modos para avisarlo cuando estuviera terminada la casa de Ezekiel Jordan.

—¿Está totalmente terminada?

—Lo estará hoy. Solo tengo que colgar las cortinas y poner unos cuadros en el salón.

—Buen trabajo, madre —la felicitó Hannah. Sabía que Delores no había tenido mucho tiempo para poner el proyecto a punto. En su reunión de enero, la Sociedad Histórica de Lake Eden decidió crear una réplica a escala real de la casa del primer alcalde para que el público del Festival de Invierno la visitara, y para ello habían alquilado el edificio de dos plantas contiguo a la tienda de galletas de Hannah. Como Delores era la mayor experta en antigüedades de la ciudad y miembro fundador de la Sociedad

Histórica, se había hecho cargo del proyecto. Carrie Rhodes se había ofrecido voluntaria para ayudarla, y cuando estas dos madres no estaban trabajando activamente en la recreación, estaban ocupadas haciendo planes para casar a Hannah con Norman, el hijo de Carrie.

Reproducir la casa de Ezekiel Jordan había sido una tarea difícil. Como no existían fotografías, Delores y Carrie se habían puesto en contacto con los descendientes del primer alcalde para solicitarles cualquier información que pudieran tener sobre la vivienda de cinco habitaciones. Una tataranieta de la señora Jordan respondió enviando una caja con los efectos personales de su antepasado y un montón de cartas que la esposa del primer alcalde había escrito a su familia, que vivía en el este. En varias de las cartas, Abigail Jordan describía con detalle su casa y sus muebles, y Delores había utilizado sus conocimientos sobre antigüedades para rellenar las lagunas.

—¿Tendrás tiempo de pasarte esta mañana, Hannah? —Delores sonaba algo cauta, y eso era inusual en ella—. Me gustaría que me dieras tu opinión antes de que los demás la vean.

—Claro. Pásate a verme cuando estés lista y me acercaré. Pero tú eres la experta en antigüedades. ¿Por qué necesitas mi opinión?

—Para la cocina —contestó Delores—. Es la única estancia que Abigail Jordan no describió. Habla de repostería en cada una de sus cartas, pero no estoy segura de haber puesto todos los utensilios en los lugares adecuados.

—Lo comprobaré —prometió Hannah, sabiendo muy bien que su madre no había utilizado un tamizador de harina ni un rodillo de amasar en su vida. Los postres de la infancia de Hannah siempre habían salido directamente de los estantes del Red Owl, el supermercado de la ciudad.

—Gracias, querida. Siento cortarte, pero tengo que colgar. Carrie viene a recogerme y quedó en llamarme cuando fuera a salir de casa.

—Vale. Adiós, madre.

Hannah colgó el teléfono y tomó nota mental de decirle a su hermana Andrea que nunca le mencionara a su madre que existe la opción de llamada en espera. La conversación de aquella mañana había sido la más corta de la historia. Tras echar un vistazo al reloj con forma de manzana de la cocina, Hannah enjuagó su taza de café, rellenó por última vez el cuenco de comida de Moishe y le rascó cerca de la base de la cola, gesto que siempre le hacía arquear el lomo y ronronear.

—Tengo que irme, Moishe. Nos vemos esta noche.

En invierno Hannah tenía una rutina que debía cumplir antes de salir de su apartamento. Se enfundó la parka, se subió la cremallera y se caló el gorro azul marino sobre sus ingobernables rizos pelirrojos. Luego fue a la sala de estar para bajar el termostato a veinte grados, encendió la tele para que hiciera compañía a Moishe, cogió su bolso y se puso los guantes forrados de piel. Dio una palmadita más a Moishe, comprobó que llevaba las llaves y salió a la oscura y gélida mañana que aún parecía noche cerrada.

Las luces de seguridad del edificio se encendieron cuando Hannah bajó la escalera exterior. Debido a la latitud septentrional, en invierno los días eran cortos y el sol brillaba menos de ocho horas. La mayoría de los habitantes de Lake Eden iban al trabajo a oscuras y volvían a casa a oscuras, y si trabajaban en un lugar sin ventanas, había días en los que ni siquiera veían el sol.

Hannah parpadeó bajo el resplandor de las bombillas de alto voltaje, diseñadas para garantizar un entorno libre de delitos, y se agarró a la barandilla mientras bajaba los escalones. Cuando llegó al nivel del suelo, otro tramo de escaleras conducía al garaje subterráneo. Hannah estaba a punto de bajarlas cuando oyó una voz masculina ronca detrás de ella.

—Levante las manos y póngase de cara a la pared, señora. Haga exactamente lo que le digo o le vuelo la cabeza.

CAPÍTULO DOS

Hannah no sabía si asustarse o enfadarse mientras levantaba las manos. Nunca se había cometido ningún tipo de delito en su complejo de apartamentos y era lo último que se esperaba. Mike Kingston, inspector jefe de la oficina del *sheriff* del condado de Winnetka, había prometido enseñarle algunos movimientos de defensa personal, pero aún no lo había hecho. Hannah salía con él de vez en cuando y, después de dos ocasiones en las que se había encontrado peligrosamente cerca de ocupar una de las mesas de acero del doctor Knight en la morgue, Mike le había sugerido que aprendiera qué hacer si alguien la amenazaba con lastimarla.

La idea de que la atacaran a pocos metros de su puerta, en un complejo de apartamentos cerrado para impedir la entrada de intrusos, disgustaba a Hannah, pero sabía que no debía correr riesgos innecesarios. Respiró hondo y recitó obedientemente la frase que su padre le había enseñado cuando se fue a la universidad:

—Coge lo que quieras, pero, por favor, no me hagas daño.

—Péguese a la pared y no mueva un músculo. Mantenga las manos en alto donde yo pueda verlas.

Hannah frunció el ceño mientras seguía sus órdenes. La voz le resultaba familiar, pero no conseguía ubicarla. Todavía estaba tratando de identificarla cuando una bola de nieve cayó inofensivamente sobre su cabeza, dejando calado su gorro de punto.

—¡Te pillé!

En el momento en que el hombre se rio, su voz se emparejó con una cara pecosa en la mente de Hannah, que se dio la vuelta enfurecida.

—¡Greg Canfield! Serás descerebrado...

—Lo siento, Hannah —la interrumpió Greg—. Te vi caminando hacia tu camioneta y no pude resistirme. ¿Estás enfadada conmigo?

—Debería estarlo. Me has dado un susto de muerte.

Hannah le dedicó una sonrisa de mala gana. Cuando estaban en tercero de primaria, Greg Canfield la acechó un día para lanzarle bolas de nieve cuando volvía del colegio. Como Hannah no era de las que se quedaban de brazos cruzados, se defendió. A pesar de las advertencias de sus madres, la batalla de bolas de nieve duró todo el invierno. Cuando empezaron cuarto, Greg y Hannah acordaron una tregua y se hicieron amigos. A Hannah le dio mucha pena cuando, antes de empezar noveno, los padres de Greg se mudaron a Colorado y lo sacaron del colegio.

Durante los años de instituto, Hannah había pensado en él y en lo fácil que habría sido su vida social si hubiera tenido un amigo del sexo opuesto. Incluso se había imaginado que podrían haber sido mucho más que amigos hasta que se enteró de que Greg se había casado con su novia del instituto justo después de graduarse.

—Me alegro de volver a verte, Hannah.

—Lo mismo digo..., creo —respondió Hannah, preguntándose por qué Greg estaba allí. Su abuela, la señora Canfield, era una de sus vecinas de abajo, pero era demasiado temprano para una visita—. No irás a despertar a tu abuela, ¿no?

—Por supuesto que no. —Greg se acercó para quitarle la nieve del gorro—. Mi abuela siempre duerme hasta las nueve.

Hannah estaba confundida.

—Entonces, ¿qué haces aquí fuera tan temprano?

—Me desperté cuando se estropeó la caldera y bajé al sótano a arreglarla. Era sencillo, solo una conexión suelta. No quería que la abuela se despertara con la casa fría.

—¿Vives con ella?

—Es temporal. Tuve que quedarme para resolver algunos asuntos y mi casa se vendió mucho más rápido de lo que esperaba. Nunca llegaste a ir a mi tienda en el centro comercial, ¿verdad?

Hannah sintió una punzada de culpabilidad. Su antiguo compañero de clase había vuelto a la zona hacía poco más de un año. Se había comprado una casa en un pueblo vecino y había abierto una tienda en el centro comercial Tri-County.

—Lo siento, Greg. Tenía intención de pasarme, pero no encontré el momento.

—Deberías haber ido a la liquidación. Tenía unas gangas increíbles.

—Lo sé. Andrea estuvo y me dijo que se lo llevó casi todo. Siento que tuvieras que cerrar la tienda, Greg.

—Cosas que pasan —dijo Greg, encogiéndose de hombros—. De todas formas, tener una tienda no era lo mío. Los horarios eran interminables, y tratar con los proveedores era una pesadilla.

Hannah se sintió un poco incómoda. No sabía qué decirle a alguien que había perdido su negocio.

—¿Y tu mujer? ¿También vive con tu abuela?

—No. Annette se fue a Denver justo después de la venta de la casa. Sus padres viven allí.

Hannah asintió y se preguntó si la esposa de Greg lo habría abandonado. Solo había visto a Annette una vez, y le había dado la impresión de que era muy derrochadora; no había tardado más de tres minutos en informar a Hannah de que había sido compañera de clase de Greg en uno de los colegios privados más prestigiosos de Colorado y de que sus padres vivían en una finca en una exclusiva urbanización de Denver.

De pronto, Hannah se dio cuenta de que Greg la miraba expectante y dijo lo primero que se le ocurrió.

—¿Te quedarás en la ciudad para el Festival de Invierno?

—No me lo perdería. —Greg empezó a sonreír, la misma sonrisa amistosa que Hannah recordaba de su infancia, y la que le habría gustado que le sonriera en la foto del baile de graduación—. Es una gran oportunidad para ver a algunos viejos amigos. Quizá podamos reunirnos todos para cenar en el Hotel Lake Eden.

—Sería estupendo —aceptó Hannah. Los propietarios del hotel, Dick y Sally Laughlin, habían accedido a permanecer abiertos para el público del Festival de Invierno. Entre el concurso de repostería de Harinas Hartland del pasado noviembre y el jaleo de la Navidad, el hotel se había consolidado como negocio de invierno. Sally le había dicho a Hannah que si el festival se convertía en un acontecimiento anual, podrían permanecer abiertos todo el año.

Greg miró su reloj y frunció ligeramente el ceño.

—Pues a ver si nos podemos reunir, Hannah. Me encantaría quedarme aquí charlando, pero me tengo que ir a trabajar.

—¿Trabajas en Lake Eden? —Hannah se sorprendió de que Greg hubiera buscado trabajo tan rápido. Tal vez la liquidación no había ido tan bien.

—Trabajo desde casa de la abuela y me va muy bien. En las últimas tres semanas he ganado más dinero de lo que gané con la tienda.

—¿En serio? —Hannah se alegró por él—. ¿A qué te dedicas?

—Soy bróker *online*. Con solo un ordenador y un módem puedo trabajar en cualquier sitio.

Aunque Hannah no era ninguna experta, sabía algo sobre el comercio de acciones por internet. Dick Laughlin, antiguo corredor de bolsa de Minneapolis, había escrito una serie de artículos sobre el tema para el *Lake Eden Journal*.

—Pero ¿no es muy arriesgado invertir así?

—Solo si no sabes lo que haces. Deberías intentarlo. Podría darte algunos consejos.

—No, no. No me sobra el dinero. Todo lo que tengo está invertido en The Cookie Jar.

—No necesitas mucho capital de riesgo para empezar. Y siempre puedes pedir prestado el dinero y devolverlo cuando las acciones suban.

—¿Es lo que has hecho tú?

—No. Cogí los ingresos de la liquidación de la tienda y puse cada centavo en Redlines. Es un nuevo proveedor de internet que lo está petando. Cuando ayer por la mañana alcanzó su punto máximo, vendí.

—¿Y has ganado mucho?

—He triplicado mi inversión original, y ha sido más que suficiente para pagar a mis acreedores. He puesto el resto de las ganancias en otras acciones en alza, y estaban muy arriba en el cierre de ayer. Tengo un sistema, Hannah. Creo que para cuando me vaya a Denver, estaré cerca del millón.

Las dudas en la mente de Hannah crecían a pasos agigantados. Dick Laughlin había calificado el *day-trading* como una nueva forma de juego y había advertido de las consecuencias de invertir dinero prestado. Greg creía que tenía un sistema y había tenido suerte una vez, pero ¿y si ese sistema fallaba? A Hannah le recordó a los anuncios de la televisión nocturna que anunciaban un método infalible para ganar al *blackjack*. Pensó que si un jugador tuviera realmente un sistema ganador, no necesitaría vender los libros que había escrito sobre él.

—Tengo que irme, Hannah. Quiero estar conectado cuando abra la bolsa en Nueva York. Siento lo de la bola de nieve.

Greg se despidió con la mano mientras se dirigía al edificio y Hannah le devolvió el saludo. Luego bajó las escaleras hasta el aparcamiento subterráneo, sintiéndose algo inquieta. Era tal como Dick lo había escrito en sus artículos. Algunos brókeres ganaban dinero jugando en el mercado, pero había otros que se equivocaban y perdían. Al menos Greg había pagado a sus acreedores y solo se jugaba las ganancias.

Hannah se acercó a la regleta de enchufes que corría a lo largo de la pared del garaje y desenchufó el cable que alimentaba de electricidad el calefactor de la camioneta. Enrolló el cable alrededor del parachoques delantero, abrió la puerta de su Suburban color rojo caramelo con la inscripción «The Cookie Jar» en dorado a ambos lados y se sentó al volante.

El interior de la camioneta estaba helado. Hannah tuvo cuidado de respirar por la nariz para no empañar el parabrisas mientras arrancaba el motor y salía marcha atrás de su plaza de aparcamiento. Subió la rampa hasta el nivel exterior, encendió los faros y tomó la calle serpenteante que salía del complejo. Los neumáticos se deslizaron por la nieve que había caído durante la noche, abriendo paso a los demás residentes que seguirían sus huellas en una o dos horas. El suyo era el único vehículo en movimiento, y todo estaba oscuro y silencioso. Siempre era así en las mañanas de invierno, y Hannah a menudo se sentía como si fuera la única superviviente en un páramo helado.

Al acercarse a Old Lake Road, vio faros y luces azules intermitentes a lo lejos. Su sensación de aislamiento se desvaneció con el rugido de una quitanieves del condado. Hannah condujo a través del banco de nieve compacta y los trozos de hielo que la enorme pala había dejado a su paso, y se desvió hacia Old Lake Road para seguir a la quitanieves hasta el pueblo.

Iba despacio, pero a Hannah no le importaba. Mientras conducía, pensó en el gran trabajo de limpieza de nieve que se realizaba en el estado de Minnesota. Los conductores de quitanieves estaban de guardia durante los meses de invierno y a la primera señal de una fuerte nevada entraban en acción. La mayoría de los estados no empezaba a quitar la nieve hasta que la tormenta había terminado. Para entonces la nieve se había acumulado y era más difícil limpiar.

Cuando llegó a los límites de la ciudad, Hannah se desvió y dejó que la quitanieves siguiera sola. Pisó el acelerador, avanzó unas manzanas más, superando con creces el límite de velocidad, y dio un rodeo hasta el centro comunitario de Lake Eden para ver si el comité del Festival de Invierno había colgado la pancarta publicitaria la noche anterior.

—Qué bonita —comentó Hannah cuando sus faros iluminaron la pancarta azul. Se había encargado a la misma empresa que fabricaba las sudaderas, y el alcalde Bascomb había aportado el dinero extra para superar el límite de diez letras. La pancarta azul, colgada entre dos farolas a ambos lados de la calle, lucía unas brillantes letras blancas en forma de copo de nieve que proclamaban: «Lake Eden le da la bienvenida al Festival de Invierno».

Mientras se preguntaba cuánto dinero extra habría aportado el alcalde de su propio bolsillo, Hannah giró por la calle Cuarta, la manzana donde estaba su tienda de galletas. Aunque ninguno de los negocios vecinos abría hasta las nueve, parecía que todo el mundo había salido temprano. Unas luces amarillas brillaban en el escaparate de cristal de Cut 'n Curl, el salón de belleza de Lake Eden, y Hannah vio a Bertie Straub inclinada sobre el lavacabezas, con las manos metidas en el pelo de una clienta. Bertie siempre cobraba el doble por abrir antes de hora, así que alguien debía de haber pagado muy caro ese lavado.

La barbería New York, junto a Cut 'n Curl, también estaba muy concurrida. Un hombre al que Hannah no pudo reconocer por la cara llena de espuma se afeitaba de buena mañana. Hannah saludó al barbero, Gus York, que se había hecho cargo de la barbería de su padre y había añadido «New» al nombre. Los turistas de verano que acudían a cortarse el pelo suponían que Gus había sido barbero en Nueva York e iban en masa a llenar la hilera de sillones que se alineaban frente al espejo.

Un gesto de sorpresa se apoderó del rostro de Hannah cuando dirigió su atención a la tienda situada justo al sur de The Cookie Jar, donde se encontraba la casa de Ezekiel Jordan. Los cristales de las ventanas estaban cubiertos con papel marrón para disuadir a los curiosos, pero había una luz encendida en el interior. Carrie debía de haber recogido a Delores poco después de su conversación mañanera y ya estaban trabajando.

Su tienda era la siguiente, y las cejas de Hannah se alzaron aún más al pasar por delante. Su socia, Lisa Herman, también había llegado temprano y estaba decorando el escaparate con una cenefa de copos de nieve blancos.

—Hola, Lisa —dijo Hannah al entrar por la puerta de atrás—. El escaparate está estupendo.

—Gracias, Hannah. —Lisa entró por la puerta batiente, como las de los restaurantes, con una sonrisa en la cara. Su menuda figura iba envuelta en un delantal de panadera que le quedaba demasiado grande.

—¿Qué haces aquí tan temprano? —preguntó Hannah, colgando su parka en un gancho junto a la puerta trasera—. Ahora que eres socia, no puedes cobrar horas extras.

Lisa se rio.

—Lo sé, pero me gusta llegar pronto. Es fácil terminar de hornear cuando no hay clientes.

—¿Has terminado de hornear? —Los ojos de Hannah se abrieron como platos cuando Lisa asintió. La tarde anterior había preparado veinte tandas de masa para galletas antes de irse a casa. Si Lisa las había horneado todas, ¡debía de haber llegado a las cuatro de la mañana!

—Me encanta hornear, ya lo sabes, Hannah. Y menos mal que he venido temprano, porque tu hermana ha llamado hace un par de minutos. Ha dicho que te había llamado a casa, pero ya no estabas.

—Ah. —Hannah se dirigió al aseo para lavarse las manos—. ¿Y qué quería Andrea?

—Me ha pedido que te dijera que Janie Burkholtz está en la ciudad.

—No veo a Janie desde la boda de Andrea. —Hannah sonrió mientras se enjabonaba las manos. Le apetecía volver a ver a Janie. Andrea y Janie habían sido mejores amigas en el instituto y luego Janie se había ido a la universidad. Había vuelto de visita unas cuantas veces durante el primer año, pero después de que sus padres vendieran su casa de Lake Eden Janie había pasado el resto de sus vacaciones universitarias en su nuevo apartamento de Florida—. ¿Janie ha venido para el Festival de Invierno?

—Sí, pero no es un viaje de placer. Andrea dice que está trabajando para Connie Mac como su asistente personal.

—¡¿En serio?! —Hannah estaba impresionada. Connie MacIntyre era la estrella de un famoso programa de cocina de la televisión por cable, *Cocinando con Connie Mac*. Casi todo el mundo en Lake Eden se quedaba en casa de tres a tres y media los sábados por la tarde para ver a Connie Mac bromear con sus invitados, dar consejos sobre cómo mejorar tu matrimonio y cocinar una cena completa, todo en treinta minutos. Era una atractiva mujer de unos cincuenta años, y todo lo que tocaba se convertía en oro. Sus libros de cocina eran superventas, su cadena de tiendas de artículos de cocina iba viento en popa, su programa de televisión era el número uno de audiencia y los ejemplares de su revista mensual, *Home Sweet Home,* volaban de las estanterías de los quioscos. Connie MacEmpire, dirigida por su marido, Paul MacIntyre, era una industria multimillonaria.

—Janie se aloja en el hotel con el resto del equipo de Connie Mac. Andrea y Bill se reunirán con ella allí para cenar esta noche, y tú también estás invitada. Andrea me ha pedido que te dijera que a Janie le encantaría volver a verte.

—A mí también me encantaría verla —dijo Hannah, preguntándose si estaría de humor para salir a una cena elegante después de lo que prometía ser un día agitado.

—Hay otra cosa. El alcalde Bascomb ha venido a verte. Ahora está en la barbería, pero volverá cuando Gus termine con él.

—¿Te ha dicho qué quería?

Lisa negó con la cabeza.

—No exactamente. Solo ha dicho que necesitaba hablar contigo de algo muy serio.

—Espero que no sea algún problema con los preparativos del Festival de Invierno. —Hannah se volvió hacia la puerta que daba a la tienda—. Seguro que querrá café. Voy a prepararlo.

—Está todo listo. Lo puse justo después de que se fuera.

—Bendita seas, Lisa —dijo Hannah agradecida—. ¿Te he dicho últimamente la joya que eres?

Lisa soltó una risita aniñada y Hannah recordó lo joven que era. Howie Levine, el único abogado de Lake Eden, había sacado el tema cuando Hannah le pidió que redactara el contrato de sociedad. Hannah había atajado su objeción insistiendo en que Lisa era mejor trabajadora y gestora que la mayoría de las personas que le doblaban la edad. Hannah estaba segura de que nunca se arrepentiría de haber cedido un tercio de su empresa a Lisa.

—Siéntate y te traeré una taza —le ofreció Lisa, señalándole un taburete junto a la isla de trabajo—. Tengo la sensación de que la vas a necesitar.

—¿Por lo del alcalde Bascomb?

—Sí. Parecía muy preocupado, Hannah. Le ofrecí un bocadito de cacahuete caliente y dijo que no podía comer nada.

—Oh-oh. Eso no es buena señal. —Hannah dio un profundo suspiro mientras se sentaba en el taburete. El alcalde Bascomb era muy goloso y le encantaban los bocaditos de cacahuete. Que se negara a probar su galleta favorita significaba que se avecinaban problemas.

Bocaditos de cacahuete

Precaliente el horno a 190 °C,
con la rejilla en la posición intermedia.

225 g de mantequilla *(2 barritas)*
400 g de azúcar blanco*
2 cucharaditas de vainilla
2 cucharadas soperas de melaza
1 1/2 cucharaditas de bicarbonato de sodio
1 cucharadita de levadura en polvo
1/2 cucharadita de sal
250 g de mantequilla de cacahuete
2 huevos batidos *(basta con batirlos con un tenedor)*
325 g de harina *(no hace falta tamizarla)*

*Si le gustan las galletas más dulces, añada 100 g más de azúcar o reboce las bolas de masa en azúcar antes de hornearlas.

Caliente la mantequilla en un bol apto para microondas hasta derretirla. Añada el azúcar, la vainilla y la melaza.

Remueva bien y añada el bicarbonato, la levadura en polvo y la sal. Mézclelo todo bien.

Mida la mantequilla de cacahuete. *(Yo rocío el interior de mi vaso medidor con mantequilla en espray para que no se pegue.)* Añádala al bol y mezcle. Vierta los huevos batidos y remueva. A continuación, añada la harina y mezcle hasta que todos los ingredientes estén bien ligados.

Forme bolitas del tamaño de una nuez con la masa y dispóngalas en una bandeja para galletas engrasada. *(Si la masa está demasiado pegajosa para formar bolas, enfríela unos minutos y vuelva a intentarlo.)*

Aplaste las bolas con un tenedor haciendo una cruz. *(Si el tenedor se pega, úntelo con mantequilla o páselo por harina.)*

Hornee a 190 °C de 8 a 10 minutos o hasta que los bordes empiecen a dorarse. Deje enfriar las galletas en la bandeja durante 2 minutos y, a continuación, páselas a una rejilla para que se terminen de enfriar.

El snack *favorito de mi sobrina Tracey: untar una galleta con mermelada y colocar otra encima. A mi madre le gustan más con glaseado de chocolate entre las galletas.*

CAPÍTULO TRES

—¿Eso es todo? —Hannah se sorprendió cuando el apuesto alcalde de Lake Eden asintió. Ella esperaba un problema de proporciones gigantescas, pero lo único que le había pedido era que se reuniera con Connie MacIntyre en el Hotel Lake Eden al mediodía—. Por supuesto que lo haré, no hay problema.

—Gracias, Hannah. —El alcalde se quitó una pelusa inexistente de la chaqueta y alargó la mano para coger un bocadito de cacahuete del plato que Hannah había colocado entre los dos sobre la superficie de acero inoxidable de la isla de trabajo—. Ya sabes cómo son estos famosos. Si alguien no la recibe y la lleva de visita guiada, se sentirá menospreciada.

Hannah supuso que tenía razón. Connie Mac era una estrella y esperaba ser tratada como la realeza. Había sido un logro increíble para el alcalde Bascomb que un miembro del personal de Connie Mac lo llamara para decirle que sería un honor para ella asistir a su Festival de Invierno y hornear la tarta oficial para el banquete del día siguiente por la noche. Hannah, que siempre se cuestionaba todo, sospechaba que la reina de la repostería no había accedido a asistir a ese acontecimiento pueblerino solo por la bondad de su corazón. Una de las tiendas de Connie Mac iba a abrir en el centro comercial Tri-County dentro de tres días, y promocionarla en el Festival de Invierno era una estrategia comercial inteligente.

—Asegúrate de pasar por delante de los locales de camino a la ciudad —la instruyó el alcalde Bascomb entre bocado y bocado de su galleta—. Luego llévala al Instituto Jordan para que visite el centro de bienvenida y vea los trineos lanzadera.

—Así lo haré.

—Luego llévala al centro comunitario y enséñale la biblioteca. Marge está deseando conocerla. —Hannah sonrió ante aquel evidente eufemismo. Marge Beeseman, la bibliotecaria voluntaria, se había puesto loca de contenta cuando Connie Mac había accedido a firmar ejemplares de su nuevo libro de cocina para recaudar fondos para la biblioteca. Según Delores, Marge había pagado una pequeña fortuna a Bertie Straub para que le cubriera las canas y le hiciera un nuevo y sofisticado peinado—. Cuando termines con Marge, llévala a la sala de banquetes. Quiere repasar el menú con Edna.

—Entendido —respondió Hannah, preguntándose cómo reaccionaría Edna Ferguson, la cocinera jefe del Instituto Jordan, si Connie Mac sugería cambios en el menú. La comida para el banquete ya se había encargado y Edna había hecho la mayor parte de la preparación por adelantado—. ¿Dónde la llevo después?

—A la casa de Ezekiel Jordan. Tu madre prometió que la tendría lista a mediodía. La llamé ayer para ver si podía pasar a echar un vistazo, pero no deja entrar a nadie hasta que esté completamente terminada. Ya sabes cómo es tu madre, Hannah.

Trata todo esto como un secreto de Estado y no hay razón para que... —el alcalde Bascomb dejó de hablar cuando se abrió la puerta trasera y Delores asomó la cabeza.

—Hablando del rey de Roma —murmuró Hannah, y luego le dedicó una deslumbrante sonrisa a su madre—. Hola, madre. ¿Ya está terminada la casa?

—Aún no, querida. Solo he venido a preguntarte por un rodillo muy peculiar que encontré con los utensilios de cocina de la señora Jordan. Hola, Ricky-Ticky. No esperaba encontrarte aquí.

Hannah disimuló una incipiente carcajada con una tos. Su madre era la única persona de la ciudad que se atrevía a llamar al alcalde por su apodo de infancia. Los abuelos de Hannah vivían al lado de los Bascomb, y Delores había cuidado de él un verano.

—Buenos días, Delores. —El alcalde Bascomb le dedicó una sonrisa un tanto forzada, y Hannah se dio cuenta de que no le había gustado que le recordaran aquella época. Según Delores, había sido un niño muy mimado—. Tengo que irme, señoras. Mi reunión con el comité de dirección comienza en quince minutos. Las galletas están deliciosas, Hannah. Voy a pedirle una bolsa a Lisa al salir e invitaré al comité.

Hannah vio como el alcalde se ponía el sombrero y se dirigía hacia la puerta batiente que daba a la cafetería. En cuanto lo perdió de vista, se volvió hacia su madre con el ceño fruncido.

—Creo que lo has avergonzado cuando lo has llamado Ricky-Ticky.

—Por supuesto. Eso es exactamente lo que pretendía. —Delores se acercó para ocupar el taburete del alcalde y cogió una galleta—. Últimamente tiene los humos subidos y ya es hora de que alguien le recuerde que le cambiaban los pañales como a todos los demás niños de Lake Eden. Cambiando de tema,

Hannah, el rodillo que te decía está tallado con pequeños diseños decorativos.

Hannah asintió.

—Probablemente sea un rodillo Springerle. Se usan para hacer un tipo de galleta alemana.

—Ah, sí. Una amiga de tu bisabuela Elsa solía hacerlas todas las Navidades. Yo siempre tenía que comerme una por educación, pero nunca me gustaron. Sabían a regaliz.

—Bastante parecido —dijo Hannah, que no quería entrar en una discusión sobre las sutiles diferencias entre el anís y el regaliz—. A la mayoría de las mujeres que tenían rodillos Springerle les gustaba presumir de ellos colgándolos en la pared de la cocina. Pasaban de generación en generación, y a veces las tallas eran personalizadas.

—Lo pondré en la pared encima de la mesa de la cocina —dijo Delores, terminando su galleta y poniéndose en pie—. Tengo que irme, Hannah. Estamos casi listas para colgar las cortinas del salón.

—Espera un momento. —Hannah llevó el plato al mostrador y puso las galletas en una de sus bolsas. Era como una bolsa de la compra en miniatura, blanca con asas rojas, y las palabras «The Cookie Jar» estaban estampadas en letras rojas en la parte delantera—. Llévate esto. A Carrie le encantan mis bocaditos de cacahuete.

—Sí que le encantan. Y a Norman también. —Delores frunció un poco el ceño al coger la bolsa—. Creo que lo has descuidado últimamente, Hannah. Carrie me ha dicho que Ronni Ward ha ido dos veces este mes a hacerse una limpieza dental, ¡y ya sabes lo que eso significa!

—¿Que tiene los dientes muy sucios? —se burló Hannah, sabiendo muy bien lo que su madre había querido decir.

—No seas payasa, Hannah. Norman está soltero y tiene ojos en la cara. Por si lo habías olvidado, Ronni ganó el concurso de bikinis del lago Eden tres años seguidos.

Hannah se puso seria cuando su madre se marchó. Le resultaba difícil imaginarse a Norman con una *miss*, pero solo pensar en ello le producía una desagradable sensación en la boca del estómago. Se dijo a sí misma que no podían ser celos. El hecho de que saliera con Norman de vez en cuando y que sus madres intentaran juntarlos no significaba que fuera en serio con él. De todos modos, no estaría de más llamar a Norman para hacerle saber que seguía viva y coleando.

Hannah se sintió realmente satisfecha cuando echó un vistazo a la cocina. Las bandejas de galletas llenaban los estantes y cubrían cada centímetro de la encimera. Había sido una mañana productiva. Mientras Lisa atendía a los clientes, Hannah había horneado más galletas. Aunque los visitantes del Festival de Invierno estuvieran hambrientos como una manada de lobos, tendrían suficientes galletas para los actos de la mañana siguiente. Para entonces ya habría galletas recién hechas, y Hannah planeaba dejarlas en las carpas de calentamiento a mediodía como muy tarde.

Incapaz de resistirse a probar su propia obra, Hannah cogió una galleta dulce a la antigua de un estante cercano y le dio un mordisquito. El sabor a mantequilla y azúcar floreció en su paladar y sonrió satisfecha. Sus galletas estaban perfectamente horneadas, crujientes por fuera y dulces y hojaldradas por dentro.

Llamaron a la puerta trasera y Hannah se guardó la galleta en el bolsillo del delantal. El martes había ido a casa de su madre para la cena de madre e hija semanal y se había librado del pastel con nata montada de lata, nueces troceadas y sirope de caramelo de bote, comprado en la tienda, alegando que estaba a dieta.

—¿Hannah? Estás aquí, ¿verdad? —Era la voz de su hermana. Hannah sacó la galleta del bolsillo y abrió la puerta. Andrea entró como una ráfaga de viento, con una pila de folletos inmobiliarios en los brazos—. ¿Te ha dado Lisa mi mensaje?

—Por supuesto. Será genial volver a ver a Janie.

—Sí, me hace mucha ilusión. —Andrea dejó los folletos sobre el único espacio disponible: un taburete en la isla de trabajo—. ¡Cielo santo! ¿Cuántas galletas has hecho?

—Suficientes hasta mañana al mediodía. Las chicas de la clase de economía doméstica de la señora Baxter están montando puestos de comida en las carpas de calentamiento.

—Si el tiempo se mantiene así de frío, seguro que tendrán muchos clientes.

Hannah notó que Andrea estaba tiritando y le sirvió una taza de café.

—Toma. Pareces medio congelada.

—Lo estoy. ¿Es descafeinado?

—No. ¿Quieres que te prepare uno?

—Por supuesto que no. Necesito toda la cafeína del mundo esta mañana. Al quiere que reparta folletos por toda la ciudad. Incluso tengo que llevar algunos al Hotel Lake Eden.

Hannah puso delante de su hermana un plato de galletas crujientes con pepitas de chocolate. Eran las favoritas de Andrea.

—Será mejor que tomes chocolate para que te dé energía.

—Es una excusa estupenda; me la apunto. —Andrea cogió una galleta y le dio un enorme mordisco—. Mmmencantan estmms gallemmmtms, mmmmmm...

—Ya lo sé. —Hannah interpretó perfectamente el comentario murmurado de su hermana: «Me encantan estas galletas»—.

Puedo llevarte los folletos al hotel, tengo que ir a mediodía para encontrarme con Connie Mac.

Andrea tragó el último bocado de galleta con prisa.

—¿Has quedado con Connie Mac?

—Sí. El alcalde Bascomb está liado con una reunión y me ha pedido que le dé una vuelta por Lake Eden.

—¡Qué suerte tienes! —Andrea parecía muerta de envidia—. Déjame ir contigo. ¡Por favor, Hannah!

Hannah recordó a Tom Sawyer y la valla encalada. Andrea sería de gran ayuda en la visita guiada, pero no quería parecer demasiado ansiosa.

—No lo sé. Se supone que tengo que hacerlo sola. ¿Quieres ver a Janie?

—Janie no estará. Me dijo que pasaría la mayor parte del día en el centro comercial, ayudando al señor MacIntyre con la tienda. Pero me encantaría conocer a Connie Mac. Soy su mayor fan, y puedo ayudarte a hacer la visita guiada. Ya sabes lo bien que se me da la gente.

—Cierto —concedió Hannah.

Andrea tenía el don de convertir a un extraño en un amigo en cinco minutos. Era una de las razones por las que tenía tanto éxito como agente inmobiliaria.

—¿Puedo, Hannah? Te devolveré el favor, te lo prometo. Lo que quieras.

Hannah sonrió. La expresión de la cara de Andrea era la misma que había tenido en sexto curso cuando le suplicó que le prestara los pendientes de perlas de su confirmación para ir al colegio—. Bueno... Venga, sí.

—¡Gracias, Hannah! —Andrea miró su chaqueta roja a cuadros y sus pantalones de sastre—. No sé si debería ir corriendo a casa a cambiarme de ropa.

—Estás perfecta —dijo Hannah, evitando lo que seguramente se convertiría en una hora de acicalamiento—. Tenemos que salir dentro de treinta minutos y no podemos llegar tarde.

Andrea miró el reloj que colgaba sobre el fregadero.

—Tienes razón. No podemos hacer esperar a Connie Mac. Quizá deberíamos irnos ya.

—Media hora —insistió Hannah, divertida con el ansia de su hermana—. Solo se tarda veinticinco minutos en llegar al hotel.

—De acuerdo, lo que tú digas. Quizá debería conducir yo.

—Buena idea —se apresuró a contestar Hannah. Llevaba semanas queriendo limpiar la camioneta, pero aún no se había puesto a ello. El coche de Andrea siempre estaba impecable porque lo utilizaba para transportar a sus clientes.

Llamaron a la puerta trasera, pero antes de que Hannah pudiera levantarse del taburete Delores asomó por la puerta.

—Ah, bien. Me alegro de que estés aquí, Andrea. Así las dos podéis ver la casa de Ezekiel Jordan. Poneos los abrigos y venid enseguida. Y usad la puerta principal para que podáis disfrutar de la experiencia completa.

La puerta volvió a cerrarse y Andrea se giró hacia Hannah sonriendo.

—No ha cambiado nada. Madre sigue dándonos órdenes como cuando éramos niñas.

—Sí —dijo Hannah, levantándose para coger su parka—. Pero no solo a nosotras. Madre da órdenes a todo el mundo.

—No me puedo creer que madre haya montado todo esto en menos de un mes —comentó Andrea mientras salían por la puerta trasera de la casa de Ezekiel Jordan y caminaban por la nieve hasta su Volvo.

Hannah esperó a que su hermana abriera las puertas y se sentó en el asiento del copiloto.

—Estoy tan impresionada como tú.

—Seguro que será lo mejor del Festival de Invierno.

Andrea arrancó el motor y salió al callejón.

—Sobre todo porque tiene el escritorio de palisandro original de Ezekiel Jordan. ¡Qué no daría yo por un escritorio así! Las incrustaciones de oro son espectaculares.

Hannah pensó en la recreación que acababan de ver mientras conducían por el callejón. Delores tenía un verdadero don para disponer los muebles de época para su exposición y, a pesar de su preocupación por los utensilios de cocina de Abigail Jordan, Hannah solo había encontrado dos fuera de lugar.

—Lo que más me ha gustado ha sido el salón. Parecía tan auténtico que me imaginaba a Ezekiel y Abigail sentados en su sofá de piel de potro viendo la televisión.

—¿Televisión? —Andrea se volvió para mirarla con sorpresa, pero entonces notó la sonrisa en la cara de Hannah—. Deja de tomarme el pelo, Hannah. Sabes que hace cien años no tenían televisión.

—Esa debe de ser la razón por la que tenían tantos hijos. No había electricidad. No había televisión. No había nada más que hacer por la noche.

Andrea hizo todo lo posible por ponerse seria, pero se le escapó la risa.

—Eres incorregible.

Hannah se acomodó en su asiento y disfrutó del paseo por la ciudad. Las calles bullían de actividad. Todo el mundo se estaba preparando para el Festival de Invierno.

—Deberías haberme dicho que Norman iba a hacer retratos de época en el salón de la casa Jordan —dijo Andrea, saliendo a

Old Lake Road y acelerando el ritmo—. Podría haberme apuntado antes.

—No lo sabía. Hace una semana o así que no hablo con Norman. Pero es una gran idea. Me encantan esas fotos antiguas en tonos sepia.

—Madre me ha dicho que Norman va a estar hasta arriba con el Festival de Invierno. Ha contratado a otro dentista que lo sustituya en la clínica. Está haciendo los retratos para recaudar dinero para la Sociedad Histórica e incluso será jurado en un par de concursos. Norman es realmente un hombre maravilloso.

—Hablas como si madre te hubiera convencido.

—¿Qué quieres decir?

—Ha estado cantándome las alabanzas de Norman toda la semana. Creo que piensa que se le escapa un yerno en potencia.

Andrea apartó los ojos de la carretera un momento.

—¿Por qué? ¿Norman está saliendo con alguien más?

—Todavía no. Cuidado con la carretera, Andrea. Hay una placa de hielo más adelante. —Hannah esperó a que su hermana volviera a centrar su atención en la carretera—. Carrie le dijo a madre que Ronni Ward se ha estado haciendo limpiezas dentales con demasiada frecuencia.

—¿Ronni Ward y Norman? —Andrea se lo pensó un momento—. Quizá no sea tan descabellado. Norman gana mucho y Ronni siempre decía que quería casarse con un médico.

—Norman es dentista —señaló Hannah.

—Pero la gente lo llama doctor Rhodes. Y eso es lo único que le importa a Ronni. Siempre quiso ser la señora del doctor quiensea.

—Quizá debería concentrarse en el reverendo Knudson. Es doctor en divinidad.

Andrea se rio, y Hannah supo que se estaba imaginando a su adusto ministro luterano con la tres veces reina del bikini de Lake Eden.

—Quizá deberías llamarlo para recordarle que sigues disponible.

—¿Al reverendo Knudson?

—No, a Norman.

—Lo haré. Pero pensaba que preferías a Mike de cuñado.

—Adoro a Mike; lo sabes, y Bill también. Bill dice que es el mejor compañero que ha tenido. Pero, como madre dice siempre: «No pongas todos los huevos en la misma cesta».

—¿Entonces crees que debería seguir saliendo con los dos?

—No creo que te vaya a hacer daño. Tienes que barajar todas las probabilidades, Hannah. Piensa en cómo te sentirías si dejaras a Norman y Mike no te propusiera matrimonio. O viceversa.

—Qué desastre —dijo Hannah, asintiendo solemnemente. Y luego se dio la vuelta para esconder una sonrisa. Andrea era igual que su madre.

Las dos intentaban casarla, y el acontecimiento parecía importar mucho más que la identidad del novio.

El chófer de la limusina de Connie Mac parecía muy concentrado en conducir, y eso a Hannah le iba de maravilla; nunca se le había dado bien hablar de banalidades por mera cortesía.

Connie Mac llegó al hotel con una hora de retraso y ofreció su limusina personal y su chófer para la visita. Hannah montó delante para dirigir al conductor a los distintos lugares y Andrea, que iba sentada detrás con Connie Mac, le iba explicando qué actos se celebrarían. Tras una breve parada en el Instituto Jordan, donde vieron las exposiciones, examinaron los trineos lanzadera y hablaron con el director, el señor Purvis, pusieron rumbo al centro comunitario de Lake Eden para reunirse con Marge Beeseman en la biblioteca y ver a Edna Ferguson.

Todos los que caminaban por Main Street se detuvieron a mirar cuando pasó la limusina de Connie Mac. Eso no sorprendió a Hannah. Connie Mac era la primera gran celebridad que llegaba a Lake Eden y su limusina atraía todas las miradas. Estaba pintada de color melocotón, el favorito de Connie Mac, y su nombre estaba escrito en letras doradas en las puertas. Aunque las ventanillas estaban tintadas para que nadie pudiera ver el interior, cualquiera que supiera leer sabía exactamente quién iba dentro.

El intercomunicador del coche sonó cuando se acercaban al centro comunitario y la voz de Connie Mac se oyó por el altavoz:

—Detente frente a la puerta, Spencer.

—Sí, señora.

El conductor se detuvo junto al bordillo, en una zona prohibida para aparcar, y saltó de la limusina para abrir la puerta. Mientras Hannah lo veía acompañar a Connie Mac a la puerta, se preguntó si Spencer se habría sentido ridículo alguna vez con su uniforme. Era negro, como el que siempre llevan los chóferes en las películas, pero la camisa y la corbata eran de color melocotón, a juego con la limusina.

Andrea y Hannah salieron sin ayuda de Spencer. Era evidente que conocía sus prioridades. Siguieron a Connie Mac por la escalinata que conducía al centro comunitario y entraron en el vestíbulo.

—No tardaremos más de unos minutos —le dijo Connie Mac a Spencer—. Déjalo en el aparcamiento y vigila la puerta. Cuando salga, recógeme delante.

—Sí, señora —dijo Spencer, inclinando la gorra y dándose la vuelta para irse.

—¿Spencer?

Spencer se detuvo y se volvió hacia ella.

—¿Sí, señora?

—Ya te he advertido antes que esperes hasta que te despida. No volveré a recordártelo.

Spencer basculó y dejó caer la mirada hacia la moqueta marrón que cubría el suelo del vestíbulo. El rubor le subió por la nuca y Hannah supo que estaba avergonzado de que lo hubiera reprendido delante de ellas.

—¿Tu bloc de notas, Spencer?

—¿Sí, señora? —respondió Spencer, sacando de su bolsillo un pequeño cuaderno de cuero y un bolígrafo.

—Llama al chef del hotel y dile que esta noche quiero capón de corral, sí o sí.

—Sí, señora. ¿Querrá una ensalada?

—Escarola, achicoria y lechuga mantecosa con una vinagreta de aceite de oliva virgen extra y vinagre balsámico mezclada en la mesa. Sin patatas. En un pueblo pequeño como este, probablemente serán patatas fritas.

Hannah se mordió la lengua para guardar silencio. Su amiga Sally Laughlin era la chef del hotel y sus patatas fritas eran legendarias.

—Panecillos con el plato de ensalada, pero asegúrate de que no sean industriales —continuó Connie Mac—, y frambuesas frescas rociadas con Grand Marnier de postre.

Spencer anotó eso y luego levantó la vista de su cuaderno de notas.

—¿Querrá algo más, señora?

—Contacta con recepción y que envíen a una camarera de piso a deshacer mi equipaje. Que cuelgue todo en perchas acolchadas y planche lo que esté arrugado. —Connie Mac se detuvo y frunció ligeramente el ceño—. Asegúrate de que alguien de mi equipo esté allí para vigilarla. He traído algunas de mis mejores joyas para el banquete de mañana por la noche. ¿Sabes si el hotel tiene caja fuerte?

—No, señora.

—Llama a recepción y pregunta. Y diles que envíen una botella de Pouilly-Fuissé bien fría a mi *suite*. —Connie Mac volvió a fruncir el ceño—. Sé que hay algo más, pero ahora mismo no me acuerdo. Eso es todo, Spencer. Puedes irte.

—Gracias, señora.

Spencer volvió a quitarse la gorra y salió por la puerta. Hannah trató de llamar la atención de su hermana, pero Andrea parecía estar deslumbrada y completamente ajena al hecho de que la reina de la cocina acababa de avergonzar a su chófer, insultar las habilidades culinarias de Sally y cuestionar la honestidad de las camareras del hotel.

CAPÍTULO CUATRO

—Estoy encantada de conocerla, señora MacIntyre. —La voz de Marge Beeseman tembló ligeramente mientras alargaba la mano para tomar la de Connie Mac. Llevaba el pelo castaño corto y salpicado de rubio, pero Hannah tenía claro que el nuevo peinado de Marge no había logrado infundirle total confianza—. Sus libros de cocina llegaron ayer, doscientos.

Connie Mac esbozó la sonrisa más dulce que Hannah le había visto hasta entonces, la misma que utilizaba en su programa.

—Llámeme Connie Mac. Señora MacIntyre es demasiado formal. ¿Puedo tutearla?

—Por supuesto —contestó Marge, evidentemente impresionada por el traje a medida de lana color melocotón de Connie Mac y por sus amables modales—. Sígueme y te enseñaré la mesa que he preparado para la firma de libros. Va a ser una estupenda recaudación de fondos para la biblioteca. Todo el pueblo quiere conocerte y comprar un ejemplar firmado.

Connie Mac frunció el ceño cuando se acercaron a la mesa que Marge había colocado en la parte trasera de la biblioteca.

—¿Aquí es donde quieres que firme mis libros?

—Sí, lo he dispuesto así a propósito. Cuando la gente entre, podrá ver toda la biblioteca de camino a la mesa.

—Claro, eso es ciertamente importante —dijo Connie Mac con suavidad, pero Hannah notó que no estaba contenta—. Tengo una idea, Marge. Creo que deberíamos trasladar la firma de libros al vestíbulo del centro comunitario.

—Pero queremos que la gente vea la biblioteca. Si está en el vestíbulo, no vendrán hasta aquí.

Connie Mac tomó a Marge del brazo y la acompañó de nuevo hacia la entrada de la biblioteca.

—Pongámonos de acuerdo, Marge. Estoy segura de que entre las dos podemos encontrar una solución a nuestro pequeño problema. Tenemos que decidir qué es más importante, recaudar fondos para la biblioteca o que la gente la visite.

—Las dos cosas son importantes —insistió Marge, poniéndose firme.

—Claro que sí, pero a ver qué te parece esto. Firmaré ejemplares de *Dulces para tu amor* en el vestíbulo y tú te sentarás a mi lado en la mesa. Así, cuando la gente pregunte por la biblioteca, podrás hablarles de ella e invitarlos a que vuelvan a visitarla cuando acabe el Festival de Invierno. Con todas las actividades que hay, dudo que tengan mucho tiempo para leer esta semana.

Hannah esperó a que Marge explotara. La biblioteca de Lake Eden era su bebé. Estaba orgullosa de lo que había hecho y era natural que quisiera que todo el mundo la viera.

Pero la esperada explosión no se produjo. Marge solo parecía sentirse halagada mientras preguntaba:

—¿Quieres que me siente contigo?

—¡Claro que quiero! El alcalde me ha contado lo importante que has sido en la gestión de esta biblioteca. Dice que todo había sido idea tuya y que deberías llevarte el mérito. —Connie Mac palmeó el brazo de Marge—. Y debo admitir que tengo una razón egoísta para querer que te sientes conmigo, Marge.

—¿En serio?

—La mayoría de la gente no sabe esto de mí, pero en realidad soy una persona muy tímida y odio la idea de sentarme sola en el vestíbulo. Si estás conmigo, podrás presentarme a todos tus amigos.

Marge se pavoneó un poco.

—Claro que sí. Conozco a todo el mundo en Lake Eden. Nací y crecí aquí.

—Estoy segura de que lo pasaremos muy bien juntas —dijo Connie Mac saliendo de la biblioteca y dirigiéndose al pasillo—. Nos vemos mañana, Marge.

Hannah puso los ojos en blanco mientras seguía a Andrea y Connie Mac escaleras abajo hacia la sala de banquetes. La reina de la cocina era una apisonadora cuando se trataba de salirse con la suya, pero tenía encanto y sabía cómo administrarlo. Después de una sola dosis, Marge Beeseman, una de las mujeres más obstinadas de Lake Eden, había cedido como un pastel poco hecho.

—¿Edna? ¡Estamos aquí! —gritó Hannah cuando entraron en la sala de banquetes del sótano del centro comunitario. Edna, una mujer delgada con el pelo canoso y rizado tras cientos de permanentes, salió corriendo de la cocina. Llevaba un reluciente delantal nuevo de color blanco que Hannah sabía que era su atuendo «formal».

—Hannah, Andrea. —Edna sonrió al saludarlas y luego se volvió hacia Connie Mac—: Encantada de conocerla, señora MacIntyre. ¿Dónde está la tarta?

Hannah ahogó una carcajada. Edna siempre había sido brusca, pero Connie Mac no parecía molesta, porque se limitó a sonreír.

—Está en mi furgoneta de suministros y mi chófer la está trayendo —le dijo a Edna—. Tiene seis pisos de alto, los adornos son blanco sobre blanco, y anoche trabajé en ella durante horas. ¿Dónde cree que deberíamos exponerla?

—Podríamos poner una mesa plegable —sugirió Edna.

Connie Mac reflexionó un momento y luego suspiró.

—Prefiero que no. Las mesas plegables son muy inestables. —Señaló el pedestal que había en el centro de la habitación—. ¿Qué tal ese pedestal? Parece bastante robusto.

—No podemos usarlo. —Edna negó con la cabeza—. Es donde se van a exponer las coronas para el príncipe y la princesa de invierno.

—Pero podríamos poner las coronas en esa mesa plegable que ha mencionado. El pedestal tiene el tamaño perfecto para mi tarta.

Edna parecía querer objetar algo, pero no lo hizo. Eso llevó a Hannah a sospechar que le habían advertido que fuera especialmente amable con su celebridad favorita.

—Tendré que preguntarle al alcalde Bascomb.

—Estoy segura de que estará de acuerdo. Al fin y al cabo, mi tarta es la estrella del espectáculo, por así decirlo. Haré que alguien de mi equipo instale un foco y haremos una sesión de fotos aquí mismo, en el centro de la sala. Creo que deberíamos posar juntas para una foto, ¿no cree?

—Bueno... No lo sé. Voy a estar muy ocupada en la cocina.

—Solo serán unos minutos. Me gustaría mucho tener una foto de las dos juntas, Edna. —Connie Mac hizo una pausa y dijo con gesto tímido—: No te importa que te llame Edna, ¿verdad?

Edna negó con la cabeza.

—Edna está bien. Así me llama todo el mundo.

—Bien. Y espero que me llames Connie Mac. Me gustaría que fuéramos amigas, ya que vamos a trabajar juntas en el banquete.

—¿Quieres ayudarme a cocinar para el banquete?

Connie Mac soltó una dulce risita.

—No se me ocurriría entrometerme, especialmente desde que el alcalde me dijo que eres la mejor cocinera del condado. ¿Has oído hablar de mi nueva tienda de cocina en el centro comercial Tri-County?

—Claro que sí. La gran inauguración es el lunes. Rod Metcalf publicó un artículo sobre ella en el *Lake Eden Journal*.

—Espero que vayas a echar un vistazo, Edna. Va a ser nuestra tienda más grande, ¡y no tienes ni idea de cuántas cosas nuevas he encargado! De hecho, esta mañana he ido a nuestro almacén principal en Minneapolis para ver qué podía encontrar para ti.

Edna parecía sorprendida.

—¿Me has traído algo de tu *boutique*?

—Era lo menos que podía hacer. Después de todo, tú estás organizando todo el banquete. He elegido una vajilla para doscientos comensales que incluye cristalería, mantelería, cubertería y unos adornos monísimos para las mesas. Es un regalo de la nueva *boutique* Connie Mac's Kitchen.

Edna parecía estupefacta ante semejante generosidad. Cuando se recuperó, exclamó:

—¡Oh Dios! Nos vendrá muy bien esa vajilla, te lo aseguro. Siempre que organizamos una gran cena como esta, Rose, de la cafetería, nos deja usar sus platos y cubiertos. El problema es que tenemos que programarlo después de que cierre. Y, como Rose no usa manteles, tenemos que conformarnos con los de papel.

—Eso forma ya parte del pasado, Edna. Tendrás tu propia vajilla. —Connie Mac alargó la mano para dar una palmadita amistosa en el brazo de Edna—. ¿Podemos ir a la cocina un momento? Me encantaría echar un vistazo al menú del banquete y ver si hay algo más que necesites de mi tienda.

Andrea esperó a que Connie Mac entrara en la cocina con Edna y cogió a Hannah del brazo.

—¿Has oído? ¡Una vajilla completa para doscientos! ¿No es Connie Mac la persona más dulce y generosa que has conocido?

Hannah gruñó, conformándose con la respuesta más evasiva que pudo dar. No era contable, pero estaba dispuesta a apostar que todo lo que Connie Mac había donado al centro comunitario era desgravable.

—Es genial pasar este tiempo con Connie Mac —exclamó Andrea—. Cuando volvamos a la limusina, voy a preguntarle por sus recetas.

—¿Por sus recetas? ¿A quién quieres engañar, Andrea? Tú nunca cocinas.

—Pero Connie Mac no lo sabe. Y si cocinara, haría sus recetas. Hubo una la semana pasada que Bill adoraría: pastel de carne con tres salsas diferentes.

—Vi ese episodio —dijo Hannah, y luego cerró la boca. La receta de Connie Mac para un pastel de carne era totalmente ridícula. Era imposible que un ama de casa de Minnesota tuviera tiempo y energía para preparar un pastel de carne, envolverlo en *croûte,* preparar tres salsas diferentes, rociarlas artísticamente alrededor del borde de un plato de porcelana de gran tamaño y disponer las rebanadas de pastel de carne en un diseño superpuesto adornado con perejil frito caliente.

—¿A que tenía una pinta estupenda? —insistió Andrea.

—Sí —admitió Hannah con sinceridad. La presentación era preciosa, pero sospechaba que para Connie Mac era mucho más importante el aspecto de la comida en televisión que su sabor real.

—Pareces estresada, Hannah —dijo Andrea con cara de preocupación—. ¿Tienes que volver a The Cookie Jar?

«No, me preocupa que me empiece a sangrar la lengua de mordérmela tantas veces», pensó Hannah, pero no lo dijo. Andrea acababa de darle una excusa aceptable para retirarse.

—Sí, Andrea. Todavía tengo mucho que hornear. ¿Podrías terminar la visita sin mí? Solo tienes que llevar a Connie Mac a la casa de Ezekiel Jordan y acompañarla de vuelta al hotel.

—Por supuesto. No hay problema. —Andrea parecía muy contenta—. Me pasaré más tarde para contarte cómo ha ido.

—Genial. Entonces, me voy corriendo a la tienda. Discúlpame con ella, por favor. —Hannah se enfundó la parka y salió volando escaleras arriba, dejando a Andrea lidiar con la mayor zalamera y manipuladora que jamás hubiera pisado Lake Eden.

—Prueba esto —dijo Hannah, ofreciéndole a Lisa uno de los *muffins* de arándanos que había horneado para los jueces del Festival de Invierno.

—Con mucho gusto. —Lisa le dio un mordisco y una expresión de éxtasis se dibujó en su rostro—. Es perfecto. Me encantan los *muffins* de arándanos.

—A mí también. Ojalá tuviera arándanos frescos.

—Los congelados están casi igual de buenos. —Lisa dio otro bocado y masticó con aire pensativo—. Mis *muffins* de arándanos saben a vainilla, a menos que muerdas un arándano. Los tuyos saben a arándanos en cada mordisco. ¿Cómo lo haces?

—Relleno de tarta de arándanos. Mezclo un poco antes de añadir los arándanos congelados. La masa se pone un poco morada, pero me gusta el resultado final.

—A mí también. Están absolutamente deliciosos. —Lisa terminó el último bocado y cogió las cajas de plástico que Hannah había llenado de *muffins*—. ¿Quieres que los ponga en la nevera?

—No hace falta refrigerarlos. Apílalos en un estante de la despensa y mañana por la mañana los entregaré.

Lisa abrió la puerta de la despensa y guardó los *muffins* en un estante. Luego volvió a sentarse.

—Sigo sin creerme que Connie Mac le haya pedido a tu madre que pinte las paredes de la cocina.

—Y yo sigo sin creerme que mi madre haya accedido a hacerlo.

Hannah se limitó a negar con la cabeza. Andrea se había pasado justo después de la última etapa de la visita guiada de Connie Mac y les había contado lo que había sucedido en la casa de Ezekiel Jordan. Connie Mac no solo le había pedido a Delores que pintara las paredes de color melocotón para poder hacerse una foto en la cocina del primer alcalde, sino que también había conseguido convencer a Norman para que fuera a última hora de la tarde a hacerle una sesión de fotos especial.

Lisa miró el reloj de la pared.

—Son casi las seis. Ya deben de haber terminado con las fotos.

—Puede ser, pero seguro que Connie Mac ha llegado con retraso. Creo que le gusta hacer esperar a la gente.

—¿Está borracha de poder?

—Esa es la impresión que tengo. Sabe muy bien cómo conseguir que la gente haga lo que quiere. Deberías haber visto al señor Purvis ceder cuando le ha pedido que reservara el trineo especial para ella. Le ha faltado tiempo para decirle que sí.

Lisa parecía desconcertada.

—Pero yo creía que ese trineo era para los príncipes de invierno.

—Ya no. Irán en uno de los trineos de nieve normales. Connie Mac puede sacarle lo que sea a cualquiera.

—A ti no.

—Soy un caso difícil. —Hannah empezó a sonreír—. En realidad, esa es otra razón por la que me he retirado de la visita guiada. No he querido averiguar qué quiere Connie de mí.

Sonó el teléfono y Lisa se levantó para contestar. Escuchó un momento y luego se lo pasó a Hannah.

—Es Janie Burkholtz. Llama desde el móvil de Connie Mac.

—Genial —dijo Hannah con una sonrisa. Hacía años que no hablaba con Janie—. Hola, Janie. Siento no haberte visto cuando Andrea y yo hemos ido al hotel. ¿Qué tal?

—Tu madre me ha dicho que te llamara, Hannah. —Janie parecía estar al borde del pánico—. Tenemos un verdadero desastre entre manos. La furgoneta de suministros de la señora MacIntyre se ha salido de la carretera de camino aquí y el pastel del Festival de Invierno está destrozado.

—Eso es terrible. ¿Hay algún herido?

—No. El conductor está bien y no había más pasajeros. Todos los demás suministros han llegado sin problemas, pero la señora MacIntyre ha decidido hornear un pastel de reemplazo y tenemos que encontrar algunos hornos industriales que podamos usar.

—¿El del instituto? —sugirió Hannah.

—Ya he hablado con el señor Purvis y no pueden porque van a cambiar el suelo de la cocina este fin de semana. He probado en el hotel, pero Sally tiene que servir aperitivos calientes esta noche y está usando todos sus hornos.

—¿La cocina del centro comunitario?

—Tampoco puede ser. Edna está horneando panecillos y estará allí hasta medianoche o más tarde.

—¿En serio? —La sorpresa de Hannah se reflejó en su voz—. Creía que Edna compraba los panecillos y los ponía en cestas.

—Así es, pero la señora MacIntyre ha pensado que unos panecillos de medialuna serían un buen toque con el plato de ensalada.

—Ya veo —dijo Hannah y envió pensamientos de solidaridad hacia Edna. Hornear panecillos para doscientos invitados era mucho trabajo.

—Tu madre me ha sugerido que te llamara antes de que te marcharas. Ha pensado que quizá podríamos usar tus hornos. —No le gustaba la idea de que Connie Mac horneara en su cocina, pero Janie estaba en apuros y el pastel del Festival de Invierno era importante.

—Claro, Janie. Estábamos a punto de cerrar. Ven cuando hayas terminado con las fotos. Esperaremos.

—Ya hemos terminado, justo hace un par de minutos —dijo Janie, aún sonando estresada—. Gracias, Hannah. No sabes cuánto te lo agradezco.

—De nada.

—¿Puedes esperar un momento? La señora MacIntyre quiere algo.

—Claro. Espero. —Hannah tapó el teléfono y se volvió hacia Lisa, que la miraba con curiosidad—. Connie Mac quiere usar nuestros hornos. Su furgoneta de suministros se salió a la cuneta y la tarta del Festival de Invierno está hecha papilla. Le he dicho a Janie que podían hornear aquí.

—Entonces será mejor que me asegure de que todo esté limpio. —Lisa se levantó de un salto y cogió un bote de limpiador y una esponja. Se puso a limpiar la puerta de la nevera y empezó a reírse.

—¿Qué?

—Ahora ya sabes qué quería Connie Mac de ti. Y se lo has dado, como todo el mundo en la ciudad.

—¿Hannah? —Janie volvió a la línea—. La señora MacIntyre está muy agradecida y quiere hacer algo por ti a cambio.

—No es necesario, Janie.

—Pero insiste. Norman va a llevar su equipo y le hará una foto a la señora MacIntyre en tu cocina. Ha pensado que querrías colgarla sobre tu mostrador en la cafetería.

—Eso es… eh… muy amable por su parte. —Hannah colgó el teléfono y resopló. El infierno se congelaría antes de que colgara la foto de Connie Mac sobre el mostrador de su tienda.

Muffins de arándanos

Precaliente el horno a 190 °C
con la rejilla en la posición intermedia.

175 g de mantequilla
200 g de azúcar
2 huevos batidos *(solo bátalos con un tenedor)*
2 cucharaditas de levadura en polvo
1/2 cucharadita de sal
140 g de arándanos frescos o congelados *(no hace falta descongelarlos)*
125 g de preparado de tarta de arándanos
250 g de harina *(sin tamizar)*
125 ml de leche

Para la cobertura:
100 g de azúcar
45 g de harina
60 g de mantequilla

Engrase solo la parte inferior de un molde para 12 *muffins (o forre los huecos con papeles para magdalenas)*. Derrita la mantequilla. Mézclela con el azúcar.

Luego agregue los huevos batidos, la levadura y la sal, y mezcle bien.

Ponga una cucharada de harina en una bolsa de plástico y añada los arándanos azules frescos o congelados. Agite suavemente para cubrir los arándanos y déjelos en la bolsa por el momento.

Agregue la mitad del resto de la harina y la mitad de la leche y mezcle. Luego agregue el resto de la harina y la leche y mezcle bien.

Aquí viene la parte divertida: añada el relleno de tarta de arándanos y mezcle bien. *(La masa se pondrá de color morado, pero no deje que eso le detenga; una vez que los* muffins *estén horneados, tendrán buen aspecto.)* Cuando la masa esté bien mezclada, agregue los arándanos azules frescos o congelados cubiertos de harina.

Llene los moldes de *muffins* tres cuartos de su capacidad y resérvelos. Si le queda masa, engrase la parte inferior de un molde para bizcocho pequeño y llénelo con la masa restante.

Para la cobertura: mezcle el azúcar y la harina en un bol pequeño. Agregue la mantequilla reblandecida y desmenúcela. *(También puede hacer esto en un procesador de alimentos con mantequilla dura usando la cuchilla de acero.)*

Espolvoree la cobertura sobre los *muffins* y hornéelos a 190 °C entre 25 y 30 minutos. *(El bizcocho debe hornearse unos 10 minutos más que los* muffins.*)*

Mientras se hornean los *muffins,* divida el preparado de tarta de arándanos que le haya sobrado en porciones de 125 g y métalas en el congelador. Yo utilizo vasos de papel para ello y los meto dentro de una bolsa para el congelador. Lo único que tendrá que hacer la próxima vez que quiera hacer un lote de *muffins* de arándanos es descongelar un vasito.

Cuando los *muffins* estén horneados, coloque el molde sobre una rejilla metálica para que se enfríen durante al menos 30 minutos. *(Los* muffins *necesitan enfriarse en el molde para que sea fácil desmoldarlos.)* Luego solo sáquelos de los moldes y a disfrutar.

Son maravillosos cuando están ligeramente tibios, pero el sabor a arándanos se intensificará si los guarda en un recipiente cerrado durante la noche.

Las bandejas de muffins *de la abuela Ingrid eran lo suficientemente grandes como para cocinar toda la masa de esta receta. Mis moldes para* muffins *son más pequeños, y siempre hago un bizcocho de arándanos azules con la masa restante. Si lo hago para madre, no le pongo la cobertura. Le encanta comerlo en rebanadas, tostado y untado con mantequilla para el desayuno.*

CAPÍTULO CINCO

Cuando Connie Mac, Janie y Norman llegaron a The Cookie Jar, hubo un torbellino de actividad. Mientras Lisa enseñaba a Janie a manejar los aparatos de cocina y Norman le hacía la foto a Connie Mac, Hannah cargaba el coche de Lisa con las galletas que habían horneado para poder dejarlas en el Instituto Jordan de camino a casa.

—De acuerdo. Janie está lista. —Lisa salió por la puerta trasera justo cuando Hannah había terminado de apilar la última caja de galletas en su maletero—. ¿Estas galletas son las de la señora Baxter?

—Sí. Las chicas te ayudarán a descargarlas. Todas trabajarán hasta tarde preparando sándwiches para mañana. Van a hacer mixtos y de ensalada de huevo.

—Al menos no tendrán que preocuparse de que la mayonesa se eche a perder con este tiempo —dijo Lisa con un escalofrío, abriendo la puerta del coche y deslizándose en el asiento del conductor—. Nos vemos mañana por la mañana, Hannah.

—No creo.

—Ah, ¿te vas a coger la mañana libre?

—Yo no, pero tú sí —le dijo Hannah—. Hoy has hecho la mayor parte del trabajo; yo me encargaré mañana por la mañana. Lo más pronto que quiero verte por aquí es a las doce menos cuarto.

Una sonrisa de felicidad se dibujó en la cara de Lisa.

—Papá quería ir a ver lo del festival, pero no he tenido tiempo para llevarlo. Pero ¿estás segura de que puedes prescindir de mí, Hannah?

—Claro, estoy segura. No deberíamos tener mucho trabajo. Casi todo el mundo en la ciudad estará fuera, en el festival. Tendré tiempo de sobra para hornear, y cuando vengas llevaré las galletas a las carpas de calentamiento.

—Vale —aceptó Lisa, con una gran sonrisa—. Gracias, Hannah. Papá se va a emocionar mucho cuando se lo cuente.

Una vez que Lisa se hubo marchado con su azucarado coche, Hannah volvió a entrar. La visión que la recibió al abrir la puerta hizo que se le disparara la tensión. Toda la cocina había sido reorganizada, ¡y Connie Mac ni siquiera se había molestado en pedirle permiso!

Norman se acercó a ella con su voluminosa bolsa para la cámara.

—Vamos, Hannah. Salgamos de aquí.

—Un momento —dijo Hannah, dirigiéndose al mostrador para coger su bolso antes de que Connie Mac pudiera reorganizarlo también. Luego se volvió hacia Janie, que parecía necesitar una buena dosis de tranquilizante—: ¿Tienes todo lo que necesitas, Janie?

—Sí. Gracias, Hannah. —Janie se acercó y le susurró—: No te preocupes. Pondré todo en su sitio y me aseguraré de que la cocina esté impecable antes de irnos. Y si alguna vez hay algo que pueda hacer por ti, solo...

—La batidora está en el lugar equivocado, Janie. —Connie Mac interrumpió su conversación—. Sabes que me gusta estar en el centro del espacio de trabajo.

Janie movió obedientemente la batidora, pero no había tomas de corriente en el centro de la isla de trabajo.

—El cable no llega, señora MacIntyre.

—Pues encuentra un alargador. De verdad, Janie. No hace falta ser universitaria para eso.

Hannah abrió un cajón, sacó un alargador y se lo dio a Janie.

—Buena suerte —murmuró en voz baja.

—Gracias —susurró Janie—. Esta noche está que se sale.

Connie Mac dio una palmada para llamar la atención de Janie.

—Vamos, Janie. Sé que estás haciendo horas extras y que quieres acumular todas las que puedas, pero no te voy a pagar si no trabajas.

Hannah siguió a Janie hasta la isla de trabajo y se acercó a la reina de la cocina.

—Disculpa, Connie Mac.

—¿Sí, Hannah? —Connie Mac forzó una sonrisa para Hannah.

—Tengo que darle a Janie unas instrucciones de última hora y luego me largo. —Cuando Connie Mac asintió, Hannah le dio un reconfortante apretón en el brazo a Janie y se la llevó al otro extremo de la cocina. Había visto lo suficiente de Connie Mac para saber que no podía ser agradable trabajar para ella—. Vale, Janie. Cuando hayáis terminado, sal por la puerta trasera y aprieta el botón para cerrarla cuando estés fuera.

—No te preocupes, Hannah. Me aseguraré de que quede cerrada.

—Gracias. Buenas noches, Janie. —Hannah se puso la parka y se dirigió de nuevo a Norman, ignorando deliberadamente a

Connie Mac. Cuando llegó a la puerta se volvió de nuevo, casi haciendo tropezar a Norman, que le pisaba los talones—. Una cosa más. Esta tarde he horneado *muffins* de arándanos y están en la despensa.

—¿Los mismos *muffins* que solías hacer cuando me quedaba a dormir con Andrea?

—Los mismos. Sírvete si tienes hambre.

—Janie no puede comer dulces —advirtió Connie Mac, dirigiéndole a Janie una mirada severa—. Tiene que perder al menos diez kilos antes de que empecemos a grabar para la próxima temporada.

Las mejillas de Janie se ruborizaron. Connie Mac la había avergonzado, y Hannah sintió el impulso de estrangular a la reina de la cocina. Janie siempre había estado rellenita, incluso en el instituto. Y aunque era cierto que estaba lejos de ser una modelo delgada, llevaba ropa que favorecía su figura y era extremadamente atractiva.

—¿Por qué tiene que adelgazar Janie? Está estupenda.

Connie Mac se volvió hacia Hannah con el ceño fruncido. Estaba claro que no estaba acostumbrada a que la contradijeran.

—Entiendo que Janie es tu amiga, pero los hechos son los hechos, y pesa demasiado. Si mi ayudante tiene sobrepeso, mis espectadores supondrán que mis recetas engordan. Eso podría reducir las ventas de mis vídeos y libros de cocina.

Hannah se quedó muda por un momento. Abrió la boca, dispuesta a darle a Connie Mac una merecida respuesta, cuando Norman la agarró del brazo.

—Vamos, Hannah —le susurró—. Cualquier cosa que digas solo empeorará la situación para Janie.

A Hannah no le gustó, pero se dio cuenta de que Norman tenía razón y dejó que abriera la puerta y tirara de ella.

—Buenas noches, Janie —gritó mientras Norman cerraba la puerta tras ellos.

—Menos mal que nos hemos ido —murmuró Norman, respirando profundamente el aire helado—. ¡Estaba a punto de matar a esa mujer!

—Me pido primera —replicó Hannah.

—¿Porque ha hecho que Janie reorganizara tu cocina?

—Eso es solo la mitad. Ha insinuado que Janie está gorda. No creerás que tiene razón, ¿verdad?

Norman negó con la cabeza.

—Janie es grande, pero no está gorda. Y saldrá bien en televisión. Esa excusa de Connie Mac de que Janie podría perjudicar sus ventas es una tontería. Julia Child no estaba delgada en ninguno de sus programas de cocina y sus libros fueron éxitos de ventas.

—Exacto —dijo Hannah, deseando haber pensado en eso a tiempo para decírselo a Connie Mac. Entonces recordó lo que Norman había dicho mientras salían por la puerta y se volvió hacia él con una pregunta—: Has dicho que querías matar a Connie Mac. ¿Qué te ha hecho?

—¿Qué vas a hacer durante las próximas ocho horas? Si te lo cuento todo, me llevará toda la noche.

Hannah se rio.

—Tal vez sea mejor que me des la versión abreviada.

—Connie Mac llegó una hora tarde a su cita conmigo. Janie se disculpó, pero Connie Mac no dijo ni una palabra y me ordenó que le hiciera el retrato en el comedor, cuando yo lo tenía todo preparado en el salón.

—¿Así que tuviste que mover todo el equipo?

—Sí, seis veces. No paraba de cambiar de opinión. Y luego, cuando por fin terminamos y yo ya había recogido todo el equipo, decidió que necesitaba una serie más de tomas sentada detrás del escritorio del primer alcalde.

Hannah frunció el ceño. El escritorio de Ezekiel era una valiosa antigüedad y Delores había asegurado la zona que lo rodeaba con cuerdas de terciopelo como las de los museos.

—Mi madre no la dejó, ¿verdad?

—Claro que sí. Connie Mac la convenció.

—¿¡En serio!? —Hannah no se lo creía. Pensaba que Delores sería la única persona de la ciudad a la que Connie Mac no podría encandilar—. ¿Cuánto duró la sesión de fotos?

—Una hora y media, y me parecieron meses. Cuando terminamos lo único que deseaba era golpearle la cabeza con uno de los rodillos de la señora Jordan.

—Menos mal que no lo hiciste. Podrías haber estropeado el rodillo. —Hannah le sonrió y lo cogió del brazo. Norman le cubrió la mano enguantada con la suya y caminaron juntos por la nieve hasta sus coches.

—Hacía tiempo que no nos veíamos —dijo Norman, acompañándola hasta el lado del conductor de su camioneta—. Te he echado de menos, Hannah.

—Yo también te he echado de menos.

—¿Qué tal si cenamos? Podríamos ir al hotel. Al menos sabemos que Connie no estará allí.

—Cierto, pero probablemente me quedaría dormida encima de la sopa —dijo Hannah sofocando un bostezo. Había sido un día completo, y el esfuerzo de ser agradable con Connie Mac y hornear diez veces más galletas de lo habitual le había pasado factura.

—¿Has quedado con otro?

—Claro que no. Me gustaría mucho cenar contigo, Norman, pero estoy demasiado cansada. ¿Podemos dejarlo para otro día?

—Claro, pero igualmente tendrás que cenar. ¿Quieres que pasemos por la Corner Tavern? Sería más rápido.

—Esta noche no. Lo único que quiero es irme a casa y meterme en la cama con una copa de vino y una tostada con sardinas.

Norman hizo una mueca.

—Eso no suena muy nutritivo.

—No te creas; las sardinas son proteínas, y yo siempre compro las que llevan salsa de tomate, con eso cubro la ración de verduras. La tostada con mantequilla aporta la grasa y los hidratos de carbono. Es una comida muy equilibrada, si lo piensas.

—No me convence mucho. —Norman desenchufó el cable del calentador, lo enrolló alrededor del parachoques de Hannah y le abrió la puerta de la camioneta. Mientras ella se deslizaba en el asiento del conductor, él dijo—: Hannah.

—Dime, Norman.

—Intentemos vernos más a menudo, ¿vale?

—Me parece bien —dijo Hannah, cogiendo el cinturón de seguridad y abrochándoselo.

—Anoche estuve pensando en ello y me di cuenta de que me estaba equivocando.

—¿Qué quieres decir? —preguntó Hannah.

—Que cada vez que nuestras madres intentan juntarnos me rebelo como un adolescente.

—Ya, yo también —admitió Hannah—. Mi madre me sugirió que te llamara hoy, y no lo he hecho. No es que no quisiera llamarte, es que no quería ceder ante ella.

—Eso es exactamente a lo que me refiero. —Norman parecía muy serio—. Creo que deberíamos impedir que nuestras madres influyan en nuestro comportamiento. Haremos lo que realmente queramos hacer, aunque ellas lo sugieran primero.

Hannah asintió.

—Es una idea estupenda, pero tiene un inconveniente.

—¿Cuál es?

—Requiere que actuemos como adultos.

Norman se rio entre dientes.

—¿Crees que podremos?

—Por supuesto. La próxima vez que mi madre me sugiera que te llame, te llamaré.

—Eso es —dijo Norman con cara de satisfacción.

—Y luego, cuando empiece a pavonearse porque he seguido su consejo, le sacaré la lengua.

—¿Por qué no pides otra cosa, Andrea? —sugirió Hannah, cerrando su menú y devolviéndoselo a la camarera—. Siempre pides pollo al horno.

—Me gusta el pollo al horno.

—En fin... —suspiró Hannah—. Por lo menos prueba la crema de rábano de Sally. Está buenísima.

Andrea negó con la cabeza.

—Prefiero la ensalada César. Va perfecta con el pollo al horno.

Hannah se encogió de hombros y se dio por vencida. Al fin y al cabo, había ido a cenar al hotel, pero no había sido su decisión. El teléfono empezó a sonar justo cuando abría la puerta de su apartamento, y era Andrea, presa del pánico más absoluto. ¿Podía Hannah cenar con ella? Janie había cancelado, Bill la había llamado para decirle que llegaría tarde y estaba sola en una mesa del comedor. Tras unos minutos de súplicas, la sororidad de Hannah se impuso.

—Tienen un vino excelente por copas, Hannah. —Andrea interrumpió sus pensamientos—. ¿Quieres que te elija un buen chardonnay?

—No, gracias. Estoy tan cansada que me tumbaría debajo de la mesa.

Andrea tuvo la delicadeza de parecer un poco culpable.

—No debería haberte llamado, pero no podía enfrentarme a quedarme aquí sentada sola. Lo entiendes, ¿verdad?

—Sí, lo entiendo —dijo Hannah. Como Andrea había sido la chica más popular del Instituto Jordan, siempre estaba rodeada de admiradores. Se había acostumbrado a ser el centro de atención, y la perspectiva de cenar sola en un restaurante era un anatema para ella.

—¡Oh, qué bien! Ahí está Bill. —Una sonrisa de felicidad se dibujó en el rostro de Andrea y se levantó para saludar—. Pensaba que llegarían mucho más tarde.

—¿Llegarían? —Hannah miró hacia la entrada y sintió un delicioso cosquilleo cuando vio al compañero y jefe de Bill, Mike Kingston. Era más alto que Bill, que medía más de metro ochenta, y la mayoría de las mujeres de Lake Eden decían que era el hombre más guapo de la ciudad. Con su pelo rubio oscuro y su físico robusto, a Hannah le recordaba a los primeros colonos capaces e intrépidos que se habían hecho un hueco en el Medio Oeste.

—¿A que les queda genial el uniforme? —preguntó Andrea.

—Sí —respondió Hannah, esperando no parecer deslumbrada. Entonces se dio cuenta de que Andrea no se había sorprendido de ver a Mike y sus ojos se entrecerraron. Andrea y Bill siempre intentaban emparejarla con Mike—. ¿Sabías que Mike iba a venir?

—Bill dijo que iba a invitarlo, pero no estaba segura.

—¿Has planeado esta cena como encerrona?

—¡Claro que no! —Andrea parecía indignada—. Te invité esta mañana, ¿recuerdas? Y Janie iba a venir también. Pensé que podríamos pasar un rato agradable todos juntos.

Hannah aún no estaba segura de que Andrea no hubiera hecho de celestina. Al fin y al cabo, había aprendido de una experta: su madre.

—Sonríe, Hannah —la instó Andrea—. Quieres que Mike piense que te alegras de verle, ¿verdad?

Hannah sonrió. Esa parte era fácil. Ver a Mike siempre la hacía sonreír.

Dos horas más tarde, Hannah abrió la puerta de su apartamento por segunda vez esa noche y se fue directa al teléfono de la cocina para llamar a Norman. Una vez que Mike y Bill se habían unido a ellas, una cosa había llevado a la otra con sorprendente rapidez. Sally los había trasladado a una mesa apartada junto a la gran chimenea de piedra, el ambiente había sido romántico e íntimo, y Mike había flirteado descaradamente con ella. Hannah se quedó mucho más tiempo del que había planeado, y eso acabó por ser un error.

Hannah no estaba segura de cuándo habían entrado Delores y Carrie, pero estaban comiendo el plato principal cuando Mike y Hannah pasaron por su mesa de camino a la salida. Era obvio que Norman les había dicho que se había negado a cenar con él, porque ninguna de las dos madres le dirigió la palabra cuando pasó con Mike. Si las miradas mataran, Hannah sabía que en ese momento estaría tirada en el suelo del comedor de Sally, más muerta que las sardinas que había planeado cenar.

—¿Norman? —Hannah se alegró cuando él contestó al teléfono al primer tono—. Quería pillarte antes de que tu madre llegara a casa. Tengo que explicarte...

—¿Explicarme qué?

—Al final he tenido que ir al hotel. Andrea había quedado con Bill para cenar, pero la llamó para decirle que llegaría tarde y ella me suplicó que fuera a acompañarla. Entonces Bill apareció con Mike, y Andrea le pidió que se uniera a nosotros.

—Vale... —Norman parecía desconcertado—. ¿Y por qué me llamas para contarme eso?

—Porque tu madre y la mía estaban allí y nos vieron. Sé que te lo dirán y quería hacerlo yo primero.

—No pasa nada, Hannah. Sé que a veces sales con Mike.

—Sé que lo sabes, pero no quería que pensaras que me negué a ir a cenar contigo y luego me fui con Mike. He pensado que si no te lo explicaba, te sentirías molesto... o incluso celoso.

—No estoy celoso. No tenemos una relación exclusiva y puedes salir con quien quieras. Además, Mike me cae bien. Es buen tío. —Norman hizo una pausa—. ¿Hannah?

—Dime, Norman.

—¿Qué tal si tomamos un café mañana por la mañana? Tengo que estar temprano en la casa de Ezekiel Jordan y podría pasarme por The Cookie Jar.

—Me parece bien. Te invitaré a un *muffin* de arándanos.

—Genial. Hasta mañana. Y gracias por llamar, Hannah. Ha sido un detalle.

Hannah frunció el ceño al colgar el teléfono. Norman no se había puesto celoso, ni siquiera un poco. Hannah supuso que debería alegrarse de que no lo estuviera, pero fue todo un golpe para su ego.

CAPÍTULO SEIS

Los faros de Hannah formaron dos túneles convergentes a través de la oscuridad para iluminar la señal de *stop* en la esquina de Main Street y First Avenue. Había llegado pronto, una hora antes de lo habitual, pero se sentía bien por haberle dado la mañana libre a Lisa.

Nada se movía mientras Hannah conducía por el silencioso distrito comercial de Lake Eden. La clínica dental de Norman estaba cerrada a cal y canto, el Hal & Rose's Café estaba a oscuras y solo una tenue luz de seguridad brillaba a través del escaparate de la farmacia del barrio de Lake Eden. La ciudad seguía durmiendo, pero Hannah estaba alerta y lista para ir a trabajar. Era el día de la inauguración del Festival de Invierno, y las galletas que hornearon la víspera no durarían todo el día. Tenía que hacer más y entregarlas en las carpas de calentamiento.

En lugar de conducir por delante de su bloque, Hannah giró hacia el callejón y pasó por detrás de la tienda de ropa de Claire Rodgers, su vecina del lado norte. Claire le había dicho que tenía previsto abrir Beau Monde Fashions a primera hora, pero eso para Claire era mucho más tarde que para Hannah. Nadie compra ropa de diseño para el Festival de Invierno a las cinco y media de la mañana.

Hannah frunció el ceño al entrar en el aparcamiento de The Cookie Jar cuando los faros iluminaron la pared del edificio: la puerta trasera de su tienda estaba ligeramente entreabierta.

El hecho de que la puerta no estuviera cerrada no hizo saltar las alarmas de Hannah. Todos en Lake Eden sabían que vaciaba la caja registradora antes de irse a casa, y no había mucho más que robar. Si algún vagabundo había forzado la puerta trasera para asegurarse un lugar caliente donde dormir, Hannah no lo culpaba. Había sido una noche muy fría. Incluso le daría al infeliz una taza de café caliente y una bolsa de galletas y le dejaría seguir su camino.

Hannah aparcó en el sitio habitual, conectó el alargador del calentador a la regleta de enchufes de la pared de estuco blanco y se acercó para examinar la puerta. La cerradura estaba intacta y no mostraba signos de haber sido forzada. Janie se debía de haber olvidado de cerrarla cuando se fue con Connie Mac. Agradeció a su buena estrella que las ráfagas de viento no hubieran arrancado la puerta de los goznes provocando que la factura de la calefacción se disparase. Hannah abrió la puerta de un empujón y encendió las luces.

Echó un vistazo y se negó a creer lo que tenía ante sus ojos. Entonces abrió la boca en un grito ahogado de asombro. En el suelo había un saco de harina para repostería, cuyo contenido estaba esparcido por las baldosas como nieve en polvo. Los cuencos de acero inoxidable llenos de masa seca cubrían cada centímetro de la isla de trabajo y las cucharas y espátulas pegajosas se alzaban en su interior como astas en miniatura. Varios cartones con cáscaras de huevo y utensilios sucios se amontonaban en la encimera, cerca del fregadero, y junto a ellos estaba la batidora industrial de Hannah con masa de tarta pegada a las varillas.

Hannah echaba humo mientras observaba su cocina, que siempre estaba inmaculada. No era posible que Janie hubiera dejado ese desastre. Debía de haber vuelto pronto al hotel y Connie Mac no se había molestado en limpiar antes de irse.

Pronunciando una retahíla de improperios que habrían hecho correr a su madre a por jabón, Hannah entró a su negocio. Tardaría al menos una hora en limpiar la cocina y no tenía tiempo que perder. Acababa de empezar a limpiar las encimeras cuando se dio cuenta de que en el aire había un olor asquerosamente dulce, cargado de carbón. Algo se estaba quemando.

Corrió hacia el horno, abrió la puerta y saltó hacia atrás cuando salió una nube de humo negro. A través del humo, pudo ver varios trozos carbonizados y humeantes que habían sido parte del pastel oficial del Festival de Invierno.

Con la velocidad del rayo, Hannah cerró el gas y se apresuró hacia el segundo horno. El humo empezaba a salir por la puerta, y no tuvo que mirar para saber que dentro había restos similares. Lo apagó, corrió hacia las ventanas para abrirlas de un tirón y encendió el extractor. Tosió un poco por el humo y el esfuerzo, salió corriendo por la puerta trasera y la abrió de par en par tras de sí.

Hannah estaba furiosa mientras se paseaba por el aparcamiento, levantando nieve con las punteras de las botas y esperando a que el humo se disipara. Connie Mac se había ido tan pancha de The Cookie Jar con los pasteles en los hornos y, si Hannah no hubiera venido a trabajar temprano, ¡la tienda podría haber ardido hasta los cimientos!

Después de diez minutos de pasearse y echar humo, Hannah se acercó a la puerta y olfateó tentativamente. Todavía quedaba un rastro a quemado en el aire, pero ya no le lloraban los ojos. Entró en la cocina con el ceño fruncido y se dirigió directamente al fregadero. No había tiempo que perder, tenía que limpiar el desastre y empezar a mezclar la masa de las galletas del día.

Hannah tiró los cartones de huevos y las cáscaras al cubo de la basura, que estaba casi rebosante, y abrió el grifo del agua caliente para llenar el fregadero de agua con jabón. Una vez que puso los platos sucios en remojo, sacó la basura y cubrió el cubo con una nueva bolsa de plástico. Estaba recogiendo los cuencos incrustados de masa de tarta de la isla de trabajo, preparándose para trasladarlos a la encimera junto al fregadero, cuando se dio cuenta de algo que hizo que se detuviera en seco.

El bolso de cuero de Connie Mac estaba encima de un taburete. Debía de habérselo olvidado, a menos que... Hannah se giró con el ceño fruncido. El abrigo de piel de Connie Mac seguía colgado de un gancho junto a la puerta trasera. La noche anterior las temperaturas habían caído bajo cero. Connie Mac debía de tener mucha prisa por irse si no se había tomado la molestia de coger el abrigo.

De repente, las piezas encajaron y Hannah miró a su alrededor con inquietud. Janie se había marchado pronto. Eso era evidente. Su coche no estaba, ni tampoco su abrigo y su bolso. Connie Mac había estado allí sola y alguien o algo la había espantado.

Un rayo de luz llamó la atención de Hannah. La puerta de la despensa estaba abierta unos centímetros y alguien había encendido la luz. Hannah agarró lo primero que encontró, la pesada olla que utilizaba para hacer glaseados. Si la persona que había asustado a Connie Mac estaba escondida en su despensa, ¡le daría unos buenos golpes antes de entregarla al *sheriff*!

Hannah se colocó silenciosamente en posición y abrió la puerta con el pie. Echó un vistazo al interior y lo que vio hizo que la olla se le resbalara de los dedos. Su suposición anterior era errónea. Connie Mac no se había ido durante la noche. La cocinera estaba boca abajo en el suelo de la despensa, con los brazos y las piernas extendidos como un niño que se hubiera zambullido en el lago Eden. Se había dado un tremendo golpe en la cabeza mientras probaba uno de los *muffins* de arándanos de Hannah.

El *shock* dejó a Hannah inmóvil por un momento, pero luego se arrodilló para tomarle el pulso. La mayor celebridad que jamás había pisado Lake Eden no volvería a protagonizar un episodio de su programa de televisión ni a posar para las fotos de su revista. Connie Mac había muerto.

CAPÍTULO SIETE

Hannah paseaba por el aparcamiento, tratando de borrar de su mente la horrible imagen, cuando vio los faros de un coche que se acercaba. Al pasar bajo la farola en medio del callejón, se dio cuenta de que era el coche de Norman y de que habían quedado para tomar un café a primera hora de la mañana.

Norman pisó el acelerador cuando vio el coche del departamento del *sheriff*. Un vistazo a su cara de preocupación mientras saltaba de su coche fue todo lo que Hannah necesitó para perdonarlo por no estar celoso de su cena con Mike.

—¿Estás bien, Hannah? —preguntó Norman, estrechándola entre sus brazos antes de que tuviera tiempo de responder.

Hannah asintió, casi odiando admitirlo porque le sentaba muy bien que la abrazaran. Norman era sólido y fiable, y estar en sus brazos era mucho mejor de lo que recordaba. La verdad es que se había acostumbrado. Una vez allí, no quería irse.

—¿Qué ha pasado? —le preguntó Norman.

—Connie Mac está muerta; la he encontrado en mi despensa. Alguien le golpeó la cabeza cuando se estaba comiendo uno de mis *muffins;* he llamado al departamento del *sheriff* y por eso están aquí. —Las palabras de Hannah salieron como una ráfaga. Se recordó a sí misma que debía ir más despacio para que Norman pudiera entenderla y prosiguió—: Alguien mató a Connie Mac anoche mientras preparaba la tarta del Festival de Invierno.

—Es horrible. ¿Saben a qué hora ocurrió?

Hannah negó con la cabeza.

—Todavía no. Doc Knight la está examinando ahora.

—Bueno, debió de ser después de las nueve.

—¿Cómo lo sabes?

—Me tomé un bocadillo rápido y luego volví para probar las luces. Vi a Connie Mac y Janie a través de la ventana cuando salí para ir a casa.

—Será mejor que se lo digas a Mike y a Bill.

—Se lo diré. Siento que hayas sido tú quien la ha encontrado, Hannah. Ha debido de ser horrible.

—Lo ha sido. —Hannah asintió. Luego respiró hondo y soltó una risa temblorosa—. Después de todas las veces que me ha pasado, cualquiera pensaría que ya estoy acostumbrada.

—No creo que uno se acostumbre nunca a algo así.

—Quizá no, pero si sigo encontrando cadáveres, será mejor que ponga el número del *sheriff* en marcación rápida.

Norman se rio.

—Tu sentido del humor está volviendo. Vas a estar bien, Hannah.

—Por supuesto que sí.

La puerta trasera de The Cookie Jar se abrió y salió Mike. Frunció el ceño cuando vio a Norman, pero luego esbozó una sonrisa cortés mientras avanzaba por la nieve.

—Hola, Norman. Menos mal que estás aquí. Hannah no debería estar sola en un momento así. Yo mismo me habría quedado con ella, pero tengo trabajo que hacer dentro.

—Adelante —respondió Norman—. Yo me quedaré con Hannah.

Mike frunció el ceño y Hannah enarcó las cejas, sorprendida. Norman y Mike tenían la actitud de dos gallos de corral, y ella no era una gallina.

—Tengo malas noticias para ti, Hannah. —Mike no parecía contento cuando se volvió hacia ella—. Tu tienda es el escenario de un crimen. La vamos a precintar en un par de minutos.

Tardó un momento en asimilarlo. Cuando lo hizo, Hannah gimió. Había visto suficientes series y películas de policías como para saber que solo el personal autorizado podía traspasar la barrera de la cinta amarilla del escenario del crimen.

—¿Quieres decir que no puedo volver a entrar?

—Me temo que no. Enviaré a Bill a por tu bolso. Realmente no debería hacerlo, pero, como no estaba aquí cuando se cometió el crimen, estoy dispuesto a saltarme un poco las normas.

—Entonces, ¿qué se supone que debo hacer? —le preguntó Hannah.

—Vete a casa, descansa un poco e intenta olvidarte de esto. El equipo forense está de camino y nosotros nos encargaremos de todo.

Los pensamientos de Hannah estaban tan revueltos que le era difícil pensar con claridad. Si no podía entrar en su cocina, ¿cómo iba a hornear las galletas que necesitaba para el Festival de Invierno?

—Sé que tengo que esperar a que termine el equipo forense, pero podré volver a entrar pronto, ¿no? Tengo que hacer galletas para esta tarde.

—Lo siento, Hannah. No puedo permitir que nadie altere el escenario hasta que lleguen los resultados del laboratorio.

—¿Cuánto tarda eso?

—Depende. Nuestro laboratorio no está preparado para pruebas de ADN y tenemos que enviarlas fuera. Y, dependiendo de los resultados, puede que nuestros chicos tengan que volver para recoger más muestras. Sé que es un contratiempo, pero no puedo dejar que se contaminen posibles pruebas.

—Un momento —dijo Norman, acercándose para mirar a Mike directamente—. No has respondido a la pregunta de Hannah. ¿Cuánto tiempo podría estar encerrada?

—No depende de mí, Norman. Si así fuera, dejaría entrar a Hannah en cuanto recogiéramos todas las muestras. Desafortunadamente, no depende de mí.

—¿Cuánto tiempo podría estar cerrada? —Norman repitió la pregunta—. Al menos dale a Hannah una fecha aproximada. Tiene que poder organizarse.

Mike suspiró y se volvió hacia Hannah.

—En el peor de los casos, hasta que atrapemos al asesino.

—¿Y si no atrapáis al asesino? —Hannah frunció el ceño ante el hombre que hacía nada era objeto de sus fantasías románticas.

—Lo haremos. Acabo de hablar con el *sheriff* Grant y está poniendo a todos los hombres disponibles a trabajar en esto. Hay que tener paciencia.

El ceño de Hannah se volvió a fruncir y lo miró fijamente.

—¡Pero no puedo esperar! Si mi tienda está cerrada mucho tiempo, me arruinaré.

—No nos adelantemos a los acontecimientos. —Mike alargó la mano para cogerla del brazo, pero Hannah lo apartó—. Yo no soy el enemigo aquí, Hannah. Es el procedimiento policial y nadie puede hacer nada al respecto.

Hannah lo fulminó con la mirada.

—¿Es justo que pierda mi negocio porque alguien ha cometido un asesinato en mi despensa?

—Por supuesto que no es justo, pero tengo que seguir el procedimiento.

Hannah sabía que Mike era un policía que seguía las normas a rajatabla. Cuando se trataba de procedimiento, nada lo convencía.

—¿Podrías sacarme los *muffins*? Están en un estante de la despensa, en recipientes de plástico, y tengo que entregarlos esta mañana.

—Lo siento. Podría haber huellas en algunos de los recipientes.

Hannah suspiró resignada. Sus *muffins* estarían como piedras para cuando los del escenario del crimen terminaran de tomar huellas.

—¿Y la masa de galletas que preparé anoche?

—Depende. ¿Dónde está?

—En la nevera, que está completamente separada de la despensa. Como Connie Mac trajo sus propios ingredientes, no tenía que utilizarla.

—Si no encontramos ninguna huella sospechosa en la puerta de la nevera, podré sacar la masa de galletas. Mientras tanto, intenta encontrar un horno que puedas usar temporalmente.

Una vez que Mike volvió al interior, Norman se acercó a Hannah.

—No es el fin del mundo. Lo que tenemos que hacer es encontrar otro horno que puedas usar. Vamos a la clínica, haremos algunas llamadas.

—No será tan fácil. —Hannah estaba a punto de explicar la diferencia entre un horno casero y un horno industrial cuando vio que otro coche entraba por el callejón—. ¡Oh-oh! Ahí está mi madre. Está convencida de que estoy en un safari perpetuo en busca de cadáveres solo para poder avergonzarla.

Delores se detuvo en seco cuando vio el coche del *sheriff*. Bajó la ventanilla y llamó a Hannah.

—¿Estás bien?

—Yo estoy bien, pero Connie Mac está muerta.

Sin importarle el tráfico que pudiera haber, Delores dejó el coche en el centro del callejón y se bajó. Cuando llegó al lado de Hannah, estaba sin aliento.

—¿Has dicho muerta?

—Así es —dijo Norman, acercándose a Hannah—. Alguien la mató anoche mientras preparaba la tarta del Festival de Invierno.

—En mi tienda —añadió Hannah—. Ahora es el escenario de un crimen y Bill y Mike van a precintarla.

—¡Eso es terrible! —exclamó Delores.

—Sí —dijo Hannah, sin estar segura de si su madre se refería al fallecimiento de Connie Mac o al hecho de que The Cookie Jar estaría cerrado.

—Un escenario del crimen justo al lado —se quejó Delores—. Ahora nadie vendrá a visitar la casa de Ezekiel Jordan.

Hannah miró a Norman, a quien le costaba mantener la cara seria. A Delores no le preocupaba que cerraran el negocio de su hija, ni el hecho de que Connie Mac estuviera muerta. Su única preocupación era que la gente no fuera a ver su recreación histórica.

—Relájate, madre. A la mayoría de la gente le fascinan los escenarios de asesinatos. Como no pueden entrar en The Cookie Jar, harán tu visita y mirarán por las ventanas.

—¿De verdad lo crees?

—Absolutamente.

—Tal vez tengas razón. Es que he trabajado muchísimo en esto, ya sabes, y todo es auténtico y... —Delores se calló y entrecerró los ojos—. ¿Quién la ha encontrado?

Hannah hizo una mueca de dolor. Tarde o temprano se sabría, y bien podía ser en ese momento.

—Yo.

—¡Hannah! Tienes que dejar de encontrar cadáveres. Es que te juro que los atraes como un imán. Si no tienes cuidado, todo el mundo se va a llevar una impresión equivocada de ti.

—Eso es injusto —objetó Norman—. Hannah estaba en el lugar equivocado en el momento equivocado.

—Eso es exactamente lo que pensé las primeras veces. Pero ¿cinco? Eso es suficiente como para sospechar. Si no tiene cuidado, nadie decente querrá relacionarse con ella.

Norman apretó la mano de Hannah y luego se acercó a Delores.

—Yo no tengo miedo de relacionarme con Hannah, y desde luego no tengo una impresión equivocada de ella.

—Bueno... Me alegra oírlo. —Delores retrocedió ligeramente—. Eres un buen hombre, Norman.

—Lo intento.

Delores se volvió hacia Hannah.

—¿Dónde la has encontrado?

—En la despensa.

—No se lo digas a nadie. Si la gente se entera de que ha muerto en tu despensa, no querrán comer tus galletas. Será mejor que lo tires todo y empieces de cero.

Hannah no compartía esa lógica en absoluto, pero asintió.

—Sí, madre. Lo haré en cuanto me dejen volver a entrar.

—De acuerdo. Si estás segura de que estás bien, Hannah, tengo que irme. No tienes ni idea de cuántas cosas de última hora debo hacer antes de abrir al público.

—Estoy bien, madre. Adelante.

—Me quedaría para prestar apoyo moral, pero...

Norman levantó la mano para interrumpirla:

—No te preocupes, Delores, yo cuidaré de Hannah.

—Está bien.

Hannah vio cómo Delores se daba la vuelta y volvía a su coche. Luego miró a Norman.

—¿Vas a cuidarme?

—Solo es una forma de hablar. He supuesto que le gustaría oír ese tipo de cosas. —Norman levantó la vista cuando otro coche entró en el callejón—. ¿Esa es Andrea?

—Sí, y Tracey está con ella. Bill debe de haberla llamado para contarle lo ocurrido.

Andrea se detuvo y salió de su Volvo. La puerta del pasajero permanecía cerrada, y Hannah supuso que le habría dicho a Tracey que se quedara en el coche hasta que evaluara la situación.

—¡Hannah! Pobre mía. —Andrea se acercó corriendo—. Bill me lo ha contado todo. ¿Se la han llevado ya?

—Todavía no. El doctor Knight sigue dentro.

Andrea hizo un gesto y la puerta del pasajero se abrió. Un momento después, un pequeño bulto rubio con una parka rosa brillante se precipitó por la nieve hacia Hannah.

—¡Hola, tía Hannah! —Tracey la abrazó—. Mamá me ha dicho que has encontrado otro y que la abuela se va a enfadar mucho contigo.

Hannah miró la carita seria de Tracey y no pudo evitar reírse.

—Ah, bueno... Eso no es nada nuevo.

—La abuela nunca se enfada conmigo. ¿Por qué se enfada contigo, tía Hannah?

—Porque ya soy mayor y se supone que debo ser perfecta. Tú tienes cuatro años y aún se te permiten algunos errores.

Tracey lo pensó un momento y luego asintió solemnemente.

—Hemos venido a decirte que puedes usar nuestro horno para tus galletas. Es un horno muy bonito y mamá solo lo ha usado una vez.

—Los niños siempre dicen la verdad... —comentó Hannah mirando a Andrea, a quien le costaba mantener la cara seria. Luego se volvió hacia Tracey—. Eres muy amable, cariño, pero no puedo usar tu horno. Tengo que encontrar uno mucho más grande.

Tracey parecía muy decepcionada.

—Pero iba a ayudarte y todo. Tengo que aprender. Oí a papá preguntarle a mamá por qué nunca hace galletas y ella dijo que antes que ponerse a hacer galletas...

—Ya basta, Tracey —advirtió Andrea, pero Hannah pudo darse cuenta de que estaba más sonriente que enfadada—. Dale un beso a la tía Hannah y vuelve al coche. Tenemos que hablar de cosas de mayores.

—Nunca me dejas escuchar cuando habláis de lo interesante —dijo Tracey con un suspiro—. Los adultos se lo pasan en grande.

Norman se volvió hacia Tracey.

—Se me ocurre algo que puedes hacer para divertirte. Si a tu mamá le parece bien, te llevo al lado a ver la casa que ha montado tu abuela.

—¿Puedo, mamá? —preguntó Tracey, empezando a sonreír de nuevo.

Andrea asintió.

—Está bien, si a Norman no le importa llevarte.

—¡Qué bien! —Tracey deslizó su mano en la de Norman—. Vamos, tío Norman.

—¿Tío Norman? —preguntó Hannah cuando Tracey y Norman estuvieron lo suficientemente lejos.

—Tracey me preguntó cómo debía llamarlo y no se me ocurrió otra cosa. —Andrea parecía un poco ruborizada—. Doctor Rhodes es demasiado formal, ¿no? Cuéntame qué ha pasado, Hannah. Ya sabes cómo es Bill cuando me llama desde el trabajo. Nunca me cuenta ningún detalle.

Hannah acababa de empezar a contar la historia de nuevo cuando la puerta trasera se abrió y salió Mike. Atravesó la nieve, saludó a Andrea y luego se volvió hacia Hannah.

—Más noticias malas, me temo.

—¿Ahora qué? —le espetó Hannah. No estaba de humor para ser amable con el hombre que acababa de cerrar su negocio.

—Has dicho que Janie Burkholtz estuvo aquí con Connie Mac anoche.

—Así es. Estaban horneando cuando Norman y yo nos fuimos.

—Bueno, pues ha desaparecido. Acabo de llamar al hotel y nadie la ha visto desde que se fue con Connie Mac ayer por la tarde. He enviado a una de las camareras de piso a su habitación y su equipaje no está.

—¡Oh, no! —Andrea palideció y se agarró al brazo de Hannah—. ¡El asesino de Connie Mac debe de haber secuestrado a Janie!

—Cálmate, Andrea. Un asesino no se pararía en el hotel al salir de la ciudad para dejar que Janie recogiera sus pertenencias.

Andrea lo pensó un segundo y luego pareció avergonzada.

—Tienes razón. No lo había pensado. Pero... ¿qué le habrá pasado a Janie?

—La encontraremos —prometió Mike—. Nuestro CIO ha sacado su foto del archivo del DVM y hemos emitido una OBC.

Hannah tragó saliva. Llevaba suficiente tiempo con Mike como para saber que cuando empezaba a hablar con siglas la cosa era seria. Connie Mac estaba muerta, había sido una jefa increíblemente desagradable y ahora Janie había desaparecido.

Hannah no pensó ni por un momento que Janie hubiera matado a Connie Mac y huido de la ciudad, pero no podía culpar a Mike por sospechar.

—¿Es Janie sospechosa?

—Me temo que sí.

El rostro de Andrea seguía pálido, pero sus ojos ardían.

—Janie no ha matado a Connie Mac. Es imposible.

—Puede que tengas razón. —Mike se echó atrás al ver lo alterada que estaba Andrea—. La señorita Burkholtz podría tener una razón perfectamente inocente para irse de la ciudad, pero no sabremos cuál es hasta que se lo preguntemos.

Andrea no parecía del todo apaciguada y Hannah decidió cambiar de tema.

—Vamos, Andrea. Tengo que ir al hotel. Tracey y tú podéis venir conmigo.

—Espera. —Mike la agarró del brazo—. ¿Para qué quieres ir al hotel?

—Tengo que encontrar otro lugar para hornear y Sally tiene hornos industriales en su cocina.

—¿No querrás ir por alguna otra razón?

—Tengo que hornear en algún sitio —dijo Hannah, poniendo la expresión más inocente que pudo—. No irás a decirme que no puedo usar los hornos de Sally, ¿verdad?

—No. Por más que me gustaría, legalmente no puedo impedirte ir al hotel. Pero mantente alejada de los empleados de la señora MacIntyre y no hables con nadie relacionado con el caso. Es una orden directa, Hannah. Si interfieres en nuestra investigación, te acusaré de obstrucción.

A Hannah se le ocurrieron varias réplicas, pero tuvo la prudencia de no verbalizar ninguna. Simplemente se volvió hacia su hermana y le dijo:

—Vamos, Andrea. Ya le hemos robado bastante tiempo a Mike.

Cinco minutos más tarde, atravesaban la ciudad en la camioneta de Hannah, rumbo a la casa que Lisa compartía con su padre. Era un pequeño desvío, pero Hannah quería contarle a su socia lo que había pasado antes de que se enterara por otra persona.

—Hannah... —dijo Andrea, echando un vistazo a la parte de atrás para asegurarse de que Tracey estaba absorta en uno de los libros que había llevado para el trayecto.

—¿Hmm?

—¿Los hornos de Sally son la única razón por la que vamos al hotel?

—Eso es lo que he dicho.

Andrea parecía decepcionada.

—¿Quieres decir que vas a dejar que Mike te diga lo que tienes que hacer?

—Es un agente de la ley, Andrea. Tiene derecho a decirme lo que tengo que hacer.

—Pero tú no le vas a hacer caso, ¿verdad?

—Veamos: una de nuestras amigas más antiguas ha sido acusada de asesinato, voy a tener que fregar durante horas para quitar las manchas de sangre del suelo de mi despensa, mi madre sigue enfadada conmigo por haber encontrado otro cadáver y Mike acaba de precintar mi negocio. ¿Tú qué crees?

Andrea esbozó una gran sonrisa de satisfacción.

—Es justo lo que pensaba. Te ayudaré.

CAPÍTULO OCHO

Lisa abrió la puerta de la casa de su padre y sonrió al ver a Hannah, Andrea y Tracey de pie en el umbral.

—¡Qué agradable sorpresa! Venid a resguardaros del frío. Tengo café y tarta de manzana y canela en la cocina.

Mientras seguían a Lisa hasta la alegre cocina amarilla de la parte trasera de la casa, Hannah la bendijo en silencio por no preguntar qué hacían en la puerta de su casa a las siete de la mañana.

El padre de Lisa, Jack Herman, estaba sentado a la mesa, terminando un trozo de la tarta de Lisa. Cuando las vio, les tendió la mano y les dedicó una sonrisa de bienvenida.

—Hola, amigas. ¿Habéis venido a por un trozo de la tarta de Lisa?

—No exactamente, pero tiene una pinta deliciosa —Hannah se acercó al padre de Lisa y le estrechó la mano. Jack Herman tenía alzhéimer y, aunque conocía a Hannah de toda la vida, había veces que no la recordaba—. Soy Hannah Swensen, la socia de Lisa en The Cookie Jar.

—Claro, claro —dijo Jack, dándole un apretón en la mano—. Hoy te he reconocido enseguida. ¿Y esa es tu hermana?

Andrea le dio la mano.

—Andrea. Y esta es mi hija...

—Tracey —interrumpió Tracey a su madre y enseguida ocupó la silla junto a Jack—. Tengo cuatro años. ¿Y tú?

—Yo soy algo mayor, pero tengo una hija que antes tenía tu edad. ¿Lo sabías?

—¿Lisa? —Tracey miró a Lisa y soltó una risita.

—Así es. ¿Quieres un trozo de pastel?

—Sí, por favor. —Tracey asintió y Lisa le sirvió un trozo. Una vez que Tracey lo hubo probado, miró a Lisa y sonrió—. Es la mejor tarta de manzana que he probado nunca. Cuando papá diga que ya se puede abrir The Cookie Jar, deberías hacerla para los desayunos.

Lisa parecía confusa y se volvió hacia Hannah.

—¿The Cookie Jar está cerrado?

—Es que han matado allí a la señora Mac —soltó Tracey antes de que Hannah pudiera siquiera pensar en contestar—, y papá y el tío Mike han puesto cinta amarilla en las puertas.

Andrea lanzó una mirada de advertencia a Hannah y Lisa y luego se volvió hacia su hija.

—Tracey, cariño, creo que sería mejor que...

—Tranquila, mamá —interrumpió Tracey, bajando de un salto de la silla y cogiendo su plato—. Me voy a la otra habitación a terminarme la tarta. —Se dirigió hacia la puerta del salón, pero luego se volvió hacia el padre de Lisa para explicárselo—. Mamá nunca me deja escuchar cuando hablan de las cosas realmente interesantes.

A Jack Herman le brillaron los ojos, pero asintió con seriedad.

—Sé exactamente a qué te refieres. Espera un segundo y voy contigo.

—¿Tampoco quieren que tú lo escuches? —Tracey parecía sorprendida.

—Creo que no. —Jack cogió el vaso de leche de Tracey y echó hacia atrás su silla—. Te prepararé una bandeja en el salón. Y cuando termines con la tarta de Lisa, te enseñaré mi colección de animales.

—¡Qué guay! —dijo Tracey, empezando a sonreír—. ¿Son animales de verdad?

—Parecen de verdad, pero están tallados en trozos de madera. Y son mucho más pequeños que los animales de verdad.

Tracey asintió, haciéndose a un lado para que el padre de Lisa pudiera abrirle paso.

—¿Tienes un hipopótamo? Son mis favoritos.

—Pues no me acuerdo. Vamos a ver.

Hannah, Andrea y Lisa mantuvieron los labios apretados hasta que Jack salió de la habitación con Tracey. Entonces Lisa se inclinó sobre la mesa.

—¿Es verdad?

—Me temo que sí. —Hannah suspiró profundamente—. Connie Mac fue asesinada anoche mientras preparaba la tarta del Festival de Invierno. La he encontrado en nuestra despensa cuando he llegado esta mañana.

Lisa se estremeció.

—¡Cielo santo! No me caía muy bien, pero... ¿asesinada?

—A alguien debía de caerle incluso peor que a ti.

—¡Supongo! ¿Y Janie? ¿Está bien?

—Creemos que sí, pero el problema es que ha desaparecido.

La noticia tardó un momento en calar. Cuando lo hizo, Lisa parecía preocupada.

—¿No creeréis que vio al asesino y él la...?

—No —dijo Andrea rápidamente—. Janie recogió todas sus cosas y se marchó del hotel anoche. Bill y Mike la están buscando para saber si vio algo. Por ahora, Janie es sospechosa.

Lisa fruncía el ceño mientras se volvía hacia Hannah.

—¿Vas a demostrar que ella no lo hizo?

—Sí.

—Eso está bien. ¿Han dicho cuánto tiempo deberemos tener cerrado?

—Mike no ha querido darme una respuesta precisa, pero ha admitido que podría ser el tiempo que tarden en atrapar al asesino de Connie Mac.

—Eso no pinta bien. —Lisa parecía muy preocupada—. Supongo que será mejor que busquemos otro sitio para hornear.

—Estamos trabajando en eso. Andrea y yo vamos a ir corriendo al hotel a preguntarle a Sally si podemos usar un par de sus hornos industriales.

—Buena idea —dijo Lisa, y luego se volvió hacia Andrea—: Me quedaré con Tracey esta mañana. A papá le encantan los niños y la llevaremos con nosotros al Festival de Invierno. Así podréis montar vuestro cuartel general en el hotel.

—¿Cuartel general? —Andrea parecía desconcertada.

—Para investigar. Si Sally nos deja usar sus hornos, yo me encargaré de la repostería. Cuanto antes atrapéis al asesino de Connie Mac, antes podremos volver a The Cookie Jar.

—¡Algo huele muy bien! —exclamó Andrea cuando entraron en el rústico vestíbulo del Hotel Lake Eden.

—¡Desde luego! —Hannah empezó a sonreír—. Debe de ser el desayuno bufé de Sally.

Andrea se sentó en el largo banco de madera que estaba sujeto al mueble zapatero y se quitó las botas. Las colocó en el estante y abrió la cremallera de su bolso, preparándose para ponerse los zapatos.

—Date prisa, que te invito a desayunar. No he podido comer esta mañana y me muero de hambre.

Mientras Hannah se unía a su hermana en el banco, recordó que Andrea se había comido dos trozos grandes de tarta en casa de Lisa. Para alguien que nunca había desayunado más que una tostada, tenía un hambre inusual. Hannah iba a la universidad cuando su hermana estaba embarazada de Tracey, pero Bill le contó que había engordado cinco kilos en el primer mes. ¿Estaba tal vez la cigüeña a punto de hacer otra visita a la casa de los Todd?

—¿Qué? —preguntó Andrea, interceptando la mirada escrutadora de Hannah.

—Me preguntaba por qué tienes tanta hambre, eso es todo —contestó Hannah, quitándose las botas y calzándose las zapatillas de ante que llevaba en el bolso.

—No lo estoy, ¿sabes?

—¿No estás qué?

—Embarazada. He visto esa mirada. Te estabas preguntando si ibas a volver a ser tía, ¿verdad?

Hannah se rio. La había pillado de lleno. Andrea siempre había sabido leer sus expresiones.

—Se me ha pasado por la cabeza.

—Bueno, pues olvídalo. Es el frío. Mi cuerpo me dice que me ponga una capa extra de grasa para aislarme.

—¿Una capa extra? —Hannah miró a su delgada y elegante hermana—. Ni siquiera tienes la capa número uno. No tienes ni un gramo de grasa.

—Eso es porque lo quemo todo. Tengo un metabolismo muy activo. ¿Recuerdas que nos preparabas avena con azúcar moreno y trocitos de chocolate cuando estaba en el instituto?

—Claro que sí.

—Me convertiste al desayuno, Hannah. Es mi comida favorita.

—¿Entonces por qué nunca la haces?

—La última vez que intenté cocinar avena, se quemó por el fondo y tuve que tirar la sartén. Las tostadas y los cereales fríos son mucho más seguros. No fallan.

Hannah intentó pensar en algo amable que decir, pero no se le ocurrió absolutamente nada. Andrea cocinaba fatal.

—Busquemos a Sally y ofrezcámonos a ayudarla. Eso nos dará la oportunidad de hacerle algunas preguntas.

—Buena idea.

Hannah se levantó y siguió a Andrea hasta el antiguo mostrador de reservas. Echó un vistazo a la pared de casilleros que había detrás y observó que no había llaves en los cubículos. No le sorprendió. Cuando había hablado con Sally hacía unos días, le había dicho que el hotel estaba lleno con los huéspedes del Festival de Invierno, los periodistas y la gente del equipo de Connie Mac. Andrea abrió de un empujón la puerta del gran comedor. Estaba desierto, y se volvió hacia Hannah sorprendida.

—¿Dónde está todo el mundo?

—Deben de estar en las habitaciones —le dijo Hannah—. Es sábado y Sally no abre el bufé hasta las nueve.

—Pero son las… —Andrea miró su reloj—. Solo son las ocho. Creía que era mucho más tarde.

Hannah alargó la mano para acariciar el hombro de su hermana. A Andrea le gustaba dormir hasta tarde los sábados por la mañana y no levantaba la cabeza de la almohada hasta las nueve. El hecho de que hubiera llegado a The Cookie Jar a las seis y media era una prueba tangible de su devoción de hermana.

Las dos Swensen pasaron por delante de las mesas pulcramente dispuestas y se dirigieron directamente a la gran cocina industrial del hotel. Cuando atravesaron la puerta batiente, Hannah empezó a sonreír. La cocina de Sally era su lugar favorito del hotel, ya que combinaba modernos equipos de restaurante de acero inoxidable con toques hogareños seleccionados por Sally. El suelo era de baldosas, imprescindible en un restaurante porque el código sanitario exigía que se mantuviera impecable. Pero, en lugar de las de color liso que utilizaban la mayoría de los restauradores, Sally había instalado baldosas de diseño que simulaban una alfombra trenzada multicolor como las de antes. Las zonas que no quedaban cubiertas por el diseño ovalado estaban decoradas como si fueran de madera y, si no lo examinabas de cerca, el suelo parecía el mismo que podrías encontrar en la cocina de una casa de campo grande. La larga pared que la cocina de Sally compartía con el comedor tenía una ventana que iba desde la encimera de acero inoxidable hasta el techo. Así, el personal de cocina de Sally estaba siempre a la vista, y se vestían para lucirse al máximo. Las mujeres llevaban gorros con volantes que satisfacían el requisito del departamento de sanidad de cubrirse la cabeza y estaban estampados a juego con sus delantales con peto. Los hombres también lucían batas de cocinero de colores y gorros a juego. La combinación de colores cambiaba cada día, y hoy tocaba el verde.

—Ahí está Sally —dijo Hannah, dirigiendo la atención de su hermana hacia la pared del fondo, donde Sally estaba sacando del horno una bandeja con *popovers* recién hechos.

Andrea asintió y su cara se iluminó con una sonrisa.

—*¡Popovers!* Sally hace los mejores *popovers* del mundo.

—Eso he oído. Sally puso cara de satisfacción mientras se dirigía a un espacio libre en el largo mostrador de acero inoxidable y volcaba los *popovers* en una cesta forrada de servilletas.

—Coged un taburete y tomaos uno mientras están calientes.

—¿Tienes tiempo para acompañarnos? —preguntó Hannah.

—Pueden arreglárselas sin mí unos minutos. —Sally le pasó la cesta a Andrea y le tendió un tarro de mantequilla y otro de mermelada de albaricoque—. ¿Por qué habéis tardado tanto? Pensaba que estaríais aquí hace una hora.

—¿Ya lo sabes? —Hannah se sorprendió. El departamento del *sheriff* nunca daba la noticia de un asesinato hasta después de que se hubiera notificado a la familia.

—Claro que lo sé. Estaba escuchando la radio KCOW en la cocina y era la noticia principal a las cinco y media.

—¿A las cinco y media? —Hannah estaba alucinada. No había encontrado el cuerpo de Connie Mac hasta las seis menos diez—. Pero... ¡si es imposible!

—Tú lo sabes, y yo lo sé, pero te sorprendería saber cuánta gente cree realmente en ellos.

—Un momento. —Andrea levantó las manos—. Es obvio que tú y Hannah estáis hablando de dos cosas diferentes. Tú primero, Sally.

—De acuerdo. A las cinco y media de esta mañana, Jake y Kelly han anunciado en la radio que el fantasma de Ezekiel Jordan ronda por los pasillos del hotel en busca de venganza.

—¿Venganza por qué? —Hannah hizo la pregunta obvia.

—Por perder su preciado escritorio de palisandro en una de las partidas de póquer de F. E. Laughlin. Verás...

—Espera un segundo, Sally —interrumpió Andrea—. ¿Es el mismo escritorio que tiene madre en su recreación?

Sally asintió.

—Ezekiel y el tatarabuelo de Dick fueron contemporáneos hace cien años. Cuando Dick y yo encontramos el escritorio en el desván, supusimos que F. E. lo había comprado después de la muerte de Ezekiel, pero Francine descubrió la historia de la partida de póquer.

—¿Tu madrastra sigue aquí? —preguntó Hannah. Había conocido a Francine en la fiesta de Navidad de Sally y Dick. Francine había planeado quedarse un par de semanas para ayudarles con el recién nacido, pero el pequeño Danny ya tenía casi dos meses.

—Todo salió tan bien que Dick y yo invitamos a Francine a pasar el invierno con nosotros. Cuando no está cuidando a Danny, se dedica a investigar en internet sobre la familia de Dick. Así es como se enteró de la partida de póquer y del escritorio de Ezekiel. ¿Queréis la historia larga o la corta?

—La larga. —Hannah intervino antes de que Andrea pudiera abrir la boca—. Háblanos de la partida de póquer.

—Sucedió hace casi exactamente cien años. F. E. y sus amigos vinieron a pescar en el hielo y a cazar. Siempre jugaban al póquer los sábados por la noche e invitaban a algunos de los notables del pueblo a venir en coche y participar en la partida. Ezekiel Jordan vino a jugar, pero no era muy bueno al póquer y enseguida se quedó sin dinero.

—¿Y por eso apostó su mesa? —Andrea parecía sorprendida.

—Así es. Francine encontró el papelito de la apuesta que tiró al bote con otros papeles de F. E.

—Continúa —la apremió Hannah.

—Al día siguiente, Ezekiel cargó su escritorio y lo trajo hasta aquí. De vuelta a casa, se desató una tormenta invernal y Ezekiel cogió un buen resfriado. Si conocéis la historia de Lake Eden, ya sabéis lo que pasó después.

Hannah lo pensó un momento y luego asintió.

—Ezekiel murió de una pulmonía, ¿verdad?

—Exacto, tres días después de su viaje hasta aquí. Culpó a F. E. de haber enfermado y le dijo a todo el pueblo que la partida de póquer estaba amañada.

—¿Estaba amañada? —preguntó Andrea.

—No lo sé —Sally se encogió de hombros—, pero es posible, sobre todo si F. E. deseaba tanto ese escritorio. Podía ser muy despiadado.

—¿Y qué pasó después? —intervino Hannah.

—Ezekiel juró en su lecho de muerte que volvería a por su escritorio y se vengaría de todos los que participaron en esa partida de póquer.

—Bien —dijo Hannah—, pero todo eso ocurrió hace cien años. ¿Por qué dicen en la KCOW que el fantasma de Ezekiel está aquí ahora?

Sally sonrió.

—Francine se lo mencionó a uno de los reporteros que está alojado para el Festival de Invierno. Debió de llamar a la emisora y contarlo.

—¿Pero por qué se lo contó Francine al reportero?

Sally se sirvió una taza de café y se sentó junto a Hannah y Andrea.

—¿Queréis la historia larga o la corta?

—La corta —dijo Hannah, aunque sospechaba que tendría la misma extensión que la historia larga.

—Ayer por la mañana Francine se encontró con el reportero en el pasillo. Le dijo que se había despertado en mitad de la noche, había mirado por la ventana y había visto a alguien caminando por el exterior. Francine le dijo que debía de haber visto al fantasma de Ezekiel Jordan volviendo a por su escritorio. Francine estaba bromeando, pero él debió de tomárselo en serio. Y ahora todos van a pensar que en el hotel hay un fantasma. En cierto modo, me alegro de que Dick se haya ido. Estaría preocupado por cómo afectaría al negocio.

—¿Dick se ha ido? —se sorprendió Hannah. Sally no le había dicho nada al respecto cuando la llamó la semana pasada.

—Tuvo que irse a Arizona el domingo. Su madre iba a esperar hasta el verano para que le operaran la cadera, pero los médicos querían hacerlo ahora. Le dije a Dick que podía encargarme de todo, pero no contaba con la historia del fantasma. Espero que los huéspedes no se vayan.

—No se irán —dijo Andrea muy segura—. La gente que no cree en los fantasmas lo ignorará. Y los que sí creen se quedarán, esperando verlo. Nadie saldrá perdiendo, Sally. Los fantasmas venden.

—¿Venden?

Andrea asintió.

—¿Recuerdas la vieja casa de los Walker? Estuvo en venta durante un año sin recibir ni una oferta. Entonces alguien empezó a contar que estaba embrujada por el fantasma de Beulah Walker y se vendió por encima del precio inicial.

Hannah se giró para mirar a su hermana.

—¡Dime que no fuiste tú!

—No fui yo. Pero lo habría hecho si se me hubiera ocurrido.

Sally cogió la cafetera y sirvió una segunda taza.

—Ahora vuelvo.

Hannah vio como Sally se acercaba a una atractiva mujer morena de unos cuarenta años. Hablaron un momento y luego la mujer empezó a dirigir al resto del personal de cocina de Sally mientras cargaban los platos en carritos rodantes y se preparaban para sacar el bufé. Cuando el festín sobre ruedas empezó a pasar junto a ellas, Hannah vio que Andrea alargaba la mano para coger un dónut glaseado.

—¿Te has comido tres *popovers* de Sally y aún tienes hambre?

—Me muero de hambre. No puedo resistirme a los dónuts de Sally.

—Y yo no puedo resistirme a su beicon —comentó Hannah, cogiendo varios trozos mientras pasaba un segundo carrito.

Durante varios minutos, las hermanas masticaron en silencio, intentando acabarse el botín antes de que volviera Sally. Andrea acababa de engullir el último trozo de su dónut cuando Sally se dirigió hacia ellas.

—Vale, ya está —dijo Sally, sentándose en su taburete y volviéndose hacia Hannah—. Ahora dime qué te ha traído hasta aquí cuando debes de tener montones de repostería por cocinar.

Hannah dudó. Todo el mundo le decía que era demasiado franca, pero no se le ocurría ninguna manera suave de contarle a Sally lo que le había pasado a Connie Mac.

—Me alegra que estés sentada, Sally, porque tu cliente más importante acaba de ser asesinada.

CAPÍTULO NUEVE

El café de Sally ya estaba frío cuando Hannah terminó de contarle que había encontrado a Connie Mac. Dio un sorbo, hizo una mueca y volvió a dejar la taza en la mesa.

—Siento que haya muerto, pero hay algo bueno. Cuando salga la noticia, nuestra historia de fantasmas perderá interés.

—Tal vez no —reflexionó Andrea—. Todo depende de si el reportero quiere exprimirla al máximo. Siempre puede decir que el fantasma de Ezekiel se ha vengado matando a Connie Mac.

Sally parecía desconcertada.

—Pero Connie Mac no estaba en esa partida de póquer. Ocurrió hace cien años.

—No estuvo allí, pero mientras visitábamos la recreación que ha hecho nuestra madre, Connie Mac mencionó que su familia fue una de las primeras en establecerse en Minnesota. Con ese tipo de antecedentes, podría ser pariente lejana de alguno de los que estaban en la partida de póquer de F. E.

—Andrea tiene razón —dijo Hannah—. Si te remontas lo suficiente, muchos originarios de Minnesota están emparentados.

Sally dio un suspiro de resignación.

—Odio admitirlo, pero tenéis razón. Supongo que nuestra historia de fantasmas va a durar un tiempo, al menos hasta que atrapen al verdadero asesino. Estáis trabajando en el caso, ¿verdad?

—Sí, pero es confidencial —le dijo Andrea—. Después de que Mike le cerrase a Hannah The Cookie Jar, le ha hecho prometer que no interferiría en la investigación.

—¿Te han cerrado la tienda? —Sally se volvió hacia Hannah.

—Es el escenario de un crimen y la han acordonado. Sé que es mucho pedir, pero tengo que hornear todas las galletas del Festival de Invierno y...

—No hace falta que sigas —la interrumpió Sally—. Podéis hornear aquí.

—¿Seguro que no te importa?

Sally negó con la cabeza.

—Para eso están los amigos. Además, así podré estar al tanto de tu investigación. Estarás aquí fuera y podré enterarme de todo de primera mano.

—Gracias, Sally. —Hannah sintió que se le quitaba un gran peso de encima. Su problema inmediato estaba resuelto, pero había uno aún mayor que abordar—. ¿Tienes un minuto para hablarme de la gente que trabajaba para Connie Mac? Tenemos que averiguar si alguno de ellos tenía motivos para matarla.

—Si me preguntas, todos tenían motivos. Era un terror trabajar para Connie Mac.

Los ojos de Andrea se abrieron de par en par y miró fijamente a Sally.

—¿Estás segura? Parecía tan simpática.

—Esa era su imagen pública. Era muy distinta cuando se enfadaba con alguien.

Hannah dejó la taza de café y sacó su cuaderno.

—Entonces, ¿todos los que trabajaban para Connie Mac son posibles sospechosos?

—Más o menos. Y no te olvides de mis empleados. Connie Mac solo estuvo aquí un par de horas, pero se las arregló para que cuatro de mis camareras de piso bajaran llorando.

—¡No me lo puedo creer! —Andrea seguía sorprendida—. ¿De verdad era tan mala?

—Era peor. A decir verdad, me sorprende que alguien no la matara mucho antes.

Hannah miró a su hermana. Andrea tenía una expresión de incredulidad que le recordaba a cuando era pequeña.

—Creo que deberíamos intentar acotar el cerco —dijo Hannah, volviendo a centrar su atención en Sally—. ¿Hay alguien que le pudiera guardar un rencor especial a Connie Mac?

—Puede que el hombre que se salió de la carretera con la furgoneta de suministros. Earl Flensburg lo asistió y le prestó el teléfono de la grúa. Connie Mac ni siquiera dejó que le contara lo que había pasado. Lo despidió por teléfono.

Hannah tomó nota para comprobarlo con Earl.

—¿Alguien más?

—Alan Carpenter. Es el abogado de Connie Mac; ella amenazó con despedirlo ayer por la tarde.

—¿Cómo lo sabes?

—Lo vi. Yo estaba sustituyendo a mi camarero y Alan estaba sentado al final de la barra. Cuando llegó Connie Mac, justo después de la visita guiada, se ensañó con él.

—¿Qué dijo? —preguntó Hannah, con el bolígrafo preparado para tomar notas.

—Déjame que recuerde. —Sally hizo una pausa—. Me dirigía a tomarle nota y la oí decir: «¿La mitad? ¡Pero si no puede hacer eso!». Y Alan dijo: «Él ya lo ha hecho. Está firmado y atestiguado».

—¿Quién era ese *él*? —preguntó Hannah.

—No lo sé y no pregunté. Connie Mac parecía tan enfadada que retrocedí y me puse a limpiar vasos.

—¿Pero pudiste oír lo que dijeron?

—Por supuesto. Estaba a solo unos metros de distancia y podía verlos en el espejo de detrás de la barra. Connie Mac fulminó a Alan con la mirada y fue entonces cuando lo amenazó. Le dijo: «Haz que lo cambie o estás despedido. No olvides que eres mi abogado y puedo hacer que te inhabiliten por no proteger mis intereses».

Hannah añadió el nombre de Alan Carpenter a su lista de sospechosos y miró a Andrea. Su hermana todavía parecía alucinada.

—¿Estás bien, Andrea?

—Estoy bien. —Andrea se enderezó y respiró hondo—. No entiendo cómo he podido ser tan crédula. Normalmente sé calar a la gente mejor.

Sally se acercó para acariciar el hombro de Andrea.

—Connie Mac engañó a todo el mundo. A mí también, al principio.

—Para eso pagan a las estrellas de la tele —comentó Hannah, y luego se volvió hacia Sally—. ¿Dónde está Alan Carpenter ahora?

—Se fue con el marido de Connie Mac justo antes de que llegarais. No lo supe en ese momento, pero debían de ir a identificar oficialmente el cadáver.

—Tal vez tengas razón. —Hannah decidió cambiar de tercio. No quería ni pensar en cómo debe de sentirse un marido que tiene que identificar el cadáver de su mujer—. ¿Qué impresión tienes del marido de Connie Mac?

—Me gusta Paul. Es todo lo que Connie Mac fingía ser. —Sally vaciló, y unas tenues líneas de preocupación aparecieron en su frente—. ¿Es sospechoso?

—No si tiene coartada —le dijo Hannah—. ¿Estuvo aquí toda la noche?

—No lo sé. Paul no entró mientras yo atendía el bar, pero podría haber estado en su *suite.* Tal vez alguna camarera lo sepa.

—Hablaré con ellas más tarde —dijo Hannah, y tomó más notas—. ¿Y Spencer, su chófer?

—Me dijo que estaba de guardia. Se suponía que Connie Mac lo llamaría cuando terminara de hornear para ir a recogerla. Estuvo en el bar hasta que cerré a la una.

Andrea parecía sorprendida.

—¿Spencer estaba bebiendo?

—Solo café. Creo que se bebió casi medio litro mientras esperaba. Cuando cerré el bar, salió al vestíbulo. El vigilante nocturno me dijo que estuvo en una silla junto a la chimenea toda la noche.

Hannah asintió y tachó a Spencer de su lista de sospechosos. Si había estado en el hotel toda la noche, no podía ser el asesino.

—¿Has conocido a todo el equipo de Connie Mac?

—Sí. Cuando se registraron el lunes, Paul me los presentó. La mayoría de ellos han pasado mucho tiempo en el centro comercial, organizando la gran inauguración de la *boutique,* pero han vuelto aquí para cenar. Parecen buena gente, Hannah. Connie Mac era la única excepción.

—¿Qué tal Paul y Connie Mac? ¿Crees que era un buen matrimonio?

—No me sorprendería que no lo fuera. Él es agradable y ella era desagradable. Eran como el agua y el aceite.

—¿Paul estaba ya aquí cuando Connie Mac se registró?

—Sí, pero no se vieron, si es lo que preguntas. Estuve trabajando en recepción desde el mediodía hasta las dos y Paul llamó para dejarle un mensaje. Connie Mac tenía que ir directamente a su *suite* cuando llegara, porque Paul necesitaba hablar con ella de algo importante.

—¿Y le diste el mensaje?

—Por supuesto. Lo leyó delante de mí. Luego se lo metió en el bolso y se fue directamente a su limusina.

—¿Ni siquiera se molestó en llamarlo? —Andrea empezó a fruncir el ceño cuando Sally negó con la cabeza—. Pero lo vio cuando volvió de la visita, ¿verdad?

—No lo sé. Mi camarero llamó para decir que estaba enfermo y tuve que trabajar en el bar el resto del día. Connie Mac vino a las cuatro para encontrarse con Alan, y estaba como loca antes de cruzar la puerta.

—¿Cómo supiste que estaba enfadada antes de verla? —Hannah parecía confusa.

—La oí venir por el pasillo, y esas botas que llevaba no podían golpear el suelo con más fuerza.

—¿Botas? —Andrea miró a Sally con seriedad—. ¿Estás segura de que eran botas?

—Estoy segura. Me fijé porque eran muy raras. Nunca había visto botas de ante color melocotón. Seguro que las había teñido para que hicieran juego con las flores de su jersey.

—¿Connie Mac llevaba un jersey? —se extrañó Andrea.

—Sí. Formaba parte de un conjunto de tres piezas. Los pantalones y el top eran marrón chocolate, el mismo color que el fondo del jersey.

—¿Llevaba bolso?

—Sí, un bolso bandolera de ante color melocotón con una correa de eslabones dorados. Lo tiró encima de la barra con tanta fuerza que pensé que la correa iba a romper un cuenco de frutos secos.

Hannah miró a su hermana con el ceño fruncido. Solo Andrea era capaz de desviar la investigación de un asesinato y meterse en una charla sobre moda con Sally.

—Ya basta, Andrea. No necesitamos un análisis pormenorizado del vestuario de Connie Mac.

—Sí que lo necesitamos —replicó Andrea, lanzando a Hannah una mirada triunfante—. Si hubieras prestado atención, sabrías que Connie Mac llevaba un traje de firma color melocotón con zapatos de cuero negro cuando hicimos la visita. Y llevaba un bolso de mano de cuero negro con un broche de diamantes. Debió de subir a su *suite* a cambiarse de ropa, y eso significa que probablemente vio a su marido. ¿Eso no te parece relevante?

—Sí que lo es, y me alegro de que te hayas dado cuenta. —Hannah se sintió un poco culpable por atacar a su hermana. Andrea siempre se fijaba en lo que llevaban otras mujeres. Normalmente aburría a Hannah hasta la muerte, pero esta vez había sido útil—. Creo que ayudaría si intentáramos reconstruir la tarde de Connie Mac. ¿A qué hora terminaste la visita, Andrea?

—A las tres y media. Miré el reloj cuando Spencer me dejó en el coche. Quería ver si me daba tiempo a parar en la tintorería antes de recoger a Tracey en la guardería.

Hannah anotó la hora en su cuaderno.

—¿Así que Connie Mac llegó a las tres y media y le dio tiempo a cambiarse de ropa antes de que Sally la viera a las cuatro?

—Apenas tuvo tiempo —la corrigió Andrea—. No creo que Connie Mac fuera de las que salen en público si no están perfectas. Y no olvides que tuvo que cambiar de bolso. Me imagino que tuvo unos dos minutos para estar con su marido, lo suficiente para darle sus órdenes para el resto del día.

Hannah soltó una risita ante la expresión de su hermana. La opinión de Andrea sobre Connie Mac había cambiado radicalmente.

—¿Así que crees que no era un matrimonio ideal?

—¡Ni de broma! Cualquier mujer que no pase más de dos minutos con su marido, sobre todo después de haber estado separados cinco días, es una esposa realmente pésima.

—Si tú lo dices... —dijo Hannah, volviendo a su cuaderno—. ¿Estaba Connie Mac enfadada cuando la dejaste, Andrea?

—No que yo sepa. Era todo sonrisas, e incluso me invitó a la gran inauguración de su *boutique*. Algo debió de pasar después de que subiera a su *suite*.

—Al menos sabemos que no se peleó con su marido. Es imposible que pudiera enfadarse tanto en dos minutos. —Hannah levantó la vista de sus notas cuando Sally y Andrea se echaron a reír—. ¿Qué es lo que he dicho?

Sally intentó poner cara seria, pero no lo consiguió.

—No lo entiendes, Hannah. Dick puede decir algo que me haga enfadar en menos tiempo que eso.

—Y Bill puede conseguirlo en treinta segundos —añadió Andrea—. No sabes mucho sobre el matrimonio.

—Y no estoy segura de querer saberlo. Entonces, ¿las dos creéis que podría haberse peleado con Paul?

—Sin duda es posible —contestó Andrea—, pero también lo es que pasara algo cuando bajó al bar.

—Es cierto. ¿Cuánto tiempo estuvo en el bar, Sally?

—Cinco minutos como mucho. Salió de la misma manera que había entrado, enfadada como una mona. Estaba que trinaba, Hannah. Mi madrastra iba con Danny por el pasillo y oyó a Connie Mac gritándole a Kurt Howe en su habitación. Gritaba tan fuerte que Francine la oyó a través de la puerta cerrada.

—¿A qué hora fue eso? ¿Y quién es Kurt Howe?

—Las cuatro y cuarto. Kurt Howe trabaja para Savory Press, la editorial que publica sus libros de cocina. Es un joven agradable con un trabajo complicado. Me dijo que lo habían enviado para encargarse de Connie Mac, y no era fácil.

—Eso seguro que es un gran eufemismo —dijo Hannah, aventurando una sonrisa—, especialmente cuando Connie Mac es la que está acostumbrada a encargarse de todo. ¿Sabe Francine por qué le gritaba?

—La verdad es que no. Solo se enteró del final. Pero oyó a Connie Mac decir que iba a llamar al editor por la mañana para que despidieran a Kurt.

Hannah casi se atraganta con un sorbo de café y Andrea se acercó para darle una palmada en la espalda.

—¿Estás bien, Hannah?

—Estoy bien, pero ya hemos descubierto a cinco sospechosos y acabamos de empezar. Sally tiene razón. Parece que todos tenían un motivo para querer matar a Connie Mac.

—¿Cinco sospechosos? —preguntó Sally confusa—. Creía que solo teníais cuatro.

—El conductor de la furgoneta es el número uno. Debía de estar furioso por haber sido despedido. Y Alan Carpenter es el número dos. Connie Mac amenazó con despedirlo y hacer que lo inhabilitaran.

—Tenemos que incluir a Paul —dijo Andrea, haciéndose cargo del recuento—, al menos hasta que averigüemos si tiene coartada. Si se pelearon, es posible que estuviera tan enfadado como ella. Y Kurt Howe es el sospechoso número cuatro. Podría haberla matado para que no pudiera llamar al editor y despedirlo.

Sally asintió.

—Vale, pero siguen siendo solo cuatro. ¿Quién es el quinto, Hannah?

—¿Recuerdas la conversación que oíste entre Connie Mac y Alan? El hombre que estaba recibiendo la mitad de algo podría haber matado a Connie Mac para evitar que cambiara su acuerdo.

—Ni siquiera había pensado en eso —dijo Sally, claramente impresionada—. Pero ¿cómo vas a averiguar quién es?

Hannah se volvió hacia su hermana.

—Puedes preguntarle a Alan. Probablemente intentará escudarse en el secreto profesional, pero vale la pena intentarlo.

—Se lo sacaré —prometió Andrea.

Sally miró el reloj y suspiró.

—Esto se está poniendo interesante, pero ya es hora de que salga a hacer de anfitriona. Venid, os invito al bufé.

—Solo una cosa más antes de que te vayas. —Hannah detuvo a Sally antes de que pudiera irse—. ¿Tienes idea de dónde está Janie Burkholtz?

—Quizá esté en la mesa con el resto de la gente de Connie Mac. Siempre se sientan juntos.

—No, no está aquí —dijo Andrea—. Mike la llamó esta mañana y, como Janie no contestaba al teléfono de su habitación, envió a una de las camareras de piso a comprobarlo. No había ni rastro de Janie, no había dormido en su cama y todas sus cosas habían desaparecido. Tenemos que encontrarla antes que Bill y Mike.

Sally asintió.

—¿Por qué no le preguntas a Paul? Janie cenó con él el jueves por la noche, y si iba a cogerse días libres se lo habría dicho.

—Lo haremos —prometió Hannah, y entonces empezó a fruncir el ceño cuando se le ocurrió otro pensamiento algo inoportuno—. ¿Te dio la impresión de que Janie y Paul eran íntimos?

—Supongo que podría decirse que sí. Parecían pasárselo muy bien juntos. De hecho, una de mis camareras dijo...

Sally dejó de hablar bruscamente y Hannah se inclinó hacia delante.

—¿Qué?

—No creo que sea nada. Ya sabes cómo es Dot Truman. Acaba de comprometerse y ve romances por todas partes.

En cualquier otra circunstancia, Hannah se habría reído del comentario de Sally, pero aquello era demasiado serio.

—Necesito saber lo que dijo Dot.

—Está bien. Dijo que Paul y Janie estuvieron sentados allí un buen rato, riendo y hablando y lo que fuera. Y eso fue la noche antes de que Connie Mac llegara.

—¿Y Dot dijo...? —preguntó Andrea.

—Me dijo que para ella era bastante obvio que había algo entre ellos.

Hannah miró a su hermana a tiempo para verla hacer una mueca de dolor. Era el tipo de noticia que ninguna de las dos quería oír.

—¿Dot Truman trabaja hoy?

—No estoy segura. Tendré que comprobarlo. —Sally se puso de pie—. Bueno, chicas, yo tengo que atender a los huéspedes y vosotras tenéis que comer. Podemos volver a hablar más tarde.

Sally y Andrea se levantaron, pero Hannah no. Todavía estaba pensando en lo que había dicho Dot Truman. Janie era una persona sensata, y Hannah no creía que fuera tan tonta como para tener una aventura con el marido de su jefa. Por otro lado, cuando el amor entra por la puerta, el sentido común puede salir por la ventana.

—Vamos, Hannah. —Andrea le dio un codazo.

—De acuerdo. —Hannah metió el cuaderno en el bolso y se le ocurrió otra cosa. ¿Y si Janie y Paul eran en realidad amigos, pero parecía que eran amantes? Si Dot Truman había supuesto que tenían una aventura, Connie Mac podría haber llegado a la misma conclusión. Eso explicaría por qué estaba furiosa la tarde anterior.

—¿Hannah? —Andrea la empujó de nuevo—. Vamos a comer algo.

—Vale. —Hannah se bajó del taburete con la intención de marcharse cuando otra pieza del rompecabezas encajó en su sitio.

—¿Hannah? —Andrea estaba impaciente.

—Espera, ya voy.

Hannah cogió su bolso y siguió a Andrea al comedor. Cualquier otro día, la vista de la mesa del bufé de Sally le habría dado más hambre que a un oso, pero apenas echó un vistazo al tentador surtido. Su mente seguía en el escenario del crimen, pensando en Janie y Connie Mac.

Una vez que Bill y Mike hubieran interrogado a Dot Truman, sospecharían que Janie era «la otra». Los celos eran un poderoso motivo para asesinar, y aunque Paul jurara que no tenía nada que ver con Janie, no serviría de mucho. Mike y Bill esperarían que lo negara.

—Ponte a la cola, Hannah.

Andrea le dio un empujón no muy suave, y Hannah se puso a la cola del aparador, donde el personal de Sally había colocado los platos y los cubiertos. Avanzó como una autómata, pensando todavía en el caso que Mike y Bill podían preparar contra Janie. El dinero también era un poderoso motivo para asesinar, y Connie Mac había ganado millones a lo largo de los años.

Incluso podrían pensar que Janie había matado a Connie Mac para que Paul pudiera heredar su imperio.

Hannah suspiró cuando llegó al bufé y cogió un plato. Una cosa estaba clara: tenían que encontrar a Janie y conocer su versión de los hechos antes de que Bill y Mike tuvieran tiempo de construir un caso aún más sólido contra ella.

CAPÍTULO DIEZ

Las dos hermanas se separaron al llegar a la mesa del bufé y se dirigieron a extremos opuestos. Sally siempre preparaba un bufé doble para acortar las colas. Luego, se dirigieron hacia la barra de caoba en forma de herradura. Sally y Dick no abrían el bar hasta la hora de comer, y era el único lugar libre de la sala.

Una vez sentadas en los cómodos taburetes de cuero acolchado, Hannah y Andrea pasaron varios minutos comiendo sin cruzar palabra. Sally hacía el mejor desayuno en varios condados y ambas hermanas creían que sería un crimen dejar que se enfriaran sus huevos Benedict o su quiche Lorraine.

—No es verdad. Janie me lo habría dicho —insistió Andrea, terminando el último bocado de su quiche.

—¿Estás segura? Hace tiempo que no estáis en contacto.

—Seguimos tan unidas como en el instituto. —Andrea pinchó con el tenedor una de las famosas salchichas del desayuno de Sally—. Además, Janie no es una persona agresiva. Es imposible que haya matado a Connie Mac.

—A menos que lo hiciera en defensa propia.

—¿Qué quieres decir? —Andrea se detuvo antes de llevarse el tenedor a la boca.

—Tengo una hipótesis. Te la voy a contar.

—De acuerdo. Adelante.

—Supongamos que Connie Mac pensaba que Janie tenía una aventura con...

—¡Alto ahí! —Andrea dejó el tenedor con estrépito—. Eso sí que no. ¡Janie nunca tendría una aventura con el marido de otra mujer!

—He dicho «pensaba». Da igual que fuera o no verdad, mientras Connie Mac pensara que lo era. Anoche, cuando estaban solas en The Cookie Jar, Connie Mac se enfrentó a Janie y la cosa se puso fea...

—No habría sido así —volvió a interrumpir Andrea—. Janie habría hecho todo lo posible para convencer a Connie Mac de que estaba equivocada.

—Ya sabes lo testaruda que podía ser Connie Mac. ¿Y si Janie no hubiera podido convencerla?

Andrea reflexionó un momento.

—Entonces Janie se habría marchado.

—¿Y si Connie Mac hubiera bloqueado la puerta trasera? ¿Crees que Janie la habría empujado?

Hannah dejó que Andrea pensara en ello mientras miraba los vasos que colgaban de un estante sobre la barra. Estaban absolutamente impecables y se preguntó si el personal de Sally tendría que limpiarlos todos los días.

—Janie no la habría empujado —dijo Andrea al fin—. Estoy segura. Si no hubiera podido salir, se habría ido a otra habitación hasta que Connie Mac se hubiera calmado.

—¿Qué otra habitación?

—La cafetería o... —Andrea dudó y suspiró—. Ya veo por dónde vas. Crees que Janie se metió en la despensa para escapar y Connie Mac la siguió.

Hannah asintió.

—Tú que conoces a Janie, ¿crees que pudo ocurrir así?

—Tal vez. Tiene sentido. Pero no lo sabremos con seguridad hasta que encontremos a Janie y le preguntemos.

—Exactamente. ¿Alguna idea de dónde puede estar?

—La verdad es que no. Janie me dijo que sus padres estaban en un crucero. No creo que condujera hasta Florida si ellos no están en casa.

—¿Podría estar escondiéndose con alguien en la ciudad?

—Cuando me llamó, dijo que no había mantenido contacto con nadie en Lake Eden. Además, soy su mejor amiga. Habría acudido a mí.

—¿Estás segura? —Hannah no dijo nada más. Se limitó a guardar silencio y dejar que Andrea llegara a la conclusión por sí misma. Andrea suspiró profundamente y sacudió la cabeza.

—Puede que quisiera llamarme, pero sabe a qué se dedica Bill. Quizá contactó con alguna de las otras chicas con las que salíamos en el instituto.

—¿Tienes sus números?

—Por supuesto. Nunca se sabe cuándo una buena casa se va a poner a la venta y me gusta dar a mis amigas la primera oportunidad. —Andrea metió la mano en el bolso y sacó el móvil. Marcó un número y miró a Hannah—. Sé que parece imposible, pero tengo hambre. ¿Me traes un par de galletas de Sally?

—Claro. Ahora vuelvo.

—Trae también unas lonchas de jamón. Y no olvides la mantequilla y la mermelada de albaricoque.

—Marchando.

Aunque la situación con Janie era terrible, Hannah sonreía de camino a la mesa del bufé. Andrea aseguraba que no estaba embarazada, pero tal vez no lo sabía todavía. Si el desayuno de su hermana de esta mañana servía de indicio, para Acción de Gracias Hannah tendría una sobrina o un sobrino recién nacido.

—¿Hannah? —Sally la pilló de camino a la mesa del bufé—. Dot Truman no trabaja hoy. Y he estado pensando en quién podría saber adónde ha ido Janie. Creo que deberías hablar con Alex Matthews.

—¿Es uno de los del equipo de Connie Mac?

—No, y es una. Su nombre de pila es Alexandra, pero prefiere Alex, y es mi ayudante temporal. La contraté el día después de que Dick se fuera a Arizona, y es fabulosa. Debes de haberla visto en la cocina. Hannah asintió, recordando a la eficiente mujer morena que había dirigido al personal de cocina de Sally.

—¿Janie y Alex son amigas?

—Son muy amigas. Fue una de esas amistades instantáneas. Congeniaron al momento. —Sally miró su reloj—. Alex está ahora arriba con las camareras de piso, pero volverá a la cocina en unos diez minutos.

—Hablaremos con ella. Gracias, Sally.

Cuando Sally reanudó su ronda, Hannah llenó el plato y volvió al bar. Llegó justo cuando Andrea volvía a meter el móvil en el bolso.

—¿Ha habido suerte?

—No. He llamado a todas las personas con las que salíamos en el instituto y nadie ha visto a Janie. Ni siquiera sabían que estaba en la ciudad. Creo que debe de haberse ido de Lake Eden.

Hannah se subió al taburete y puso el plato que había llenado delante de su hermana.

—Sally acaba de darme una posible pista.

Andrea cogió una galleta, la untó con mantequilla y mermelada de albaricoque y le puso una loncha de jamón. Le dio un mordisco y sonrió.

—Termino de comer y seguimos con ello.

Hannah se mordió la lengua para no soltar el comentario que le vino a la cabeza. Si esperaban a que Andrea terminara de comer, Janie tendría tiempo de recorrer medio mundo en un bote de remos.

Encontraron a Alex en la cocina, haciendo la pausa para el café. Después de presentarse y decirle que Sally las había enviado, Hannah le preguntó por Janie.

—Sí, conozco a Janie. —Alex parecía un poco preocupada—. ¿Pasa algo?

Hannah sonrió para tranquilizarla. Había descubierto que conseguía más información cuando no alarmaba a la gente a la que interrogaba.

—Janie es una buena amiga nuestra. Andrea fue al instituto con ella.

—Ah, claro. —Alex se volvió hacia Andrea con una sonrisa—. Ahora relaciono el nombre. Eres su mejor amiga y te casaste con el *quarterback* guapo. Janie vino a tu boda y consiguió coger tu ramo de novia.

Andrea le devolvió la sonrisa.

—Cierto. Bill me estuvo entrenando una semana entera y conseguí lanzárselo directamente a ella.

—¿Cómo conociste a Janie? —continuó Hannah antes de que Andrea pudiera preguntar qué más había dicho Janie sobre su boda.

—Una de las camareras se puso enferma el día que ella llegó y le llevé toallas limpias a su habitación. Es una chica encantadora.

—¿Entonces no la conocías antes de que se registrara en el hotel?

Alex negó con la cabeza.

—Nos pusimos a hablar y descubrimos que teníamos un montón de cosas en común.

—¿Como qué? —preguntó Hannah.

—Un montón de detalles. A Janie le encantan los musicales antiguos y a mí también. Nuestro postre favorito es el helado de café con salsa de chocolate, hacemos crucigramas para relajarnos y a las dos nos gusta leer biografías. Janie dice que somos iguales.

—¿Por casualidad sabes adónde fue Janie cuando salió del hotel anoche? —preguntó Hannah.

—No la vi anoche. ¿Por qué? ¿Ha pasado algo?

Hannah empezó a negar con la cabeza, pero luego recapacitó. Si Alex era su amiga, se merecía conocer la situación.

—No estamos seguras. Anoche Janie recogió todas sus cosas y se marchó.

Alex estaba claramente sorprendida.

—¿Sabéis por qué?

—Creemos que pudo haberse peleado con Connie Mac —respondió Andrea.

—Es posible. Yo estaba en recepción cuando la señora MacIntyre se marchó, y estaba muy enfadada. Janie bajó uno o dos minutos después y le pregunté por qué no iba en la limusina. Dijo que la señora MacIntyre le había dicho que cogiera su propio coche y que estaba de mal humor.

—¿Crees que Janie se despidió del trabajo? —preguntó Andrea.

—No, no. Janie necesitaba el trabajo y no es de las que renuncian. Probablemente la señora MacIntyre la despidió otra vez.

Andrea abrió la boca y Hannah le lanzó una mirada de advertencia. La cerró y Hannah se volvió hacia Alex.

—Has dicho «otra vez». ¿Había despedido a Janie antes?

—Sí. Pero me dijo que nunca pasaban más de unas horas antes de que la señora MacIntyre la llamara para volver a contratarla.

—¿Por qué iba a querer volver a un trabajo así? —Hannah estaba asombrada.

—Eso es exactamente lo que le pregunté. —Alex soltó una pequeña carcajada—. Y Janie dijo que la señora MacIntyre era el único inconveniente del puesto. Le encantaba su trabajo y le caía muy bien todo el personal.

—¿Y el señor MacIntyre? —Hannah miró a su hermana, pero Andrea tenía la boca cerrada.

—Lo adora. Me dijo que es un santo por haber aguantado a su mujer todos estos años y que se merece algo mucho mejor.

Hannah casi lanza un grito. No creía que Janie y Paul hubieran sido más que amigos, pero Bill y Mike interpretarían la respuesta de Alex de una forma muy diferente.

—Janie nunca va a las firmas de libros —continuó Alex—, e íbamos a quedar esta tarde. Espero que la señora MacIntyre haya llamado para volver a contratarla esta mañana.

—No lo ha hecho —dijo Hannah, a quien no le entusiasmaba la idea de volver a contar que Connie Mac había muerto.

—¿Pero por qué? Necesita a Janie. Nadie más puede aguantarla. El año anterior a contratar a Janie tuvo doce asistentes.

—Estoy segura de que habría llamado a Janie —dijo Andrea, tomando el relevo—, pero ha sido imposible. Connie Mac murió anoche.

Los ojos de Alex se abrieron de par en par.

—¿Ha muerto? ¿Por qué nadie me lo ha dicho? Ya me pareció a mí que tenía la cara muy roja cuando se fue ayer por la tarde, pero pensé que solo estaría enfadada. ¿Ha sido el corazón?

Hannah apretó los labios para no decir: «Claro que no. Connie Mac no tenía corazón».

Andrea intervino y la salvó de tener que contárselo ella.

—Bueno..., en realidad... —Andrea lanzó a su hermana una mirada suplicante, pero Hannah fingió no darse cuenta—. Fue un poco más serio que eso. Connie Mac fue... eh... asesinada.

—¿Asesinada? —Alex jadeó y se puso pálida.

Hannah miró a Andrea. Todavía tenía esa mirada suplicante. Andrea, la chica que hablaba sin problemas y que podía manejar cualquier situación, necesitaba que la sacaran del apuro.

—La policía cree que es un asesinato, pero también podría ser un accidente —puntualizó Hannah—. Por eso tenemos que encontrar a Janie. Anoche estaba con Connie Mac y queremos preguntarle qué pasó.

—¿La policía cree que Janie mató a Connie Mac y se dio a la fuga?

Alex puso cara de asco al pensarlo. Hannah tomó el relevo.

—Creen que es posible. Por eso queremos encontrarla antes que ellos. Para ayudarla.

Alex se quedó sentada en silencio un momento y Hannah notó que le temblaban las manos.

—Os ayudaría si pudiera, pero es que no sé a dónde ha ido Janie.

—Si te llama, ¿nos lo dirás? —preguntó Hannah.

—Sí, lo haré.

—Andrea sacó una de sus tarjetas y se la dio a Alex.

—Aquí tienes mi número de móvil. Llámame cuando quieras, de día o de noche.

—Lo haré. —Alex cogió la tarjeta y se la metió en el bolsillo del delantal. Luego parpadeó y Hannah pudo ver que luchaba para contener las lágrimas—. Encontradla, por favor. Y avisadme en cuanto lo hagáis. La pobre Janie debe de estar muy asustada, sola por ahí.

No había nada más que decir y Hannah le hizo un gesto a Andrea. Tenían que ver a otras personas. Esperó hasta que salieron de la cocina para hacer la pregunta que le rondaba por la cabeza desde que habían terminado la entrevista:

—¿No crees que la reacción de Alex ha sido un poco extraña?

—¿Qué reacción?

—Cuando le hemos dicho que Janie ha desaparecido, le han empezado a temblar las manos. Y cuando nos ha pedido que nos demos prisa en encontrarla, se le han saltado las lágrimas.

—Eso no me parece tan extraño —objetó Andrea—. Está preocupada.

—Ya, pero ¿no crees que ha sido un poco desproporcionado?

—La verdad es que no. Yo me siento exactamente igual. Cada vez que pienso en lo sola y asustada que debe de estar Janie, se me llenan los ojos de lágrimas.

—A mí también, pero conocemos a Janie de toda la vida. Alex la conoció hace solo un par de días.

—Ya... —Andrea guardó silencio durante un largo rato—. Tienes razón. ¿Qué crees que significa eso?

—No estoy segura, pero creo que será mejor que lo averigüemos. Vamos al vestíbulo a planear nuestra estrategia.

CAPÍTULO ONCE

Hannah condujo a Andrea al vestíbulo y se sentaron en dos sillones acolchados junto a la enorme chimenea de granito. Era lo más lejos que podían estar del mostrador, y tenían todo el espacio solo para ellas.

—Sally me dijo que las losas de granito de la chimenea proceden de Cold Spring —le informó Andrea—. F. E. Laughlin utilizó granito local y lo hizo tallar con sus propios diseños. ¿A que es preciosa?

—Desde luego, es imponente —dijo Hannah, decidiendo no arriesgarse a hacer más comentarios; con el asesinato en mente, los ángeles tridimensionales que parecían emerger de la superficie gris veteada le recordaron a las lápidas de un cementerio.

Andrea se acercó un poco más a la hoguera que ardía tras la rejilla y abrió la cremallera de su organizador de cuero.

—¿Qué quieres que haga primero?

—Ve a hablar con Francine. —Hannah encontró la página de notas que había tomado cuando hablaron con Sally—. Averigua qué sabe sobre la pelea que Connie Mac tuvo con Kurt Howe.

Luego pregúntale su opinión sobre la reportera que escribió la historia del fantasma.

Andrea lo anotó con su bolígrafo Cross dorado.

—¿Crees que podría haber asesinado a Connie Mac para darle más emoción a su historia de fantasmas?

—La verdad es que no, pero tenemos que descartarlo. Y no olvides preguntar si Francine conoce a Janie.

—Quieres que les pregunte a todos sobre Janie, ¿no?

—A todos.

—Estoy anotando una serie de preguntas —dijo Andrea, escribiendo a toda velocidad—. Quiero saber cuándo fue la última vez que la vieron, los amigos de los que hablaba y si alguna vez mencionó un lugar concreto al que le gustara ir, como un hotel o un destino turístico.

—Muy buena idea.

Hannah estaba impresionada. Andrea parecía tener las preguntas sobre Janie controladas.

—Les pediré que se pongan en el lugar de Janie y me digan dónde creen que podría... —Andrea dejó de hablar y se levantó—. Me están llamando.

—No he oído nada.

—Lo puse en vibración para que no nos molestara. A lo mejor es Alex. Le pedimos que nos avisara si Janie llamaba.

Hannah pensó que eso era esperar demasiado, pero se puso en alerta máxima cuando Andrea cogió el móvil y contestó a la llamada.

—¿Diga? —Hubo una pausa y luego Andrea sonrió—. Hola, cariño.

Tenía que ser Bill, de modo que Hannah se acomodó en su silla. Tracey era la única otra persona a la que Andrea llamaba «cariño».

—Claro que Hannah está conmigo. Estamos en el hotel. Sally le ha dicho que puede hornear aquí. ¿Quieres hablar con ella?

Hannah se acercó, pero Andrea negó con la cabeza. Se quedó escuchando unos instantes y luego empezó a sonreír.

—Estupendo, cariño. Te veo dentro de media hora.

Después, mientras pulsaba un botón y se guardaba el teléfono en el bolsillo del abrigo, dijo:

—Era Bill.

—Ya me he imaginado.

—Vienen hacia aquí y traen tu masa de galletas.

Hannah dio un gran suspiro de alivio. Una vez que tuviera su masa para galletas, el trabajo del día sería pan comido.

—Recojamos nuestras cosas y vayamos a hablar con Earl Flensburg sobre el hombre que Connie Mac despidió. Le he visto llegar en coche y ahora debe de estar terminando su primera taza de café.

—Lástima que Ray no esperara un día para contarle lo sucedido. —Earl cogió lo que quedaba de su dónut glaseado y lo miró pensativo.

Era un hombre corpulento, y su parka naranja acolchada con la insignia del servicio de grúas del condado de Winnetka en el bolsillo delantero derecho lo hacía parecer aún más grande de lo que era. Hannah adivinó lo que tenía en mente.

—¿Porque entonces ella no habría tenido la oportunidad de despedirlo?

—Sí. Debería llamarlo para contarle lo sucedido, pero no tengo su número. Tampoco sé su apellido, ahora que lo pienso. Solo pedimos el nombre del propietario para el formulario.

—Sally nos dijo que el accidente no fue culpa suya —dijo Hannah.

—Es cierto. Un semirremolque hizo un trompo delante de él y se salió a la cuneta para esquivarlo. La furgoneta estaba bien, si no tienes en cuenta el color horrible. Ni un rasguño.

—¿Así que lo único dañado fue el pastel de Connie Mac? —preguntó Andrea.

—Más o menos. Ray también estaba bien, pero muy alterado. Le dije que se sentara en la plataforma mientras lo enganchaba. Tenía la cara tan blanca como el banco de nieve contra el que chocó.

—¿Estabas allí cuando llamó a Connie Mac? —preguntó Hannah, aunque Sally ya se lo había dicho; siempre era mejor enterarse de las cosas de primera mano.

—Claro. Le dejé hacer la llamada desde mi plataforma. Tenía el teléfono pegado a la oreja, pero pude oír cómo le gritaba.

—Connie Mac no era precisamente conocida por su carácter dulce. —Hannah esbozó una pequeña sonrisa—. ¿No le dijo Ray que no pudo evitar el accidente?

—Claro que sí, pero a ella le dio igual. Supongo que debería decir que siento su muerte, pero no es así. Fue muy desagradable con Ray.

—Por lo que sabemos, era desagradable con mucha gente —comentó Andrea.

—No me sorprende. Quien siembra vientos recoge tempestades.

—Eso dicen —intervino Hannah—. ¿Crees que Ray pudo tener algo que ver?

—¡De ninguna manera! —Earl negó enérgicamente con la cabeza—. Lo único que Ray quería era irse a casa con el rabo entre las piernas. He visto suficiente gente en mi vida para saber que no era un asesino. Además, anoche no estaba cerca de aquí.

—¿Estás seguro? —preguntó Hannah, que se resistía a descartar al chófer de Connie Mac únicamente por la valoración que Earl hacía de su carácter.

—Claro, estoy seguro. Después de que ella lo despidiera, lo dejé en el Quick Stop para que pudiera coger el autobús a casa.

—¿Sabes dónde vive? —intervino Andrea.

—Me temo que no. Vive con sus padres. Eso sí que me lo dijo. Espero que no se enfadaran con él por haber perdido el trabajo. En mi opinión, es lo mejor que le pudo pasar. Un chico decente como Ray conseguirá otro trabajo muy rápido.

—¿Decente?

—El pelo oscuro y corto, una sonrisa muy bonita y una forma de hablar muy educada. Me llamaba «señor», y eso ya no lo hace casi nadie. Dijo que quería ir a la universidad, pero que antes tenía que trabajar un año para ahorrar.

—Parece buen chico —comentó Hannah—. ¿A qué hora lo dejaste en el Quick Stop?

—Recibí la siguiente llamada de trabajo a las cuatro y media, y fue justo después de dejarlo. —Los ojos de Earl se entrecerraron y miró a Hannah con suspicacia—. ¿Vas a ir a comprobar si Ray subió a ese autobús, incluso después de decirte que no pudo haberla matado?

Hannah dudó. No quería herir los sentimientos de Earl, pero tampoco iba a mentir. Andrea intervino:

—Creo que deberíamos salir y comprobarlo. Si Hannah y yo podemos demostrar que Ray subió a ese autobús, la policía no tendrá que traerlo aquí para interrogarlo.

Earl se lo pensó un momento.

—Buena idea. Si la policía arrastrara a Ray hasta aquí, sería un golpe para un chico sensible como él. Id a comprobarlo. Y decidles a Sean y a Don que os envío yo.

Hannah se paró en la cocina de Sally y observó cómo Bill y Mike transportaban la masa para galletas. Había treinta y cinco cuencos, cada uno cubierto con un envoltorio de plástico. Los visitantes del Festival de Invierno no se quedarían con ganas de galletas esa tarde. Mike colocó el cuenco que llevaba sobre la encimera de acero inoxidable de Sally y se volvió hacia Bill.

—¿Es todo?

—Creo que sí. Voy a salir a comprobarlo.

—Te lo agradezco mucho, Bill —dijo Hannah, dirigiéndose a su cuñado e ignorando deliberadamente a Mike.

Mike enarcó las cejas, pero no dijo nada hasta que Bill volvió al coche. Entonces se giró hacia Hannah con el ceño fruncido.

—Vamos, Hannah. Sé lo duro que es para ti tener el local cerrado, pero yo solo estoy haciendo mi trabajo.

—Menudo trabajo —murmuró Hannah, pero tuvo que admitir que tenía razón. Quizá había llegado el momento de relajarse un poco y ver qué información podía sonsacarle.

—No me gusta que te enfades conmigo.

El tono de voz de Mike hizo que Hannah contuviera una sonrisa. Parecía un niño caprichoso al que le acaban de decir que no puede comer postre hasta que termine las verduras.

—¿Eso ha sido una sonrisa?

—Ha sido el fantasma de una sonrisa —admitió Hannah—. Y hablando de fantasmas...

—Me he enterado por el *sheriff* Grant. Me ha dicho que recibió una llamada de alguien que pensaba que deberíamos poner al fantasma de Ezekiel en nuestra lista de sospechosos.

—El *sheriff* Grant no se lo ha tomado en serio, ¿verdad?

—No, al principio no. Pero le he dicho que el asesino podría haberse inventado la historia del fantasma como distracción para despistarnos.

Hannah estaba impresionada. No se le había ocurrido esa posibilidad.

—Entonces, ¿vas a investigar al fantasma?

—Suena un poco loco dicho así, pero sí.

Hannah se contuvo las ganas de decirle a Mike quién había escrito la historia del fantasma y por qué, pero él le había advertido que no interfiriera en su investigación, así que ya lo averiguaría por sí mismo.

—¿Alguna noticia sobre Janie?

—No. No estarás intentando encontrarla, ¿verdad?

—No —dijo Hannah, y era la verdad. Aún no habían empezado a buscar a Janie—. ¿Te ha dicho Doc Knight cuándo mataron a Connie Mac?

—¿Por qué quieres saberlo? —Mike sonaba suspicaz, y Hannah supo que tenía que darle una razón para que no sospechara nada.

—Tengo interés personal. La mataron en mi despensa, y algo así no pasa todos los días.

—Supongo que no hará daño decírtelo. Doc ha dicho que el arma homicida era un objeto pesado y redondo, y que fue asesinada entre las diez y las doce de la noche.

—De diez a doce de la noche —repitió Hannah, y luego empezó a fruncir el ceño—. Se me acaba de ocurrir algo. Connie Mac debía de tener la costumbre de quedarse fuera toda la noche.

Mike pareció sorprendido por su comentario.

—¿Qué te hace pensar eso?

—Porque su marido no denunció su desaparición cuando no volvió a su habitación anoche.

—Creo que te equivocas, Hannah. El señor MacIntyre llegó tarde, y tienen una *suite* con habitaciones comunicadas. Como no oyó ningún ruido procedente de su habitación, supuso que ya se había ido a dormir. No supo que no estaba allí hasta que lo llamamos esta mañana.

Hannah no dijo lo que se le pasaba por la cabeza. Después del mal humor que Connie Mac había tenido esa tarde, no podía culpar a Paul por no querer despertarla.

—¿Dónde estuvo Paul MacIntyre anoche?

—En el centro comercial Tri-County, haciendo un recorrido por la *boutique* de cocina con el gerente del centro comercial. Después de eso, revisaron el papeleo para asegurarse de que todo estaba en orden. Alan Carpenter estaba con él, y ambos han dicho que no volvieron hasta pasada la medianoche.

—Entonces ambos están libres de sospecha, ¿verdad?

—Lo estarán si su historia concuerda. —Mike extendió la mano y cogió del brazo a Hannah—. ¿Sabías que Norman estuvo anoche en la casa de Ezekiel Jordan?

—Me lo ha dicho. También me ha dicho que no notó nada raro en The Cookie Jar cuando se fue a las nueve.

—¿Y lo has creído?

—Por supuesto que lo he creído. —Hannah se apartó un poco. No le gustaba el giro que estaba dando la conversación—. ¿A dónde quieres llegar, Mike?

—Cuando hemos hecho entrevistas esta mañana por la zona, hemos descubierto que Norman tenía una razón de peso para estar enfadado con la señora MacIntyre.

Hannah dio un paso de gigante hacia atrás y se quedó mirando a Mike estupefacta.

—¿Crees que Norman mató a Connie Mac?

—Es posible. He hablado con tu madre y me ha dicho que la señora MacIntyre fue un auténtico incordio mientras Norman la fotografiaba. No le gustaba ninguno de los atuendos y tu madre tuvo que emplear todo su tacto para convencerla de que se pusiera uno de ellos.

—¿Que mi madre empleó todo su tacto? Mi madre no tiene tacto. Es incluso peor que yo.

—Tal vez, pero dice que la señora MacIntyre obligó a Norman a cambiar de sitio todo el equipo por lo menos seis veces y que fue muy condescendiente con él. Tu madre opina que Norman se mostró contenido, pero se dio cuenta de que estaba furioso. A mi modo de ver, Norman es de los que sufren en silencio. Y luego, cuando todo ha acabado, se pone a darle vueltas a lo que ha sucedido. Se obsesiona y piensa: «Debería haber hecho esto, debería haber hecho lo otro, pero me he quedado callado como un tonto». Se frustra por su propia incapacidad para actuar hasta que..., ¡zas!, todo estalla en un acto de violencia.

Hannah se quedó con la boca abierta. Mike estaba empleando psicología barata como si fuera el presentador de un programa de entrevistas. Quería decirle que se callara, pero eso perjudicaría más a Norman.

—Pero eso no tiene sentido, Mike. Has dicho que Connie Mac fue asesinada entre las diez y la medianoche, y Norman salió de la casa de Ezekiel Jordan a las nueve.

—Eso es lo que él dice, pero nadie lo vio salir. Pudo haberse ido a las diez. O a las once.

—Norman estaba en casa a las once. Lo llamé justo cuando llegué a casa anoche.

—¿Por qué lo llamaste?

—Solo para charlar —dijo Hannah, sin querer entrar en la verdadera razón por la que había llamado a Norman—. Y me pareció que estaba tan normal.

—Eso no prueba nada. Si la mató a las diez, tuvo una hora entera para calmarse. Mira, Hannah... Sé que no es algo que quieras creer sobre Norman, pero tienes que admitir que es posible que ocurriera como acabo de decir.

Hannah cerró los ojos. Si miraba fijamente el rostro serio de Mike que se cernía sobre el suyo, probablemente le daría un puñetazo. Y eso confirmaría su teoría. Respiró hondo, se recompuso y volvió a mirarlo.

—Es una posibilidad, ¿no? —la incitó Mike a responder.

Obviamente, este hombre no sabía cuándo parar. Hannah suspiró y se recompuso para hablar con su voz más tranquila y racional:

—No, Mike. No es una posibilidad. Norman me contó todos los problemas que tuvo con Connie Mac justo después de que saliéramos de The Cookie Jar anoche. Ya no estaba enfadado con ella. De hecho, hasta bromeaba al respecto.

—Claro, Norman no dejaría que supieras lo enfadado que estaba, no si estaba planeando matar a la señora MacIntyre más tarde.

—No planeaba matarla —argumentó Hannah, aunque sabía que no serviría de nada. Respiró hondo, calmó sus nervios crispados y rebatió lo que había dicho sobre la motivación de Norman—. Escúchame, Mike. La situación con Connie Mac no se apoderó de la mente de Norman, que ni explotó en un acto de violencia ni mató a Connie Mac.

Mike no parecía nada convencido.

—¿Por qué no?

—Porque Norman no es un asesino. Además, si cada persona a la que Connie Mac daba órdenes se hubiera ofendido y la hubiera apaleado, ¡habría quedado como carne picada!

—¿Cómo lo sabes? ¿Has estado dando vueltas por aquí haciendo preguntas? —Hannah suspiró. Se había prometido a sí misma que no le mentiría. Engañar tal vez, pero no mentir—. ¿Lo has hecho? —Mike la instó a responder.

—Tienes mi palabra, Mike. —Hannah lo miró directamente a los ojos—. No he visto ni hablado con nadie del equipo de Connie Mac.

—Entonces, ¿cómo sabías que la señora MacIntyre daba órdenes a la gente?

—Es muy sencillo. Olvidas que Andrea y yo la llevamos de visita por Lake Eden. Era imposible no darse cuenta de algo así.

—Ah —dijo Mike, pareciendo aceptar esa explicación—. Por un momento he pensado que estabas jugando a detectives otra vez.

—De ninguna manera volveré a jugar a detectives —declaró Hannah, haciendo a un lado la pequeña punzada de culpabilidad que sentía. No iba a jugar a ser detective. Iba a ser detective y a resolver el asesinato de Connie Mac antes que él.

Mike la abrazó.

—Tengo que volver al trabajo. Prométeme que tendrás cuidado con Norman.

—Norman no mató a Connie Mac.

—Sé que no crees que pudiera hacerlo, pero tengo calado a Norman mucho mejor que tú.

—¿En serio? —Hannah se esforzó por ocultar el sarcasmo en su tono. Por lo que ella sabía, Mike no había pasado con Norman más que algún que otro rato.

—Es cierto. Los hombres nos entendemos entre nosotros mejor que una mujer. Puedo comprender tu lealtad hacia Norman, y no te estoy pidiendo que creas que él es el asesino. Solo quiero que te mantengas alejada de él hasta que sepamos qué pasó.

Hannah lo siguió con la mirada mientras salía por la puerta. En solo una mañana, Mike había conseguido cerrar su negocio, atarla con la promesa de no interferir en su investigación, acusar de asesinato a un hombre con el que salía y afirmar que una mujer no podía entender las razones de un hombre. Todo este asunto con Mike era suficiente para que quisiera coger el teléfono y pedir cita con el psiquiatra más cercano. Era incapaz de entender cómo un machista tan obstinado y estúpido podía acelerarle el pulso y provocarle mariposas en el estómago.

CAPÍTULO DOCE

Hannah acababa de guardar el último cuenco de masa para galletas en la nevera de Sally cuando Andrea entró en la cocina. Sonreía y parecía emocionada.

—Hola, Hannah. Sally me ha dicho que te encontraría aquí. Bill me ha dado un montón de información y lo he apuntado todo. —Andrea dio unos golpecitos en su organizador de cuero—. Y también tengo algo más.

Hannah observó cómo Andrea abría su gran bolso de piel y sacaba un voluminoso paquete.

—¿Mi archivo de recetas?

—Así es. Bill me lo ha pasado a escondidas cuando Mike estaba de espaldas. Me ha dicho que, de todas formas, no se pueden sacar las huellas dactilares de este tipo de superficies, pero ya sabes lo quisquilloso que es Mike con los procedimientos. Ni siquiera iba a dejarte coger tu bolso esta mañana hasta que Bill lo convenció.

—Dale las gracias a Bill de mi parte. Esto me ahorra mucho tiempo.

Hannah dio un gran suspiro de alivio al coger el paquete. Había estado pensando en conducir hasta su apartamento para buscar copias de las recetas, pero Bill le había ahorrado el viaje.

—Antes de que se me olvide, debo decirte que Lisa está de camino. Bill la ha visto en el festival y le ha dicho que vais a hornear aquí. —Andrea se sentó en el taburete contiguo al de Hannah y se quedó mirando a su hermana un momento—. A ver, ¿qué te pasa? ¿Te has peleado con Mike?

—No exactamente.

—Pero algo ha hecho, ¿no?

—Se podría decir que sí.

—Cuéntame al menos lo más importante —insistió Andrea—. Necesito saber qué te ha dicho Mike para poder compararlo con lo que me ha contado Bill. Solo así sabremos si nos están ocultando algo.

Hannah dudó. Realmente no quería hablar de su conversación con Mike, pero había descubierto algunas cosas sobre la investigación oficial.

—De acuerdo. Mike me ha dicho que no han encontrado a Janie, que Doc Knight ha situado la hora de la muerte de Connie Mac entre las diez y la medianoche, que el arma homicida fue un objeto pesado y redondeado, y que la coartada de Paul es Alan Carpenter. Ambos afirman que estuvieron juntos en la *boutique* anoche y que no volvieron hasta después de las doce. A menos que sea una conspiración, los dos están libres de sospecha.

—Lo mismo que me ha dicho Bill. ¿Qué más?

—¿Qué te hace pensar que hay algo más?

—Lo veo en tu cara.

Hannah cedió. Andrea siempre era capaz de saber cuándo estaba enfadada.

—Mike me ha dicho que Norman es sospechoso.

—¿Nuestro Norman? —Andrea se quedó con la boca abierta cuando Hannah asintió—. Pero ¿por qué?

—¿No te lo ha dicho Bill? —Hannah respondió a la pregunta de su hermana con una propia.

—Bill no me ha dicho ni una palabra sobre Norman. ¿Por qué cree Mike que es sospechoso?

—Por madre.

—¿Nuestra madre?

—Esa misma. Le ha dicho a Mike que Connie Mac fue desagradable con Norman y ahora Mike piensa que Norman volvió anoche a The Cookie Jar para vengarse de ella.

—¡Eso es una locura! Bill estaba con Mike cuando han hablado con madre y no ha dicho nada de que Norman fuera sospechoso.

—Tal vez no ha querido decírtelo.

Andrea negó con la cabeza.

—Bill me lo habría dicho. Me lo cuenta todo. Y eso significa que Bill no cree que Norman lo hiciera, pero Mike debe de tener alguna razón para... —Andrea se detuvo en seco y una enorme sonrisa se dibujó en su cara—. Claro, ya lo entiendo.

—¿Qué es lo que entiendes? ¿Y por qué sonríes así?

—Porque es obvio. Mike es el único que cree que Norman es sospechoso. Y eso es porque quiere que Norman sea culpable. ¿No lo entiendes, Hannah?

Hannah lo pensó un momento y luego se encogió de hombros.

—La verdad es que no. No puede ser personal. Mike siempre dice que Norman le cae bien.

—Naturalmente. No puede admitir que está celoso. Eso le haría quedar mal. Entonces, ¿qué hace Mike? Acusa a su rival de asesinato. Apuesto a que hasta te ha dicho que te alejes de Norman. Lo ha hecho, ¿verdad?

Hannah asintió.

—Sí, pero...

—¡Lo sabía! ¡Lo sabía! Y tú ni siquiera te has enterado.

—¿Enterarme de qué? —Hannah estaba perpleja.

—Mike está enamorado de ti, Hannah. Esa es la razón por la que sospecha de Norman.

—Eso suena como algo que diría la Doctora Amor. —Hannah se refería a la psicóloga que respondía a las preguntas de los oyentes en la radio KCOW—. ¿Has estado escuchando su programa?

—Por supuesto que no. No tengo ningún motivo para escucharlo. Tengo un matrimonio perfectamente feliz.

—Me alegra oírlo —dijo Hannah, y era cierto, sobre todo porque sospechaba que la familia de su hermana estaba a punto de aumentar.

—Es eso, Hannah. Los hombres enamorados se comportan de forma irracional. Como Mike se comporta irracionalmente, debe de estar enamorado de ti. Es lógica pura.

—Es lógica mala —la corrigió Hannah—. Estás afirmando el consecuente.

—¿Que estoy haciendo qué?

Hannah pensó en explicárselo, pero no era el momento de darle a su hermana una clase de primero de Lógica.

—Da igual. Pero si Mike está enamorado de mí, ¿por qué no me manda una tarjeta de San Valentín y listos?

—Porque San Valentín ya ha pasado y tal vez no estaba enamorado de ti entonces. Puede que se haya dado cuenta esta mañana. Sé que tengo razón, Hannah. Mike está definitivamente enamorado de ti.

Hannah hizo una mueca.

—Si eso es amor, no me interesa. Decirme que Norman es sospechoso ha sido algo horrible por su parte. Me ha mentido.

—Mike no ha mentido. Norman es sospechoso, al menos en la mente de Mike. Estoy segura de que cree que tiene algo sólido contra Norman.

—Pero Norman no mató a Connie Mac.

—Yo lo sé, y tú lo sabes, pero Mike no.

Hannah frunció el ceño al asimilar toda la implicación de las palabras de su hermana.

—Pero Mike es un buen policía. No puedo creer que se haya inventado una acusación contra Norman.

—Claro que no, pero va a entrar en esta investigación con un prejuicio. Gente inocente ha sido condenada antes, ya lo sabes. Y el trabajo policial es tan objetivo...

—Subjetivo.

—Eso, subjetivo. Siempre confundo esas dos. Insisto, Hannah, Mike ni siquiera sabe que está siendo parcial con Norman. Es totalmente subconsciente.

—Inconsciente.

Andrea puso los ojos en blanco.

—Deja de corregirme. Estoy tratando de aclarar algo. Estoy segura de que Mike acabará entrando en razón, pero Norman podría verse envuelto en problemas hasta entonces.

Hannah lo pensó un momento y luego suspiró.

—Odio admitirlo, pero podrías tener razón. Será mejor que averigüemos si Norman tiene coartada.

—Hola a los dos. —Lisa entró en la cocina—. He dejado a papá en el centro de día y Tracey está en el comedor con Bill y Mike. Están desayunando y ella les está robando el beicon.

—Qué bien —contestó Andrea distraídamente.

Lisa se les acercó, pero se detuvo al ver sus expresiones serias.

—¿Qué pasa?

—Mike cree que Norman es sospechoso —le dijo Hannah.

—¿Norman Rhodes?

—Así es —le confirmó Andrea—. ¿Por casualidad no lo verías anoche entre las diez y las doce?

—Yo no —respondió Lisa, sentándose a su lado—, pero se lo preguntaré a Herb. Anoche jugó a los bolos y luego fue a la merienda nocturna.

—¿Qué es la merienda nocturna? —le preguntó Andrea.

—Así llama la madre de Herb al tentempié que tomas antes de acostarte para no tener hambre en mitad de la noche. Me dijo que lo probara con papá y está funcionando de maravilla. Ya nunca se despierta y da vueltas por la casa de noche.

Hannah trató de mantener la boca cerrada, pero tenía que preguntar.

—¿Cómo se lleva Marge con tu padre?

—Están muy bien juntos —dijo Lisa sonriendo—. Marge siempre se ofrece para ir a cuidarlo cuando Herb y yo queremos salir. Solían salir juntos en el instituto, ¿sabes? Ahora que mi madre ha muerto y el padre de Herb ya no está, no dejo de pensar que Marge y mi padre podrían haber vuelto a estar juntos, si tan solo...

Hannah comprendió lo que Lisa no estaba diciendo y alargó la mano para darle una palmadita comprensiva en el brazo. A Marge Beeseman nunca se le había atribuido el mérito de ser una mártir, y era poco probable que eligiera casarse con un hombre al que le habían diagnosticado alzhéimer.

—Muchas veces la vida no es justa.

—Bueno, será mejor que os deje trabajar —dijo Andrea poniéndose en pie—. Voy a subir a hablar con Francine y me llevaré a Tracey. Adora a los bebés y aún no ha visto al pequeño Danny. Te llamo luego, Hannah.

Lisa esperó a que Andrea se fuera y se volvió hacia Hannah.

—No quería decir nada delante de tu hermana, pero Tracey podría habernos metido en un embolado.

—¿Qué ha pasado?

—Nos hemos encontrado con Edna Ferguson cuando he dejado a papá en el centro de día, y estaba desesperada por lo de la tarta del Festival de Invierno.

Hannah suspiró, tras imaginarse el resto. No era la primera vez que su precoz sobrina se ofrecía voluntaria para algo.

—¿Le ha prometido Tracey a Edna que haríamos la tarta del Festival de Invierno?

—Me temo que sí. Le ha dicho a Edna que su tía Hannah puede hacer cualquier cosa.

Hannah se rio.

—Supongo que debería sentirme halagada, pero no hay manera de que podamos reemplazar el pastel de Connie Mac. Podríamos hacer la tarta, no hay problema, pero la decoración de pasteles no es mi fuerte.

—Tampoco el mío. Puedo decorar galletas, pero hacer una tarta es un proyecto enorme. ¿Quieres que llame a Edna y le diga que no podemos hacerlo?

Hannah negó con la cabeza.

—Le daremos cubiteras de bolitas de nieve de postre.

—¿Bolitas de nieve? —dijo Lisa sorprendida—. Estás de broma, ¿verdad?

—Hablo muy en serio. Las bolas de nieve a las que me refiero son unas galletas que hacía mi abuela Ingrid. Las presentaremos en las cubiteras de cristal que Sally utiliza para el champán y encajarán perfectamente con la temática del Festival de Invierno.

—Suena perfecto. —Lisa miró hacia la puerta batiente cuando se abrió—. Aquí viene Alex. Sally nos ha presentado antes en el comedor.

Alex las vio sentadas en el mostrador y se apresuró a acercarse.

—Sally me ha pedido que te diga que podéis usar cualquier cosa de la despensa y me ha enviado para ayudaros a hornear.

—Estupendo —le dijo Hannah—. Nos viene bien toda la ayuda posible. Déjame revisar mi archivo de recetas y te daré una lista de lo que necesitamos.

Mientras Lisa y Alex sacaban los cuencos de masa de galletas de la nevera, Hannah buscó la receta de su abuela e hizo una lista de los ingredientes. Cuando terminó, se la entregó a Alex.

—¿Puedes conseguirlos? Primero hornearemos las galletas para el Festival de Invierno y luego empezaremos con las bolitas de nieve.

—Ve a hacer lo que tengas que hacer, Hannah —dijo Lisa cuando Alex las hubo dejado—. Yo me encargaré de hornear con Alex.

—¿Estás segura? —Hannah se sintió un poco culpable. Cada vez que se involucraba en una investigación, Lisa terminaba haciendo todo el trabajo.

—Estoy segura. Cuanto antes resuelvas el asesinato de Connie Mac, antes podremos volver a nuestra cocina. —Lisa señaló los cuencos de masa que habían colocado sobre la encimera—. Creo que puedo tenerlas listas para mediodía.

—Genial. Yo las llevaré al festival. No deberías tener que hacerlo tú todo.

—Vale, pero solo si quieres.

—Claro que sí. Tengo que ir de todos modos. Norman es juez en la competición de trineos tirados por perros y tengo que avisarle de que es sospechoso.

—Espero que tenga coartada, y no me olvidaré de preguntarle a Herb. ¿Hay algo más que pueda hacer?

Hannah iba a decir que no, pero entonces se le ocurrió algo.

—Mira a ver si consigues que Alex te hable de su pasado. Necesito saber todo lo que pueda sobre ella.

—Eso haré —dijo Lisa, y entonces empezó a fruncir el ceño—. ¿Crees que Alex mató a Connie Mac?

—No, pero todos son sospechosos hasta que podamos eliminarlos. Y hay algo en Alex que me desconcierta. Estaba muy alterada cuando se enteró de que Janie había desaparecido, y se conocieron hace solo un par de días. Creo que exageró, y me pregunto por qué.

—Vale. Averiguaré todo lo que pueda —prometió Lisa—. Trabajando contigo he aprendido a conseguir que la gente se desahogue.

Hannah salió por la puerta con una sonrisa en la cara. Tal vez algunas personas no considerarían un cumplido lo que Lisa había dicho, pero ella sí.

—Mira, tía Hannah. ¿A que Danny es monísimo? —Tracey levantó la vista y mostró una amplia sonrisa—. Tiene todos los dedos de los pies. Francine le ha quitado los patucos para que pudiera contarlos.

Hannah se rio. Estaba entreteniendo a Tracey mientras Andrea hablaba con Francine, la madrastra de Sally, una atractiva señora de pelo plateado con sonrisa sempiterna.

—¿Danny tiene todos los dedos?

—Sí. Tiene diez y eso está bien.

—¿Seguro que son diez? —Hannah no pudo resistirse a bromear un poco con su sobrina.

—Claro, tía Hannah. Ya sabes que la gente tiene diez dedos.

—Es verdad. Te estaba poniendo a prueba. ¿Y sabes qué son los pulgares?

Tracey asintió.

—Son dedos muy importantes porque son oponibles y no podríamos coger cosas si no los tuviéramos. Mira cómo lo hace Danny. —Tracey cogió un sonajero y lo puso delante de Danny. El bebé lo cogió y Tracey se inclinó para besarle la cabeza—. Muy bien, Danny. Lo has hecho muy bien.

—¿Te ha hablado de eso la señorita Cox en la escuela? —dijo Hannah, al tiempo que se preguntaba cómo se las arreglaba Janice Cox, la profesora de Tracey en Kiddie Korner, para lidiar con una niña de cuatro años tan brillante.

—No, me lo ha contado el señor Herman cuando estábamos viendo su colección de animales. Los monos y los gorilas tienen pulgares oponibles, y también había otro animal. Creo que también era un tipo de mono.

—¿El orangután?

—Ese.

Hannah alargó la mano para despeinar el pelo rubio de Tracey.

—¿Te ha caído bien el señor Herman?

—Ah, sí. Sabe muchas cosas, pero me ha dicho que a veces su memoria se convierte en una mariposa.

—¿Una mariposa?

Tracey asintió solemnemente.

—Tiene que acercarse sigilosamente si quiere atraparla y hay un truco que utiliza. Si no puede recordar algo de inmediato, se obliga a pensar en otra cosa. Entonces vuelve revoloteando a su mente.

—¿Lista, Tracey? —Andrea se acercó para tomar la mano de su hija—. Dale las gracias a Francine por dejarte jugar con Danny.

Después de que Tracey diera las gracias a Francine, Andrea la condujo hacia la puerta. Hannah se quedó atrás para echar un último vistazo a Danny. Se había quedado dormido con el puño en la boca y, en ese momento, deseó que su vida hubiera tomado otro rumbo. Si se hubiera casado, seguramente ya tendría hijos.

—Es un bebé muy bueno —dijo Francine en voz baja, recolocándole la manta—. Sally y Dick tienen mucha suerte.

—Sí que la tienen. Será mejor que me vaya. Hasta luego, Francine.

Hannah salió y cerró la puerta suavemente tras de sí. Danny era muy dulce y había despertado su instinto maternal.

—¿Por qué has tardado tanto? —Andrea la esperaba al final del pasillo.

—Estaba mirando a Danny.

Hannah se apresuró a alcanzar a su hermana y a su sobrina. Tenían un asesinato que resolver, ya pensaría en la progenie más tarde.

CAPÍTULO TRECE

Solo estaban a ocho kilómetros del Quick Stop, y Hannah iba sorteando las carreteras heladas con facilidad. Cuando llegó a un tramo recto de autopista, miró a su hermana.

—¿Has averiguado algo interesante?

—Un par de cosas. —Andrea se giró hacia atrás para mirar a su hija—. Podemos hablar. Tracey tiene uno de sus libros y nunca escucha a nadie mientras lee.

—Eso le vendrá muy bien cuando comparta habitación en la universidad —dijo Hannah, recordando las veces que se había sumergido en sus libros mientras sus compañeras de cuarto hablaban de los chicos con los que salían.

—Francine se siente fatal por haber dicho lo del fantasma de Ezekiel. No tenía ni idea de que ese periodista la tomaría en serio. Su nombre es Larry Kruger, por cierto. Y yo tenía razón sobre los antepasados de Connie Mac. Su tío tatarabuelo era el secretario de F. E. Laughlin.

—¿Pero estaba en aquella partida de póquer?

Hannah pisó el acelerador para adelantar a un autobús lento.

—Francine dice que podría haber estado. F.E. siempre se traía a su secretaria cuando venía a Lake Eden. Le gustaba trabajar de día y descansar de noche. Y sabemos que su secretaria estaba allí, porque Francine encontró una carta que había escrito en esa fecha.

—De acuerdo. Me has convencido —concedió Hannah, desviándose de la autopista para tomar la carretera de acceso. El Quick Stop era imposible de pasar por alto, incluso con ventisca. El viejo edificio de madera estaba pintado de rojo brillante con adornos amarillos alrededor de las ventanas y asomaba como un faro entre los bancos de nieve.

Andrea esperó a que Hannah aparcara junto al edificio.

—Es hora de que guardes el libro, Tracey. Ya hemos llegado.

—Pero estoy llegando a la mejor parte. —Tracey levantó la vista de su libro de mala gana—. ¿No puedo quedarme aquí leyendo?

—Hace demasiado frío, cariño. Te convertirías en un carámbano en dos segundos.

—Pero la tía Hannah puede dejar la calefacción encendida. No tocaré nada, lo prometo.

Andrea negó con la cabeza.

—No es buena idea. Vamos, Tracey. Si entras con nosotras, te invito a comer algo.

Hannah no pudo contener la risa. Andrea, la madre que había jurado hacerlo todo a la perfección, estaba sobornando a su hija con comida rápida.

—Vale, mami. —Tracey cerró el libro y lo guardó en la mochila. Luego sonrió a su madre—. ¿Puedo pedir un perrito caliente?

—¿Puedo pedir un perrito caliente, por favor? —la corrigió Hannah.

—No hace falta que me lo pidas, tía Hannah. Ya eres mayor y puedes comer lo que quieras.

Andrea soltó una carcajada y Hannah también. Cuando se hubieron recuperado, Andrea se volvió hacia su hermana con una sonrisa burlona.

—¿Ves lo que te pasa por corregir a la gente todo el rato? Ahora tendrás que comerte un perrito caliente de Sean y Don.

—Eso no es precisamente un castigo —le informó Hannah—, sobre todo si está bien cubierto de mostaza y pepinillos.

—Así es exactamente como me gustan a mí —comentó Tracey, subiéndose la cremallera de la parka y esperando a que su madre saliera y le abriera la puerta.

Cuando Tracey bajó de la camioneta, Hannah cogió una bolsa con las galletas favoritas de los gemelos. Nunca vendía galletas del día anterior en su tienda, pero a los gemelos no les importaría. Sus galletas eran mucho más frescas que las que ellos vendían en paquetitos de plástico.

La nieve crujía bajo sus pies mientras caminaban unos metros hasta la puerta principal. El edificio tenía casi cincuenta años y los gemelos habían pasado un verano entero renovándolo. Añadieron viviendas en la parte trasera, pusieron un tejado nuevo y lo pintaron por dentro y por fuera. Los colores elegidos compensaban con creces el paisaje invernal en blanco y negro de Minnesota que se veía desde las ventanas. El mostrador delantero era azul brillante; las estanterías, amarillas y las paredes interiores, verdes. El primer aroma que llegó a la nariz de Hannah cuando abrieron la puerta fue el del café recién hecho. El café del Quick Stop era motivo de controversia en Lake Eden. Algunos decían que era tan espeso que la cuchara se quedaba clavada en la taza. Otros sostenían que la cuchara desaparecería si se removiera más de un segundo porque el ácido la derretiría. Hannah no estaba segura de cuál de las dos opiniones era la acertada, ya que nunca había tenido ocasión de hacer la prueba.

—Hola, Hannah. Dime que esa bolsa es lo que creo que es. —Sean, o tal vez Don, levantó la vista del periódico que leía detrás del mostrador. El periódico tapaba el nombre bordado en su camiseta morada de Quick Stop, y Hannah nunca había sido capaz de distinguir a los gemelos.

—Así es. —Hannah dejó la bolsa sobre el mostrador—. Os he traído una docena de delicias dobles de chocolate.

—Son nuestras favoritas. Precisamente quería hablarte de tus galletas. ¿Crees que podríamos llegar a un acuerdo para venderlas aquí?

—¿Por qué no? —Hannah le sonrió. Los nuevos acuerdos comerciales siempre eran bienvenidos.

—¿Qué queréis tomar? Invita la casa.

—Yo solo café, por favor. Huele de maravilla.

—¿Y para ti? —Se volvió hacia Andrea.

—Tomaré lo mismo —contestó Andrea—, con azúcar y leche.

—¿Y para usted, señorita?

—Un perrito caliente, por favor —contestó Tracey—, pero solo si mamá dice que puedo.

—Será mejor que se lo preguntes.

Sean, o Don, se bajó del taburete y se irguió. Hannah vislumbró el nombre en su camiseta. Este gemelo era Don.

—¿Puedo, mami?

Andrea asintió.

—Le gusta con pepinillos y mostaza, pero con poca mostaza. Y dale también un paquete de patatas fritas. De las normales, sin sabor.

—¿Dónde está Sean hoy? —preguntó Hannah, siguiendo al gemelo hasta el asador acristalado donde los perritos calientes parecían girar eternamente.

—Yo soy Sean.

—Pero... —Hannah frunció el ceño—. En tu camiseta pone que eres Don.

—Porque es la camiseta de Don. La mía aún no ha vuelto de la lavandería. —Sean miró el reloj que colgaba sobre el mostrador y luego pulsó un timbre cerca de la caja registradora—. El programa favorito de Don acaba de terminar. Saldrá en un segundo.

Cuando llegó Don, Andrea charló con él mientras Sean preparaba el perrito caliente de Tracey. Una vez decorado con mostaza y pepinillos picados, Sean lo envolvió en una hoja de papel encerado de Quick Stop y lo colocó en una cajita de cartón para llevar con un paquete de patatas fritas.

—Aquí tienes. —Sean entregó la caja de comida para llevar a Tracey y señaló hacia una zona cercana a las ventanas delanteras—. Ahí tienes unas mesas.

Las mesas estaban pintadas de colores brillantes y Andrea señaló una de color naranja, la más alejada del mostrador.

—¿Por qué no te pones en la mesa naranja, cariño? Tu tía Hannah y yo tenemos que hablar con Sean y Don.

—Vale, mami —dijo Tracey con un suspiro de resignación—. Sabía que volveríais a hablar de cosas de mayores.

Cuando Tracey se marchó, Don se volvió hacia Andrea.

—¿Cosas de mayores?

—Es por el asesinato de Connie Mac. Te has enterado, ¿verdad?

Don frunció el ceño mientras asentía.

—El equipo de noticias de la KCOW interrumpió el programa de subastas. Estaba justo a punto de pujar por un perchero con astas en lugar de ganchos. Pensé que nos vendría bien junto a la puerta principal.

—¿Y el asesinato? —preguntó Sean—. ¿Saben ya quién lo hizo?

Hannah negó con la cabeza.

—Esa es una de las razones por las que queremos hablar con vosotros. Están investigando a cualquiera que pudiera haber tenido una razón para matar a Connie Mac, y hemos descubierto que despidió al conductor de su furgoneta. Earl Flensburg dice que lo dejó aquí ayer por la tarde para coger el autobús a casa. Su nombre de pila es Ray, tiene unos veinte años y el pelo corto y oscuro.

—Me acuerdo de él —dijo Sean—. Winnie Henderson estaba aquí comprando nuevas escobillas limpiaparabrisas y él se ofreció a ponérselas. Me pareció un buen tipo.

—Eso es lo que ha dicho Earl. Estamos intentando averiguar si tiene coartada para la hora del asesinato. ¿Lo viste subir al autobús?

—Sí. Yo estaba fuera sirviendo gasolina y lo vi subir.

—¿A dónde iba? —preguntó Andrea.

Sean se encogió de hombros.

—Al norte. Es lo único que sé. Esto solo es una parada en la autopista. El conductor se detiene, toca el claxon y los pasajeros salen a comprarle los billetes directamente a él.

—Volverá aquí hacia el mediodía si queréis hablar con él —añadió Don—. Los sábados hace un recorrido corto.

Andrea rebuscó en su bolso, sacó dos tarjetas de visita y entregó una a cada gemelo.

—¿Podríais decirle que me llame al móvil cuando llegue? Es muy importante.

—Claro —prometió Sean, y luego se volvió hacia su hermano—. Tú ponte delante del autobús para que no pueda arrancar y yo lo arrastraré hasta el teléfono.

—No, te pones tú delante del autobús —objetó Don.

Hannah sonrió. Los gemelos tenían un largo historial de discusiones entre ellos.

—Resolvedlo antes del mediodía. Da igual quién haga qué, siempre y cuando el conductor llame a Andrea antes de volver a poner el autobús en marcha.

—¿Puedo ir a ver a la abuela otra vez? —preguntó Tracey, mientras caminaban por la nieve hacia la camioneta de Hannah—. Por favor, mami.

—¿Estás segura de que la abuela quiere que vuelvas?

—Estoy segura. La abuela me dijo que encontraría un vestido para que me lo pusiera, y puedo ayudarla a enseñar la casa. Y la abuela Carrie dijo que el tío Norman también me haría una foto.

Hannah enarcó las cejas.

—¿La abuela Carrie?

—Así me dijo que la llamara. Y mi verdadera abuela dijo que estaba bien, porque alguien tenía que entrar en razón en algún momento.

—Ay, Dios mío... —murmuró Hannah.

Tracey subió a la parte trasera de la camioneta y esperó a que subiera su madre. Una vez que Andrea se acomodó en su asiento, Tracey le dio un golpecito en el hombro.

—¿Por qué está tan rara la tía Hannah? ¿Le duele la cabeza?

—Creo que sí.

—Entonces dale una aspirina, pero tenemos que saber exactamente qué tipo de dolor de cabeza es. Es muy importante.

—¿Por qué? —le preguntó Hannah.

—Porque hay aspirinas para distintos tipos de dolores de cabeza. Lo he visto en la tele. ¿Qué tipo de dolor de cabeza tienes, tía Hannah?

—Es la madre de todos los dolores de cabeza —bromeó Hannah—, y si alguna vez inventan una aspirina especial para eso, compraré todas las que pueda.

Hannah y Andrea esperaban en la trastienda de la casa de Ezekiel Jordan mientras Delores ayudaba a Tracey a ponerse el disfraz en uno de los dos camerinos. Hannah abrió la puerta para echar un vistazo al cubículo desocupado y se sorprendió al ver que su madre lo había decorado para que pareciera un vestidor de hombre. El papel pintado era gris con una franja plateada y en las paredes colgaban estampas de caza. Había un espejo ovalado sobre un soporte, un perchero de madera con patas de bola y garras que había sido diseñado para sostener prendas de vestir, y una silla de respaldo alto junto a un tocador que lucía un conjunto de cepillos y peines con incrustaciones en plata.

—¡Oh, Hannah! Mira qué vestido tan bonito.

Hannah cerró la puerta y se volvió para mirar a su hermana, que estaba examinando el contenido de un guardarropa que habían colocado contra la pared del fondo. Andrea sacó un vestido de seda burdeos y se lo mostró.

—Creo que me lo pondré para la foto. ¿Qué te parece?

—Es bonito el color —dijo Hannah, frunciendo un poco el ceño ante la cintura ceñida. Desde donde estaba, parecía ridículamente pequeño—. ¿Estás segura de que no te quedará pequeño?

—Me quedará bien. Viene con un corsé que te levanta y te ciñe la cintura. Una de las tareas de la criada era encajártelo.

—¿Y si no tenías criada?

—Entonces se ataban los cordones alrededor de un poste de la cama y se tensaban. Habrás visto fotos de esa época. Por eso todas las mujeres de moda tenían figuras de reloj de arena.

—Y costillas deformes —añadió Hannah—. También se desmayaban mucho, probablemente porque no podían respirar.

—Solo serán un par de minutos, hasta que Norman haga la foto, y quiero parecer auténtica. Creo que debería pedirle a Bill que se ponga uno de esos sombreros altos de seda.

Hannah miró el perchero donde estaban los sombreros y empezó a reírse. El único sombrero que le gustaba a su cuñado era una gorra de béisbol.

—¿Crees que querrá?

—Claro que sí. Bill haría cualquier cosa para hacerme feliz. ¿Y tú? ¿Qué te vas a poner?

—No voy a hacerme una foto.

—Sí que te la vas a hacer. Madre te ha apuntado para la foto de grupo. Quiere colgarla en su casa.

Hannah gruñó. La cámara era su peor enemiga. Siempre la pillaba con la sonrisa torcida o un ojo medio cerrado. Pero negarse a salir en el retrato supondría una discusión con Andrea y su madre, y no tenía energía para eso.

—Lo haré, pero seré la tía pasada de moda. Al menos así no tendré que llevar corsé.

—Pero va a estar colgada en casa de madre. Deberías salir lo mejor posible. Déjame que encuentre algo aquí para ti y...

—¡Mira, mami! —exclamó Tracey, saliendo del vestidor con un vestido azul cielo y un delantal blanco con volantes—. La abuela dice que estoy preciosa, y hasta me ha dado este osito de peluche viejo para que lo lleve a todas partes.

—Osito de peluche antiguo —la corrigió Delores—. Es un Stife, y debes tener mucho cuidado con él. Perteneció a la hija menor de Ezekiel Jordan.

—Lo tendré, abuela. Te lo prometo.

—Vamos, querida. —Delores la condujo hacia la puerta que comunicaba con la parte principal de la casa—. Justo cuando entres en la habitación de las niñas, arriba, pronuncias tu discurso.

—Ya lo sé, abuela. «Esta es mi habitación. Duermo aquí con mis hermanas, Emily, Catherine y Lucinda. Mi padre y mi madre me regalaron este osito de peluche por mi cuarto cumpleaños. Se llama Brownie y lo quiero mucho».

—¡Estupendo! —Delores dio una palmada y luego se volvió hacia ellas—. Decidle a Tracey lo maravillosa que ha estado, chicas.

—Has estado maravillosa, cariño —dijo Andrea con una sonrisa.

—Sí, lo has hecho muy bien —secundó Hannah—. ¿Tienes que decir algo más?

—Solo una cosa más. Cuando los asistentes estén listos para irse, me pondré junto a la puerta principal y diré: «Gracias por venir a ver la casa de Ezekiel Jordan que han hecho mi abuela Delores y mi abuela Carrie».

Las palabras «abuela Carrie» hicieron saltar las alarmas de Hannah. Todos los residentes de Lake Eden que hicieran la visita escucharían a Tracey, y las líneas telefónicas se sobrecargarían con rumores de que estaba a punto de casarse con Norman.

—Será mejor que nos vayamos, querida —dijo Delores cogiendo la mano de Tracey—. Nuestro público nos espera.

Hannah se acercó para agarrar del brazo a su madre.

—Ve yendo, Tracey. Tengo que hablar un momento con la abuela. —Esperó a que Tracey estuviera lo suficientemente lejos y se volvió hacia su madre con fuego en los ojos—. ¡Cómo has podido, madre! Sabes lo que la gente va a pensar si Tracey llama...

—¿Delores? Llego pronto. —La puerta trasera se abrió y Luanne Hanks entró corriendo, interrumpiendo a Hannah en medio de su diatriba. Se detuvo en seco al ver a Andrea y Hannah, y entonces su rostro se iluminó con una sonrisa—. Hola, Andrea. Hola, Hannah. ¿Cómo estáis? Hacía tiempo que no os veía.

—Muy bien —dijo Hannah sonriendo a Luanne, que percibió la tensión en el aire y miró con inquietud a Hannah y Delores.

—Eh... Si estáis ocupadas, puedo volver más tarde.

—No, querida. —Delores negó con la cabeza—. Tengo que ver al grupo de visitantes. Quédate con Andrea y Hannah hasta que vuelva.

Hannah suspiró mientras su madre se escapaba. Ya hablarían más tarde. Entonces se dio cuenta de que Luanne llevaba su neceser de cosméticos Pretty Girl.

—¿Los retratos empiezan pronto?

—No, solo he venido a charlar con tu madre.

—¿Hoy no trabajas en la cafetería? —le preguntó Andrea.

—Estoy de vacaciones. Rose pensó que no habría mucho movimiento y me dijo que me tomara una semana libre.

—Espero que sean vacaciones pagadas. —Hannah sabía que Luanne necesitaba cada céntimo que pudiera ganar para mantener a su madre y a su hija de dos años, Susie.

—Sí. Rose me paga mi sueldo normal y Norman también me paga. Gano el doble de dinero por la mitad de horas.

—¡Eso es genial, Luanne! —Hannah se sintió aliviada.

—Y eso no es todo. Si a las señoras que vienen les gusta el maquillaje Pretty Girl, puede que consiga nuevas clientas.

—Eso me recuerda —dijo Andrea— que me he quedado sin rímel y sin *eyeliner.* ¿Tienes alguno?

Hannah bendijo en silencio a su hermana mientras Luanne abría su estuche de maquillaje y cogía los artículos que Andrea le había pedido. Sabía que su hermana no usaba maquillaje Pretty Girl, pero lo compró de todos modos para ayudar a Luanne. Hannah había hecho lo mismo y tenía el armario del baño de invitados lleno de maquillaje sin estrenar. Hannah se acercó a la mesa donde Luanne había colocado su estuche de maquillaje.

—Yo necesito otro pintalabios.

—¿Y dónde está el último? —preguntó Luanne, dirigiendo a Hannah una mirada suspicaz—. Nunca te lo he visto puesto.

Hannah sabía que Luanne sentía una fuerte aversión por todo lo que pareciese caridad, y se disculpó con Moishe, *in absentia,* por lo que estaba a punto de decir:

—Mi gato lo tiró de la encimera del baño y acabó en el retrete. Lo saqué para ahorrarme una factura de fontanería, pero no quise usarlo después, claro...

—Me alegro de que no lo hicieras. —Luanne sacó un pintalabios de su estuche—. Aquí tienes tu color, Hannah.

—¿Maquillaste ayer a Connie Mac? —preguntó Hannah, seleccionando dos artículos más y dándole a Luanne el dinero de sus compras.

—No. Estaba lista para venir, pero Norman me llamó y me dijo que se lo iba a hacer su maquilladora personal antes de salir del hotel. Ni siquiera llegué a verla.

Hannah se mordió la lengua para no decir: «No te has perdido gran cosa».

—¿Hannah? —Delores asomó la cabeza por la puerta—. ¿Puedes venir un momento?

Hannah se acercó, aunque tenía ganas de negarse. No sería educado pelearse con su madre delante de Luanne.

—¿Qué pasa, madre?

—He pensado que debías saber que he cambiado el último discurso de Tracey —dijo Delores en voz baja—. Tenías razón.

Hannah se quedó boquiabierta. Su madre nunca le había pedido disculpas. Sabía que debía dejarlo estar, pero le picó la curiosidad.

—¿Por qué has decidido cambiarlo, madre?

—Carrie dice que Norman está pasando por una etapa rebelde y cree que tal vez lo esté presionando demasiado. Y lo último que queremos es causar problemas.

Delicias dobles de chocolate

Precaliente el horno a 175 °C,
con la rejilla en la posición intermedia.

225 g de mantequilla
500 g de azúcar blanco
60 g de cacao *(sin azúcar, para postres)*
2 cucharaditas de bicarbonato de sodio
1 cucharadita de sal
2 cucharaditas de vainilla
4 huevos batidos *(solo bátalos con un tenedor)*
375 g de harina *(no es necesario tamizarla)*
125 g de nueces picadas *(opcional, a su elección)*
350 g de pepitas de chocolate

Derrita la mantequilla en un bol grande apto para microondas. Agregue el azúcar y mezcle. Luego añada el cacao, el bicarbonato de sodio, la sal y la vainilla, y mezcle hasta que esté bien ligado. Añada los huevos batidos y remueva bien. Agregue y mezcle la harina, las nueces picadas *(si decide usarlas)* y luego las pepitas de chocolate.

Coloque cucharaditas con bolitas de masa en una bandeja para hornear engrasada; le cabrán 12 si es una bandeja estándar. *(Se aplanarán en el horno.)*

Hornee a 175°C durante 10 minutos. Deje enfriar las galletas en la bandeja durante 2 minutos, luego páselas a una rejilla metálica para que se enfríen por completo.

A mi madre le encantan estas galletas. Si se las hago cuando está enfadada conmigo, se le pasa enseguida.

Las delicias dobles de chocolate deberían aguantar bien en el congelador, pero no puedo asegurarlo, ya que nunca han durado lo suficiente como para comprobarlo.

CAPÍTULO CATORCE

—¿Quieres dejar el abrigo en una taquilla? —preguntó Andrea cuando entraron en el centro comercial Tri-County.

—No, no vamos a estar mucho tiempo. —Hannah miró a su alrededor, a la multitud de gente—. Solo son las diez y media. ¿Qué hace toda esta gente aquí tan temprano?

—El centro comercial abre a las nueve y mucha gente viene a pasar el día. ¿A qué otro sitio puedes ir por la mañana a pasear con la familia, comer en un restaurante, ver una película en el cine, enviar los paquetes de correos, comprar un libro y arreglarte el pelo mientras tus hijos juegan a videojuegos? Los centros comerciales son maravillosos en invierno.

—Supongo que tienes razón —dijo Hannah.

—Y en verano son geniales también. Se pueden hacer las mismas cosas con aire acondicionado y sin tener que aplastar ni un mosquito. Si construyeran una escuela para Tracey y nos dejaran dormir en un par de habitaciones de la tienda de muebles, podría vivir aquí y ser perfectamente feliz.

—Yo no —dijo Hannah—. Hay algo de los sitios cerrados que me vuelve loca. Es demasiado parecido a estar en la cárcel.

Andrea se volvió hacia ella sorprendida.

—¿Has estado alguna vez en una cárcel?

—No, pero eso podría cambiar de un momento a otro si Mike se entera de lo que estamos haciendo.

Andrea estuvo de acuerdo y dejó el tema, guiándola hacia la escalera mecánica.

—La *boutique* de Connie Mac está en el segundo nivel, donde antes estaba la tienda de Greg Canfield.

Las hermanas subieron a la segunda planta en silencio y, cuando llegaron, Andrea suspiró profundamente.

—Si no se han enterado del asesinato de Connie Mac, se lo dices tú, yo no. Me obligaste a decírselo a Alex y no quiero volver a hacerlo.

—Relájate —la tranquilizó Hannah—. A menos que vivan en una burbuja, se tienen que haber enterado.

La tienda de cocina estaba en un lugar privilegiado en medio del centro comercial, a pocos metros de las escaleras mecánicas. Una pancarta gigante proclamaba: «Gran inauguración el lunes», y Andrea y Hannah se acercaron para echar un vistazo al escaparate.

—Hay una mujer dentro organizando las estanterías —dijo Andrea, intentando abrir la puerta y volviéndose hacia Hannah con el ceño fruncido—, pero la puerta está cerrada.

—Llama.

—Pero pone que está cerrado hasta la inauguración el lunes.

—Llama de todos modos.

Andrea levantó la mano y golpeó suavemente la puerta de cristal.

—No lo ha oído. Toca más fuerte.

Andrea golpeó la puerta con fuerza y la mujer levantó la vista. Andrea volvió a llamar y la mujer se dirigió hacia la puerta, señalando el cartel.

—¿Y ahora qué? —preguntó Andrea—. No nos va a dejar entrar.

—Sí que nos va a dejar.

Hannah se acercó a la puerta con una sonrisa amable e indicó a la mujer con traje elegante que se acercara. Parecía una ejecutiva de empresa. En otras circunstancias, Hannah la habría evitado como a la peste, pero necesitaba información de alguien que hubiera trabajado para Connie Mac, y esta era su mejor oportunidad.

—Lo siento, está cerrado —dijo la mujer, alzando la voz para que pudieran oírla.

—Tengo una pregunta sobre la vajilla del escaparate —le dijo Hannah, acercándose al cristal.

—Un momento —respondió la mujer, girando la cerradura de la puerta. La abrió y sonrió con lo que Hannah sabía que era su mejor sonrisa para atraer clientes.

—Tenemos que comprar un regalo de boda y buscamos una vajilla completa para doce personas. Necesitamos vajilla, cubertería, cristalería, mantelería... Todo, en realidad.

La sonrisa de la mujer aumentó considerablemente.

—En realidad no debería hacer esto, ya que no hemos abierto oficialmente, pero podéis entrar y echar un vistazo. Soy Rhea Robinson y dirijo la cadena Connie Mac's Kitchen Boutique.

—Es muy amable por tu parte. —Hannah igualó la brillante sonrisa de Rhea—. La boda de nuestra mejor amiga es el próximo sábado y tenemos que encontrar el regalo perfecto.

—Estoy segura de que aquí encontraréis todo lo que necesitáis. Tenemos una selección muy amplia. Hoy no puedo venderos nada, pero podríais hacer una preselección y volver el lunes. Tendremos un descuento del quince por ciento el día de la inauguración.

—Perfecto —dijo Hannah, volviéndose hacia Andrea—. ¿Qué te parece la vajilla del escaparate?

Andrea se sobresaltó un momento, pero enseguida dijo:

—Creo que le encantaría.

—¿Y la cristalería?

—Esta es preciosa —dijo Andrea, dirigiéndose a una mesa con algunas copas de cristal tallado—. Deberíamos comprar dos jarras de agua, una para cada extremo de la mesa.

—Es Baccarat y es muy caro —advirtió Rhea.

—El precio no es problema —le contestó Andrea—. Queremos hacerle el mejor regalo de boda. ¿Qué tal una cubertería? Tendrás que aconsejarme. No sé casi nada de cuberterías.

Los ojos de Rhea empezaron a brillar, y Hannah supo que estaba enganchada. Ahora todo lo que tenía que hacer era averiguar cómo hacer preguntas sobre Connie Mac.

—Tenemos una exquisita bañada en oro. Estaba muy de moda en los años cuarenta y ahora se vuelve a llevar. Es lo mejor de nuestra línea y, para hacerla aún más especial, es el diseño original de Connie Mac.

Esa era justo la oportunidad que había estado esperando, y Hannah hizo todo lo posible para parecer preocupada.

—Acabo de darme cuenta de algo. Estábamos escuchando la radio cuando veníamos hacia aquí y han dicho que Connie Mac ha... eh...

—¿Fallecido? —Rhea proporcionó la palabra.

—Sí, es una tragedia. Cuando has mencionado que la vajilla de plata bañada en oro había sido diseñada por ella, me he preocupado.

—¿Por qué?

—¿Qué pasaría si nuestra amiga quisiera comprar más piezas, o reemplazar algo que se le rompa? Con Connie Mac muerta, estas tiendas podrían quebrar. Tal vez deberíamos ir a un lugar más antiguo, más establecido. Estoy segura de que habrá otros en el centro comercial.

—No, no los hay —dijo Rhea, acercándose—. Connie Mac se negaba a firmar contratos de alquiler en cualquier centro comercial que tuviera tiendas de la competencia. Quería mantener su imagen exclusiva, y todas sus *boutiques* son únicas.

—Es comprensible —aceptó Andrea—. Ella era única. Pero, ahora que se ha ido, ¿sobrevivirán sus *boutiques*?

—Por supuesto. Tenemos una financiación excelente y nuestras tiendas tienen mucho éxito. Y, aunque es cierto que Connie Mac diseñó algunos artículos, pensamos seguir fabricando productos únicos con su nombre. Tal vez no debería contarles esto, pero, aparte de alguna aparición personal ocasional, Connie Mac nunca participaba activamente en las *boutiques*. Es una división separada de Connie Mac Enterprises, y su marido ha estado a cargo desde el día en que abrimos nuestra primera tienda.

—Me alegro de que nos lo hayas contado —dijo Hannah con una sonrisa—. Entonces nos veremos aquí de nuevo el lunes.

Después de que Rhea las acompañara a la salida y cerrara la puerta tras ellas, Andrea se volvió hacia Hannah.

—¿Qué hemos averiguado?

—No estoy segura, pero lo anotaré todo en cuanto volvamos a la camioneta.

—¿Por qué no lo haces ahora mientras aún lo tienes fresco? —Andrea señaló un banco junto a una maceta—. Y mientras escribes, voy a buscar unos zapatos que combinen con el vestido que me compré la semana pasada. No me llevará más de cinco minutos.

—Buen intento, pero no cuela —dijo Hannah, cogiendo a su hermana del brazo y llevándola hasta las escaleras mecánicas. Los cinco minutos de Andrea se convertirían en una hora, y quería llegar a la carrera de trineos tirados por perros para decirle a Norman que era sospechoso.

—Ahí está Norman —dijo Andrea señalando hacia la línea de meta, donde había tres jueces reunidos en grupo.

—Y tiene la cámara. —Hannah sonrió al verla colgada de su cuello—. Supongo que está esperando para la foto de la llegada.

Las dos hermanas atravesaron el claro nevado y se dirigieron hacia la línea de meta. Tuvieron que detenerse varias veces para intercambiar saludos con los asistentes que conocían, y la marcha fue lenta. Cuando lograron sortear a la multitud que rodeaba el último tramo del recorrido, ya se habían enterado de que solo había cinco equipos inscritos porque Charlie Jessup había sido descalificado por llevar un trineo demasiado ancho; de que Eleanor Cox había cosido a mano unos escarpines de cuero para los perros de su marido; de que Jerry Larson había abandonado la carrera a solo un kilómetro y medio de la meta al volcar y perder sus orejeras, y de que el trineo de Sam Pietre lucía una petaca de alcohol que había diseñado en su taller la noche anterior.

—Ahora vuelvo —dijo Andrea al ver a Eleanor Cox entre la multitud—. Quiero preguntarle a Eleanor si realmente ha hecho ella esos botines.

—Pero date prisa. Ya se oye a los perros.

Hannah podía oír los ladridos a lo lejos y calculó que los participantes de dos patas con su transporte de cuatro patas estaban a un kilómetro y medio de distancia.

—Vale. Te busco cuando acabe.

El aire era fresco y frío, y Hannah se estremeció ligeramente cuando se agachó bajo la cuerda a un lado de la pista y se metió hasta las rodillas en un montón de nieve. Tendría que cambiarse de vaqueros, pero no sería un problema. Siempre llevaba una muda de ropa en la parte trasera de su camioneta. A un lado de la línea de meta se había construido una plataforma de madera de dos metros de altura. Dos de los tres jueces habían subido a lo alto con prismáticos, pero Norman estaba debajo con la cámara.

—¡Norman! —gritó Hannah al acercarse.

Norman se volvió y una sonrisa se dibujó en su cara. Hannah no podía verla bajo el pasamontañas que le cubría la cara, pero se percató de que sonreía por la forma en que se le arrugaron los ojos.

—Hola, Hannah. ¿Has venido a ver la carrera?

—No, he venido a verte a ti.

—¿Ah, sí?

Los ojos de Norman se alegraron aún más, y Hannah odiaba desilusionarlo, pero tenía que decírselo.

—He venido a advertirte de que eres sospechoso en el caso de asesinato.

—¿Qué? —Ahora Norman tenía los ojos muy abiertos y asustados, y Hannah se sintió culpable. Le había dado la noticia con la misma sutileza que un tanque.

—Lo siento, Norman. Debería haberlo dicho con más tacto. Bill no sospecha de ti. Es solo Mike.

—Ah —dijo Norman, y sus ojos volvieron a parecer normales—. Supongo que debería haberme callado esta mañana. Bueno, Hannah. Gracias por venir hasta aquí para decírmelo.

—¿Entonces no estás preocupado?

—La verdad es que no. Cuando Mike se calme y lo piense bien, verá que no he sido yo.

—Tal vez —dijo Hannah, tratando de no sonar demasiado dudosa—, pero creo que será mejor que tengas una coartada sólida. Podemos sentarnos juntos en el banquete de esta noche y hablarlo.

—Me encantaría, pero no podré ir al banquete. Tengo que revelar los retratos que voy a hacer esta tarde y no tendré tiempo. ¿Podríamos quedar más tarde?

—Claro. Creo que llegaré a casa a las diez. ¿Por qué no te pasas y te invito a una galleta?

—Me parece bien. Allí estaré.

Los ojos de Norman volvieron a arrugarse y Hannah se alegró. Al menos no estaba tan preocupado como para dejar de sonreír.

—¿Vas a quedarte para el final? Van a llegar pronto.

—Claro. Voy a ponerme en un lateral.

—Quédate conmigo y así podrás ver a los perros. Voy a quedarme aquí, debajo de la plataforma. Ponte al otro lado, por si alguno se desvía.

Hannah adoptó la posición que Norman le indicó. Tal vez era una locura, pero se sentía mucho más caliente bajo la plataforma, con la ilusión de un techo sobre su cabeza. Los ladridos habían ido en aumento a medida que hablaban y Hannah se preguntaba por qué los perros corrían y ladraban al mismo tiempo. Tal vez fuera por el mero placer de hacer ejercicio en un día tan fresco de invierno.

—¡Ahí vienen, y Otis va en cabeza! —gritó una voz desde arriba.

A Hannah no le sorprendió. Otis y Eleanor eran amantes de los perros desde hacía mucho tiempo. Cuando se jubilaron, construyeron una casa en Old Bailey Road, a las afueras de la ciudad. Allí, la norma del ayuntamiento que impedía tener más de dos perros por casa no se aplicaba y en los últimos tres años habían acogido a muchos perros callejeros. Se quedaban con los que no encontraban hogar, y Otis había adiestrado a todos sus huskies y malamutes como perros de trineo.

Mientras Hannah observaba, el *musher* principal y su equipo llegaron a la cima de la colina. Era Otis, y seguía en cabeza.

—Mira a los perros. —Norman pasó su brazo libre alrededor del hombro de Hannah—. Cómo sonríen todos.

Hannah no dijo que los huskies y los malamutes siempre parecían estar sonriendo por la forma de sus caras. Era una idea demasiado bonita para echarla por la borda. En realidad, los perros parecían divertirse mucho. Tenían la cola en alto y bien enroscada, movían la lengua de un lado a otro y ladraban y aullaban de emoción.

—Bien. ¡Vamos allá!

Norman se agachó y enfocó la cámara. Unos segundos después, Otis y sus perros pasaron a la velocidad del rayo. Hannah se rio a carcajadas de puro placer cuando Otis frenó a sus perros en el extremo más alejado del recorrido y los guio hacia donde esperarían a los demás concursantes. Uno a uno, los otros equipos pasaron corriendo y Norman les hizo fotos a todos. Cuando terminó, Hannah le dijo que lo vería más tarde y se dirigió a los laterales para recoger a Andrea.

—Eleanor sí que ha hecho los botines —le dijo Andrea a Hannah cuando volvían al camión—, y van a ir a las carreras de Iditarod el año que viene.

Hannah se sorprendió.

—¿Otis cree que puede ganar?

—Van como turistas. Janice se quedará en casa dos semanas y cuidará de los perros.

Hannah abrió las puertas y subieron a la camioneta. Aún conservaba un poco de calor dentro y se estaba bien después del frío que hacía fuera.

—¿Podrías dejarme en la oficina? —preguntó Andrea cuando Hannah salió a la autopista—. Tengo que poner una casa a la venta.

—Claro. ¿Has conseguido un cliente en la carrera?

—El primo de Eleanor, Roger, ha recibido una oferta de trabajo en Wisconsin y es demasiado buena como para rechazarla. Iban a alquilar su casa, pero les he convencido de que alquilar es un quebradero de cabeza innecesario, así que van a vender.

—¿Pero no la compraron el año pasado?

—Hace siete meses. Yo llevé la venta.

—Pero si venden tan pronto, perderán dinero, ¿no?

—No. Roger ha transformado el sótano en dos dormitorios independientes y ha hecho un baño completo nuevo. Ahora puedo volver a ponerla en venta como una casa de cinco dormitorios y tres baños, y eso aumenta el precio. Lo mejor de todo es que creo que ya tengo comprador. Ayer me encontré con Lelia Meiers en la tintorería y está embarazada de gemelos. Me pidió que le buscara una casa más grande, y esta sería perfecta para ellos. La he llamado y quiere verla mañana.

—Eres increíble —dijo Hannah, y lo decía en serio.

Andrea siempre encontraba la manera de vender inmuebles. Era un trabajo ideal para ella, porque podía socializar y trabajar al mismo tiempo.

—Llámame luego —dijo Andrea cuando Hannah se detuvo frente a la inmobiliaria Lake Eden Realty—. Supongo que en una hora habré acabado.

—Vale. Voy al hotel a recoger las galletas. Las llevaré a las carpas de calentamiento y luego podemos buscar un lugar para reunirnos.

Mientras Hannah se alejaba, miró el reloj. Eran las once y media y llegaría al hotel antes del mediodía. Si Lisa y Alex habían terminado de hornear, las galletas estarían listas para la una. La camioneta estaba silenciosa sin Andrea, y Hannah encendió la radio. Un momento después, deseó no haberlo hecho, porque el equipo informativo de la KCOW estaba cubriendo las últimas noticias sobre el asesinato de Connie Mac. Hannah hizo una mueca de dolor cuando mencionaron que habían encontrado su cuerpo en The Cookie Jar, y esperó que el viejo dicho fuera cierto. Si cualquier publicidad era buena, no perjudicaría a su negocio de galletas. Mientras se desviaba por la carretera que rodeaba el lago Eden, Hannah se fijó en una columna de humo que salía de una de las cabañas de verano que salpicaban sus orillas. Observó un momento para asegurarse de que no se trataba de un incendio doméstico, pero el humo era demasiado fino. Sin duda procedía de una chimenea, y Hannah no sabía que ninguna de las cabañas del otro lado del lago se hubiera convertido en vivienda permanente. Debía de pertenecer a uno de los veraneantes que había vuelto a Lake Eden para el Festival de Invierno y que habría decidido enfrentarse a la incomodidad de no tener calefacción central, a las tuberías de agua congeladas y a la falta de aislamiento para ahorrarse el precio de un hotel agradable y acogedor.

CAPÍTULO QUINCE

Hannah abrió de un empujón la puerta de la cocina de Sally y se detuvo en seco al ver la enorme cantidad de galletas horneadas que había sobre la encimera. Lisa y Alex habían terminado de hornearlas e inmediatamente se sintió culpable por haber eludido su parte del trabajo. Algunas de las galletas ya estaban empaquetadas para su transporte y otras aún se estaban enfriando en las rejillas. Hannah se acercó para echar un vistazo más de cerca y sonrió al verlas. Las crujientes de melaza eran redondas y perfectas; las crujientes con pepitas de chocolate parecían deliciosas; los bocaditos de cacahuete, doraditos, tenían unas marcas de tenedor perfectas, y las galletas de avena y pasas la tentaron con su aroma especiado. Estaba a punto de coger una para probarla cuando Lisa y Alex entraron en la cocina.

—Hola, Hannah —la saludó Lisa mientras ponía la caja que llevaba en la encimera—. ¿Dónde está Andrea?

—Ha conseguido un cliente en la carrera de trineos de perros y la he dejado en la inmobiliaria escribiendo el anuncio.

Alex levantó la caja y sonrió a Hannah.

—Gracias por dejarme ayudaros. He disfrutado un montón haciendo las galletas.

—Al revés —le dijo Hannah—. Gracias a ti por ayudar. Voy a preparar la masa de las bolitas de nieve y os enseño a hacerlas.

Lisa negó con la cabeza.

—Demasiado tarde. Ya las hemos horneado. Hemos visto la receta y una vez que nos hemos puesto en marcha ya no hemos querido parar. —Se acercó para retirar una tela que cubría las seis cubiteras de cristal de Sally, y Hannah vio que cada una estaba llena de bolitas blancas como la nieve—. Están absolutamente deliciosas, Hannah. Teníamos que probarlas.

—Bien hecho —dijo Hannah, alargando la mano para coger una. Las bolitas de nieve estaban tan tiernas que prácticamente se deshacían en la boca, y sonrió complacida—. Deliciosas.

—¿Seguro? —Alex parecía un poco preocupada—. Las he pasado dos veces por azúcar glas, como decía la receta. Una vez cuando estaban calientes y otra al enfriarse. ¿Crees que es demasiado?

—Nunca hay demasiado azúcar glas. Están perfectas, Alex, incluso mejor de lo que recordaba. Os ayudaré a mezclar la masa de galletas para mañana por la mañana y luego entregaré las bolitas de nieve a Edna.

—¿Qué galletas haremos mañana? —preguntó Lisa.

—Básicamente las mismas, pero sustituiremos las crujientes de melaza por tus supremas de chocolate blanco. Puedes hacer la mezcla para la masa.

—Yo haré las crujientes de avena y pasas —se ofreció Alex—. He leído la receta y creo que a mi jefe le encantarían.

—¿Te refieres a Sally?

—No, a mi jefe de siempre.

—¿Quién es? —preguntó Hannah, buscando un poco de información.

—Trabajo para Remco. Es una gran empresa de contabilidad con sede en Edina. Mi jefe es el vicepresidente sénior. Ahora mismo estoy de vacaciones. Me quedaban todavía tres semanas y tenía que agotarlas antes de perderlas.

—Espera un segundo. —Hannah se volvió hacia ella con expresión de asombro—. ¿Has cogido un trabajo temporal con Sally durante tus vacaciones?

Alex se rio.

—Ya. Sé que no son exactamente unas vacaciones, pero quería ver cómo se lleva un sitio así. El año pasado heredé la casa de mis padres y he pensado que podría convertirla en un hotel rural.

—Bueno, este hotel es sin duda un buen ejemplo de lo que se puede hacer con una casa antigua —dijo Hannah, sin dejar de observar atentamente a Alex.

Parecía totalmente sincera, pero no miraba a Hannah a los ojos. Eso le hizo sospechar que no le estaba diciendo toda la verdad y había alguna razón oculta para aceptar el trabajo de Sally.

—Voy a empezar con esto —dijo Alex, mirando la receta—. Traeré una caja de copos de avena.

Cuando Alex se marchó, Hannah se volvió hacia Lisa.

—¿Has averiguado algo más sobre ella?

—Tiene cincuenta y dos años, vive en Edina, tiene dos gatos, le encanta bailar y cose en sus ratos libres. Eso es todo. Has sacado tú más información en dos minutos que yo en dos horas.

—Bueno, tú habías preparado muy bien el terreno —dijo Hannah, dándole una palmadita en el hombro a Lisa—. Yo solo he recogido los frutos.

—¿De verdad lo crees?

—Por supuesto. Tú sigue intentando sacar información.

Alex volvió a entrar con una caja enorme de copos de avena y las tres estuvieron trabajando en silencio durante varios minutos. Por suerte no tardaron mucho en tener la mezcla para las galletas lista porque el personal de Sally había empezado a llegar para preparar el bufé del almuerzo y Hannah no quería estorbar.

—No te preocupes —dijo Alex, al notar la expresión preocupada de Hannah mientras llegaban más trabajadores a la cocina—. Sally servirá sopa y sándwiches para el almuerzo de hoy. Supuso que la mayoría de los huéspedes estarían en el festival y era mejor algo sencillo. El personal de cocina solo tiene que colocar fiambres, quesos y panes en bandejas y llevárselos. Hay ensalada de patata, pero ya está hecha, al igual que la ensalada de col y la sopa.

Cinco minutos más de trabajo y ya habían terminado. Hannah cubrió los boles con plástico y Lisa y Alex los guardaron en la nevera de Sally.

—¿Por qué no llevas la camioneta a la entrada trasera? —sugirió Lisa—. Terminaremos aquí y luego te ayudaremos a cargar.

Hannah fue a buscar su camioneta. Mientras caminaba por los pasillos hacia el vestíbulo, no se encontró con nadie. Sally tenía razón: casi todo el mundo estaba fuera en el festival.

Sus botas estaban en el perchero de la entrada principal, justo donde las había dejado al entrar, y Hannah se sentó en el banco para ponérselas. Estaba a punto de ponerse el abrigo para salir cuando se percató de que había un grupo de gente en la orilla del lago. Dos hombres vestidos con parka estaban descargando una estructura de madera de una camioneta, y Hannah se dio cuenta de que estaban preparando el concurso de pesca en hielo. Iba a celebrarse al día siguiente, pero lo estaban preparando con antelación. Cuando cayera la noche, la superficie del lago Eden estaría salpicada de cabañas de pesca en hielo.

Cuando estaba a punto de salir por la puerta, Hannah vio que la columna de humo al otro extremo del lago seguía allí. Si hubiera sido alguien que había ido por el festival, a esa hora no estaría acurrucado en su cabaña, sino disfrutando de las actividades. Pero esa columna de humo no mostraba signos de disminuir. Seguía siendo tan densa como la primera vez que la vio.

Hannah giró sobre sus talones y se dirigió al teléfono. Si no recordaba mal, los padres de Janie tenían una cabaña al otro lado del lago. Tenía que averiguar si la habían vendido cuando se mudaron a Florida, y había una persona que podía decírselo en un santiamén.

Dos minutos más tarde, Hannah tenía a Andrea al teléfono, pero en cuanto empezó a formular su pregunta Andrea la interrumpió.

—Espera un segundo, Hannah. Tengo grandes noticias. Puedes quitar a Ray de tu lista de sospechosos.

—¿Te ha llamado el conductor del autobús?

—Sí. Ray viajó hasta Duluth y sus padres fueron a recogerlo. El conductor lo vio entrar en su coche. Eso fue anoche a las ocho, y el conductor me ha dicho que las carreteras del norte eran un desastre. Llevaba una hora de retraso, y es imposible que Ray pudiera haber conducido de vuelta a Lake Eden anoche.

—Genial. Eso alegrará a Earl. Ahora presta atención, Andrea. Acabo de tener una idea descabellada. ¿No tenían los padres de Janie una cabaña al otro lado del lago Eden?

—Sí, y todavía la tienen. Se la alquilamos todos los veranos. No querían venderla porque pensaban que algún día Janie querría... —Andrea se calló y ahogó un grito—. ¿Crees que está allí?

—Podría ser, si el humo que he visto procede de la cabaña de sus padres.

—Iré a comprobarlo.

—No, no te muevas de ahí —ordenó Hannah—. Hay una orden de búsqueda y captura sobre Janie, y si la encuentras, tendrías que decírselo a Bill.

Hubo un largo silencio y luego Andrea suspiró.

—Tienes razón. Quiero a Bill, pero a veces desearía haberme casado con un dermatólogo. Nunca les llaman para urgencias y no tienes que preocuparte por lo que les cuentas. Vas a ir, ¿verdad?

—Salgo ya.

—¿Vas a entregar a Janie? —preguntó Andrea, preocupada.

—No hasta que me cuente exactamente qué pasó anoche.

Hannah soltó un improperio que se habría tragado si su sobrina hubiera estado en la camioneta. La carretera que rodeaba el lago estaba en mal estado y ya era la cuarta vez que se golpeaba la cabeza al rebotar en los socavones. Miró por el retrovisor y soltó un suspiro de alivio al ver las cajas de galletas, que seguían exactamente donde las habían colocado. Sería una verdadera lástima llegar al festival con las galletas rotas. Andrea le había dado indicaciones detalladas y Hannah giró a la izquierda en la bifurcación junto a la cabaña verde con ribetes amarillos. Todas las cabañas por las que había pasado estaban vacías. Nadie, salvo una persona desesperada, pasaría la noche en una cabaña de verano con ese tiempo. Volvió a desviarse en la cabaña rosa y tomó la serpenteante carretera que bajaba hasta la orilla del lago. Andrea le había dicho que buscara la cabaña azul celeste, y pudo verla entre los pinos. Al acercarse, vio un coche que le resultaba familiar. Era el de Janie. Respiró aliviada. Aparcó junto a un pequeño montón de nieve cerca de la puerta principal de la cabaña y se bajó de la camioneta. El candado de la puerta principal estaba abierto y Hannah llamó cortésmente a la puerta. Luego la abrió y entró. Sus ojos tardaron un momento en adaptarse a la penumbra del interior de la cabaña después de la claridad de la nieve del exterior, pero pudo ver una figura acurrucada en un saco de dormir junto al fuego.

—¿Janie? —Hannah dio un paso adelante y el saco de dormir se movió.

—¿Hannah? —Janie parecía asustada cuando asomó la cabeza fuera del saco de dormir. Luego sonrió al reconocerla—. ¡Oh, Hannah! Me alegro tanto de verte. Pero ¿cómo sabías que estaba aquí?

—Por el humo de la chimenea, pero eso da igual. ¿Estás bien?

—Estoy bien, pero esta vez es la definitiva. Y no hay forma de que vuelva, ni aunque me llame para disculparse. Es una persona horrible y pienso buscar otro trabajo.

Hannah no dijo nada, pero su mente iba a mil. Por lo que Janie había dicho, era bastante obvio que no sabía que Connie Mac estaba muerta.

—¿Qué haces aquí?

—No quería tener que ver al resto del equipo esta mañana. Sabía que la disculparían y no soportaba la idea. Por eso estoy aquí.

—Pero anoche volviste al hotel a recoger tu ropa. ¿No viste a nadie?

Janie negó con la cabeza y, ahora que los ojos de Hannah se habían adaptado a la falta de luz, era evidente que había estado llorando.

—Supongo que estarían todos ocupados, o en sus habitaciones, o fuera, en otra parte. Fue un gran alivio. Estaba muy disgustada y no quería hablar con nadie. Me acusó de acostarme con su marido, Hannah. Dijo todo tipo de cosas horribles ¡y luego me despidió!

—Pero, Janie… —Hannah se estremeció un poco, pero tuvo que preguntar—. ¿Te acostabas con Paul?

—¡Claro que no! Estoy prácticamente comprometida, Hannah. Jim está ahorrando para comprarme un anillo el mes que viene. Se lo dije a Connie, pero no quiso entrar en razón. Se puso como una fiera y empezó a lanzarme cosas.

—¿Y tú qué hiciste?

—Cogí mi bolso y mi abrigo y salí corriendo por la puerta de atrás. Tiene un carácter horrible, Hannah. Lo sabe todo el mundo. Y no pensaba quedarme allí ni un minuto más.

—Pero ¿solía tirarle cosas a la gente?

—A mí no, pero he oído historias, y sé que se pelea con Paul todo el tiempo. Yo tenía la habitación de al lado cuando abrimos la tienda en Shakopee, y la oí gritarle y tirarle cosas. A la mañana siguiente él apareció con un gran hematoma en un lado de la cabeza. Le dijo a todo el mundo que se había golpeado con una puerta, pero yo sabía que no era verdad.

—¿Y Connie Mac? ¿Tenía algún moratón esa mañana?

—¿Quieres decir… de Paul?

—Sí. No lo culparía si se hubiera defendido.

—Yo tampoco, pero nunca lo hizo. Y no era la primera vez que los oía pelear. Ella gritaba y tiraba cosas y él trataba de calmarla. Paul es muy bueno, Hannah. Sé que nunca le ha levantado la mano.

—Volvamos a anoche. ¿Connie Mac te estaba tirando cosas y tú no le hiciste nada antes de irte?

Janie negó con la cabeza.

—No. Ella quería pelear y yo solo pensaba en salir de allí y alejarme de ella.

—¿Entonces Connie Mac seguía viva todavía cuando te marchaste?

Janie parpadeó y luego se inclinó hacia delante para mirar a Hannah con atención.

—¿Seguía viva? ¿Quieres decir que está... muerta?

—Completamente tiesa —dijo Hannah, deseando no haberlo hecho tan bruscamente—. ¿A qué hora saliste de The Cookie Jar?

—No lo sé. Pero llegué al hotel a las diez y cuarto. Miré el despertador justo antes de meterlo en la maleta.

Hannah hizo un pequeño cálculo mental. Janie debió de salir de The Cookie Jar sobre las nueve y cuarenta y cinco.

—¿Echaste la llave cuando saliste de allí?

—No, solo cerré la puerta tras de mí. Estaba a punto de lanzarme uno de tus rodillos y no quería que me alcanzara.

—No te culpo. Son rodillos muy pesados. ¿Viste a alguien por allí cerca cuando te fuiste?

—No, pero estaba bastante alterada. Si hubiera habido alguien, no me habría dado cuenta. ¿Qué le pasó, Hannah? ¿Tuvo un derrame cerebral o algo así?

—Algo así —dijo Hannah, dándose cuenta de que había llegado al punto de no retorno. Janie tenía derecho a saber qué le había pasado a su exjefa, sobre todo porque era la principal sospechosa—. Fue asesinada, Janie. Alguien le abrió la cabeza.

Janie jadeó angustiada. Luego se estremeció y respiró hondo un par de veces.

—Dime la verdad, Hannah. ¿Creen... creen que yo la maté?

—No fue buena señal que no te encontraran. Necesitan hablar contigo, Janie.

—Claro. ¿Me meterán en la cárcel?

—Por encima de mi cadáver —dijo Hannah, y ese comentario le valió una pequeña sonrisa—. Te llevaré a la comisaría y luego volveremos a por tu coche. Cuéntales todo lo que hizo Connie Mac y lo que hiciste tú, y todo irá bien.

—De acuerdo. Tengo miedo, pero sé que es lo que tengo que hacer.

—Buena chica. Puede que digan que tienes que quedarte en Lake Eden hasta que resuelvan el caso. Si lo hacen, puedes quedarte en mi casa. Tengo una habitación de invitados en mi apartamento.

—Gracias, Hannah. Pero ¿estás segura? O sea, no quiero ir al hotel, pero ¿y si les cuento todo y sigo siendo sospechosa? No querrás compartir tu casa con una sospechosa de asesinato, ¿verdad?

—¿Por qué no? Esta noche irá otro a mi casa. Es Norman Rhodes, y podéis intercambiar pareceres. —Las palabras salieron antes de que Hannah pudiera pensar en ellas y suspiró contrita—. Lo siento, Janie. No debería haber dicho eso.

—Me alegro de que lo hayas hecho —dijo Janie, y esbozó otra sonrisa—. Supongo que no será para tanto si haces bromas sobre ello. Aunque tú bromearías hasta de camino a la guillotina.

—Cierto. Pero recuerda que solo te alojas en mi habitación de invitados. En realidad estoy saliendo con el otro sospechoso principal del asesinato.

Bolitas de nieve

Precaliente el horno a 175 °C,
con la rejilla en la posición intermedia.

300 g de mantequilla
100 g de azúcar glas
1 1/2 cucharadita de esencia de vainilla
1/2 cucharadita de nuez moscada *(mejor recién molida)*
1/2 cucharadita de sal
425 g de harina *(no es necesario tamizar)*
125 g de nueces finamente picadas*

Derrita la mantequilla. Mézclela con el azúcar glas, la vainilla, la nuez moscada y la sal. Agregue la harina y mezcle bien. Incorpore las nueces. *(Si mezcla rápido, mientras la mantequilla aún está caliente, la masa será más suave y más fácil de trabajar.)*

Forme con la masa bolitas de unos 2,5 cm *(simplemente deles forma con los dedos)* y colóquelas en una bandeja para hornear SIN engrasar *(caben 12 en una bandeja estándar)*. Hornee a 175 °C durante 10 minutos, hasta que estén hechas, pero no doradas.

Deje que las galletas se enfríen durante 2 minutos y luego rebócelas en azúcar glas. *(Debe hacerlo mientras aún estén calientes.)* Colóquelas en una rejilla y deje que se enfríen completamente.

Cuando las galletas estén frías, rebócelas nuevamente en azúcar glas. Déjelas reposar durante varios minutos en la rejilla y luego guárdelas en un tarro de galletas o en un recipiente cubierto.

*A mi madre le gustan con nueces picadas. Andrea prefiere las pacanas. Yo creo que están mejor con avellanas. A Tracey le encantan cuando sustituyo las nueces por coco rallado y formo las bolitas de masa con un trozo de chocolate con leche dentro.

CAPÍTULO DIECISÉIS

Hannah miró el reloj al entrar en el aparcamiento del centro comunitario. Solo había pasado una hora desde que había llevado a Janie a la comisaría y había informado a Mike y Bill, en términos inequívocos, de que más les valía tratarla con guantes de seda. Una vez que se hubo asegurado de que Janie estaba bien, condujo hasta la ciudad y se detuvo en todos los recintos deportivos del Festival de Invierno para dejar las galletas que Lisa y Alex habían horneado. Lo único que le quedaba por hacer era presentar a Edna las bolitas de nieve para el postre de esa noche.

El cielo estaba gris plomizo cuando Hannah cruzó el aparcamiento y entró en el vestíbulo del centro comunitario. La mesa donde Connie Mac había planeado firmar sus libros estaba desierta, y Hannah se preguntó qué haría Marge Beeseman con doscientos ejemplares de *Dulces para tu amor*. Unas cuantas personas los comprarían simplemente para apoyar a la biblioteca, pero la enorme multitud que Marge había esperado no aparecería sin una famosa que los firmara.

Hannah suspiró mientras bajaba las escaleras hacia la sala de banquetes, cargando la pesada caja de galletas. Tenía que sostenerla a un lado para poder ver las escaleras. Si tropezaba y se caía, los postres de Edna rodarían por la alfombra verde como bolas de billar en miniatura.

—¡Edna! —gritó al entrar en la sala de banquetes. Vio que Edna había estado ocupada, porque todas las mesas estaban preparadas y en el aire flotaba el tentador aroma del pan recién horneado—. ¡He traído el postre!

Edna salió corriendo de la cocina, limpiándose las manos en un paño de cocina. Parecía cansada y Hannah sospechaba que haber horneado tantos panecillos le había quitado el sueño.

—¿Has hecho la tarta? —preguntó Edna, indicando a Hannah que dejara la caja sobre una mesa vacía.

—No, pero tengo algo igual de bueno. —Hannah abrió la caja y sacó una de las cubiteras de cristal llenas de galletas—. Se llaman bolitas de nieve y es una receta de mi abuela Ingrid.

La sonrisa de Edna aumentó y asintió con tanta fuerza que su pelo canoso, muy rizado, rebotaba.

—Son perfectas, Hannah. Podemos poner una cubitera en cada mesa y que cada uno se sirva.

—Pareces cansada —comentó Hannah, fijándose en las ojeras de Edna—. ¿Estás bien?

—Claro que sí, ahora que estás aquí. Hornear todos esos panecillos ha sido mucho trabajo, y no sé cómo me las habría arreglado con el postre. Tal vez no debería decir esto, pero si hubiera sabido que esa mujer terminaría muerta, nunca habría hecho todos esos cambios en el menú.

Hannah sonrió.

—Supongo que no estás muy disgustada por la muerte de la reina de la cocina.

—¡Menuda reina! —resopló Edna—. No hay más que ver las cosas que ha traído su gente para el banquete.

Hannah echó un vistazo a una de las mesas y observó la vajilla de porcelana, los manteles de encaje y la cubertería.

—Es todo bastante bonito.

—Bastante inútil, eso es lo que es. No podemos permitirnos llevar esos manteles de encaje a la tintorería, y si intentamos lavarlos, se desharán. La plata hay que pulirla cada vez que la usas, y esa vajilla no puede meterse en el lavaplatos. Y, por si fuera poco, ¡mira esto! —Al principio, Hannah no veía qué tenían de malo las flores secas en cestas de cerámica, pero al mirarlas de cerca vio que todas llevaban escrito «Connie Mac's Kitchen Boutique»—. No son más que publicidad para su nueva tienda —resopló Edna—, y esas flores secas no se pueden limpiar cuando se llenan de polvo. Si de verdad quería hacer un regalo al centro comunitario, debería haber elegido algo que realmente nos sirviera.

Hannah sabía que Edna tenía razón. Las cosas que Connie Mac había seleccionado eran poco prácticas para una cocina comunitaria.

—Me enfadé muchísimo cuando abrí las cajas —continuó Edna—, sobre todo porque ella lo presentó todo como algo maravilloso. Solo pensaba en encontrarla y retorcerle el pescuezo.

Las alarmas de Hannah se dispararon. Edna tenía mal genio y Connie Mac la había puesto a prueba. Primero el generoso regalo que Connie Mac había prometido y que resultó ser más problemático que de ayuda, y luego los cambios que había hecho en el menú. ¿Era posible que el temperamento de Edna hubiera sacado lo peor de ella?

—Eh..., Edna. —Hannah sabía que estaba pisando terreno peligroso, pero tenía que preguntar—. ¿A qué hora te fuiste de aquí anoche?

Edna soltó una breve carcajada.

—Antes de que empieces a sospechar, tengo coartada. Justo después de que me mandara hornear los panecillos, llamé a mi hermana a la granja. Hattie vino a ayudarme y anoche se quedó a dormir en mi casa.

—Lo siento, Edna —contestó Hannah—. No quería insinuar que la hubieras matado.

—No pasa nada. Podría haberlo hecho, ¡si la hubiera visto anoche cuando no paraba de amasar pan!

Hannah miró el reloj.

—Tengo una hora libre. ¿Puedo ayudarte con algo?

—No. Ya está todo hecho. En cuanto me enteré de que había muerto, decidí no hacer el aperitivo ese elegante con moldes que ella quería. A la gente de por aquí no le gusta mucho el hígado. Voy a servir queso y galletas, tal como pone en mi menú original.

—¡Hannah! —Marge Beeseman la saludó desde la puerta de la biblioteca al pasar—. Acércate un momento. Tienes que ver lo que me ha traído este maravilloso joven.

Hannah entró en la biblioteca y sonrió al joven que estaba de pie junto a Marge. Era rubio, guapo y unos diez años demasiado joven para ella.

—Este es Kurt Howe —dijo Marge—. Y, Kurt, ella es Hannah Swensen. Es la dueña de The Cookie Jar y hace las mejores galletas del mundo.

—Encantada de conocerte. —Hannah le estrechó la mano cuando él se la tendió. Sabía que Kurt Howe era el representante de la editorial que tuvo la pelea con Connie Mac—. Debes de haber hecho algo muy especial, Marge no llama maravilloso a cualquiera.

Kurt negó con la cabeza.

—Lo único que he hecho ha sido traerle algunos ejemplares firmados de *Dulces para tu amor.*

—Doscientos. —Marge señaló las cajas de libros que estaban apiladas cerca de la puerta—. Vamos a vender los que firmó Connie Mac.

Hannah se volvió hacia Kurt.

—Es muy amable por tu parte.

—Ha sido más que amable —la corrigió Marge—. Ahora que Connie Mac... ya no está con nosotros, serán objetos de coleccionista al instante. Me sentaré en esa mesa del vestíbulo y se los venderé a la gente que venga al banquete. De hecho, tengo que empezar a prepararlos. Me disculpáis, ¿verdad?

Hannah se encontró ante un dilema moral cuando Marge se marchó. Se moría por preguntarle a Kurt sobre la pelea, pero le había prometido a Mike no interrogar en el hotel a nadie del equipo de Connie Mac. No obstante, no estaba en el hotel, sino en la biblioteca, y era una oportunidad demasiado buena como para dejarla pasar.

—Siento lo de Connie Mac —dijo Hannah, abriéndose paso en el tema—. Supongo que *Dulces para tu amor* será su último libro de cocina.

Kurt negó con la cabeza.

—En realidad, no. Savory Press tiene al menos tres más en preparación.

—¿Quieres decir que ya están escritos y listos para publicarse?

—No exactamente, señorita Swensen. Verá, todas las recetas de los libros de cocina de la señora MacIntyre salen directamente de sus programas de televisión. Solo las transcribimos de las grabaciones y añadimos algunos de sus comentarios.

—Pero su programa ya ha terminado, ¿no?

—Sí, pero hay una gran cantidad de segmentos que aún no se han emitido. Y también habrá reposiciones. Hay material de sobra para al menos tres libros de cocina más, quizá cuatro.

—Ya veo —dijo Hannah, archivando esa información para futuras consultas. Ahora tenía cosas más importantes que hacer—. ¿Te importaría decirme dónde estuviste anoche?

La sonrisa de Kurt desapareció y su expresión se volvió cautelosa.

—Estuve en mi habitación. ¿Por qué quiere saberlo? ¿Es usted de la policía?

—No. —Hannah decidió que, ya que se había metido, más le valía mojarse a fondo—. Pregunto por una amiga que podría estar acusada del asesinato de Connie Mac. Creo que también es amiga tuya. ¿Janie Burkholtz?

—¿La policía cree que Janie asesinó a la señora MacIntyre? —Kurt parecía sorprendido.

—Sí, y, a menos que Janie pueda exculparse, está metida en un gran problema. Pensé que podrías haberla visto anoche cuando volvió al hotel. Estoy intentando establecer una coartada.

La expresión cautelosa de Kurt desapareció.

—Me gustaría ayudar a Janie, pero la última vez que la vi fue por la tarde. Nuestras habitaciones están una al lado de la otra y la vi salir. Janie me dijo que la señora MacIntyre iba a hacerse unas fotos y que tenía que seguir a la limusina hasta la ciudad.

—¿Tu habitación está justo al lado de la de Janie?

—Así es.

—¿Y estuviste en tu habitación anoche?

—Eso he dicho.

—¿No oíste a Janie cuando volvió a recoger sus cosas?

—No.

Hannah estaba desconcertada.

—Pero algo tendrías que haber oído: los cajones de la cómoda, las perchas del armario, las ruedas de la maleta...

—Eh... —Kurt empezó a ponerse nervioso—. Mire, señorita Swensen. Estuve en mi habitación anoche, pero me fui sobre las nueve. Fui hasta Minneapolis a ver a una amiga y pasé la noche allí.

—¿Tu amiga podría confirmarlo?

—Sí, pero no quiero meter a mi amiga en esto. Si mi jefe se entera de dónde estuve anoche, me despedirá.

Hannah echó un vistazo al obstinado Kurt y decidió que era hora de apretar.

—Tal y como yo lo veo, estás en un callejón sin salida. Sé lo de la pelea que tuviste con Connie Mac y cómo te amenazó con llamar a tu jefe por la mañana para que te despidiera. Si se lo cuento a la policía, y también les digo que anoche no estuviste en tu habitación pasadas las nueve, serás sospechoso de asesinato. ¿Cuánto crees que te durará el trabajo si eres sospechoso de haber matado a la mayor celebridad de la editorial?

—No había pensado en eso... —El rostro de Kurt palideció.

—No tiene por qué ser tan malo como parece —le dijo Hannah—. Soy la única que sabe que no estuviste en tu habitación anoche, y no lo contaré mientras consigas que tu coartada se confirme. Mis labios están sellados si tu historia concuerda.

—De acuerdo. —Kurt dio un suspiro resignado—. Pasé la noche con Marcia; su padre es el dueño de Savory Press. Ella trabaja allí a tiempo parcial y él no tolera las relaciones sentimentales entre empleados. Le dijo a Marcia que si salía con alguien de su plantilla, lo despediría y la mandaría a terminar la universidad en Alaska.

Hannah silbó suavemente.

—Tienes un problema. Llama a Marcia por teléfono y déjame hablar con ella. Si confirma que estuviste con ella toda la noche, olvidaré todo lo que me acabas de contar.

Cinco minutos después, Hannah tenía toda la información que necesitaba. Después de asegurarle a Marcia que no los delataría, le devolvió el móvil a Kurt.

—Estás libre de sospecha. Pero, solo por curiosidad, ¿por qué estaba Connie Mac tan enfadada contigo?

—Supongo que no pasa nada porque se lo cuente. —Kurt vaciló y Hannah notó que parecía muy avergonzado—. Me negué a acostarme con ella. —Hannah pudo sentir cómo se le abría la boca y la cerró antes de parecer idiota—. El último tipo que tuvo mi trabajo me advirtió de que la señora MacIntyre tenía líos sentimentales, pero yo pensé que era solo un rumor. Y entonces se me insinuó.

—¿Y qué hiciste?

—¿Qué iba a hacer? Quiero a Marcia y de ninguna manera la engañaría, ni siquiera para conservar mi trabajo. Intenté ser diplomático, pero la señora MacIntyre no se lo tomó bien. Justo antes de irse, dijo que iba a llamar al padre de Marcia por la mañana para que me despidieran.

—¿Y por eso fuiste a Minneapolis a ver a Marcia?

—Sí. Marcia se portó de maravilla. Decidimos que cuando se supiera, nos fugaríamos. Estaba dispuesta a dejar la universidad para que ambos pudiéramos trabajar hasta que yo me estableciera en otra editorial.

—¿Cuándo supiste que Connie Mac había muerto?

—Esta mañana. Volví aquí temprano y dormí un par de horas. Cuando bajé a desayunar, todo el mundo estaba hablando de ello.

—¿Tienes idea de quién la mató?

Kurt se encogió de hombros.

—La verdad es que no. La señora MacIntyre llegó a la cima pasando por encima de mucha gente. Pudo ser cualquiera a quien pisara a lo largo de su carrera.

Hannah dio las gracias a Kurt, volvió a asegurarle que no le contaría a nadie lo de Marcia y regresó a su camioneta.

Eran solo las cuatro y media de la tarde, pero la noche estaba cayendo y Hannah encendió los faros mientras se dirigía a su casa. Había eliminado a algunos de sus sospechosos sin romper, técnicamente, su promesa a Mike, pero aún quedaba mucho por hacer.

CAPÍTULO DIECISIETE

Cuando Hannah introdujo la llave en la puerta de su piso, oyó un aullido furioso procedente del interior. Inmediatamente se puso alerta, tiró el bolso y se subió la cremallera de la parka hasta la barbilla. Luego abrió la puerta y extendió los brazos para recibir el bulto de pelaje naranja y blanco de seis kilos que se abalanzó sobre su pecho.

—Hola, Moishe. ¿Me has echado de menos? —Hannah lo abrazó un momento antes de recoger el bolso y cerrar la puerta—. ¿Qué te pasa?

Hannah supuso que una de dos cosas podía haber ocurrido para disgustar a su compañero felino: o su cuenco de comida estaba vacío otra vez, o su madre había llamado. En cuanto Hannah dejó a Moishe en el suelo, este la condujo directamente a la cocina, moviendo la cola con impaciencia. Allí descubrió que eran dos de dos. Su cuenco de comida estaba vacío y la lucecita roja del contestador parpadeaba.

—Vale, espera un momento.

Hannah se quitó la parka y la colocó sobre una de las sillas de la cocina. Se dirigió directamente al armario donde guardaba la comida de Moishe y lo abrió. Cuando Moishe llegó a vivir con ella, Hannah creía firmemente en lo que su veterinario llamaba «barra libre». Se había propuesto mantener lleno el cuenco de comida para que Moishe no se asustara cada vez que viera un trocito de cerámica blanca en el fondo. Sus intenciones habían sido buenas, pero los modales de Moishe en la mesa dejaban mucho que desear y había llevado su programa de «barra libre» hasta el límite cuando aprendió a abrir la puerta del armario y a servirse del saco de seis kilos que Hannah guardaba en el armario de las escobas. Hacía unos meses que había decidido que ya había recogido suficientes trocitos de pienso con forma de pez y había puesto un gancho en la puerta del armario de las escobas.

—Aquí tienes —dijo Hannah, sacando el pienso y poniéndolo en el cuenco de comida—. Supongo que también querrás agua fresca.

Moishe la miró y maulló. Tenía agua de sobra en su cuenco, pero le gustaba muy fría. Hannah abrió el grifo, dejó correr el agua hasta que se enfrió y le llenó el bebedero. Después de dejarlo sobre la alfombrilla de Garfield, junto al cuenco de comida, se acercó a comprobar el contestador, mientras se preguntaba en qué momento se había convertido en la esclava de su mascota. El primer mensaje era de Andrea, que le daba las gracias por haber encontrado a Janie. Decía que había terminado de redactar el anuncio y que se reuniría con Hannah en el banquete del Festival de Invierno. Hannah miró a Moishe. No se había enfadado al oír la voz de Andrea, pero cuando llegó el siguiente mensaje, se erizó.

«¿Hannah? Soy Mike. Acabamos de terminar con la señorita Burkholtz y Bill la está llevando a buscar su coche. Dice que se quedará en tu casa. Sé que es una vieja amiga, pero puedo decirte que ahora mismo la idea no me gusta. Hazme un favor y no te involucres, ¿vale?».

—De acuerdo —murmuró Hannah, agachándose para dar una palmada a Moishe. Tampoco le había gustado el tono oficioso de la voz de Mike.

«¿Hannah? Soy tu madre». Empezó a sonar el tercer y último mensaje, y Hannah se apartó mientras Moishe se dirigía al contestador para mirarlo amenazante. Tenía las orejas echadas hacia atrás, movía la cola y parecía que quisiera arrancarlo de la pared.

—Tranquilo. No está aquí. Es solo una grabación —explicó Hannah, pero sabía que no serviría de mucho. Cada vez que Moishe oía la voz de su madre, se enfadaba.

«Carrie y yo no iremos al banquete. Vamos a invitar a Tracey a una pizza en el centro comercial y luego iremos a ver la nueva película de Disney. Tracey nos ha ayudado mucho esta tarde y se merece un capricho». Hannah sonrió. Tracey había aprendido a manipular a su abuela, y parecía que había tenido un éxito similar con Carrie. «Ponte un vestido bonito para el banquete, querida. Y, por favor, intenta hacer algo con tu pelo. He visto a Babs Dubinski esta tarde y me ha dicho que su hijo ha venido para el festival».

—Oh, genial —dijo Hannah y lanzó un largo suspiro de sufrimiento: había conocido al hijo de Babs Dubinski por petición de su madre, y su único tema de conversación era la reforma fiscal.

«Se acaba de divorciar —continuó Delores—, y los asesores fiscales ganan mucho dinero». Hannah pulsó el botón de *stop*, cortando a su madre en seco. Sabía que Delores preferiría a Norman o incluso a Mike, pero cualquier yerno, aunque fuera aburrido, era bueno para evitar que su hija acabara siendo una solterona.

—No tenemos que escuchar el resto, Moishe —dijo Hannah, alisándole el pelaje erizado—. Vamos al dormitorio y puedes acurrucarte en mi almohada mientras me visto.

Diez minutos más tarde, Hannah estaba en la ducha, disfrutando del calor del vapor y probando el nuevo bote de champú Pretty Girl que le había comprado a Luanne por la mañana. Estaba perfumado con algún tipo de mezcla de hierbas, al igual que la pastilla de jabón, otra nueva adquisición. Cuando se aclaró bien el pelo, Hannah cerró el grifo, se secó con una toalla y salió del baño. Miró hacia la cama, donde Moishe la había estado esperando, pero solo había un hueco vacío en la almohada y algunos pelos blancos y anaranjados. Lo oía maullar desde el otro extremo del apartamento y, mientras escuchaba, empezó a sonreír. Janie había entrado y estaba en la cocina, conversando con Moishe.

Mientras Hannah se vestía, escuchaba la conversación a dos bandas. No podía distinguir las palabras, pero la dinámica de la charla era evidente. Janie decía algo, Moishe le contestaba y Janie le respondía. Eso duró varios minutos mientras Hannah se ponía su mejor traje de lana, se calzaba los zapatos de vestir y se cepillaba el pelo. Se recogió los rizos rojos y encrespados en un pasador que se ató a la nuca, se planteó la conveniencia de llevar un bolso a juego con los zapatos y decidió que le supondría más problemas que ventajas. Andrea tendría que aceptar el bolso de cuero desgastado que solía llevar. Una rociada del frasco de perfume que le había regalado su compañera de habitación de la universidad, un toque de carmín que Hannah limpió inmediatamente con un pañuelo de papel, y ya estaba lista. Se miró una vez más en el espejo, llegó a la conclusión de que había hecho todo lo que podía con lo que tenía y caminó por el pasillo con unos tacones que seguramente la harían sentir como un gigante cuando estuviera al lado de su menuda hermana.

—Hola, Hannah. Estás muy guapa —la saludó Janie cuando entró en el salón. Estaba sentada en el sofá y Moishe parecía muy contento en su regazo—. Me encanta tu gato. Es muy cariñoso.

—Solo con la gente que le gusta. Pregúntale a mi madre si no. Se llama Moishe.

—Hola, Moishe —dijo Janie, rascándole detrás de las orejas—. También es muy listo. Su cuenco de comida estaba vacío y me ha enseñado dónde guardas la comida.

—No me sorprende. ¿Cómo te ha ido en la comisaría?

—Bien, creo. He hecho lo que me dijiste y les he contado todo lo que recordaba. Cuando les he preguntado si soy sospechosa, Bill ha dicho que no me preocupara, pero su compañero me ha dicho que me quede en la ciudad hasta que me den permiso para irme.

—Ese es Mike—le dijo Hannah—, y no es precisamente del tipo tranquilizador. ¿Has dejado tus cosas en la habitación de invitados?

—Sí. He aparcado el coche justo al lado de tu camioneta. ¿Te parece bien?

—Perfecto. El alquiler incluye dos plazas de aparcamiento. ¿Por qué no te cambias y vienes al banquete conmigo? No quiero que te quedes aquí sola.

—No estoy sola. —Janie alargó la mano para acariciar de nuevo a Moishe—. Además, lo único que me apetece es darme una ducha y disfrutar del lujo de una calefacción de verdad. En la cabaña hacía frío.

—Vale, si es lo que prefieres. Hay comida de sobra. Sírvete tú misma.

—Gracias, Hannah, pero no tengo hambre. —Janie dio un pequeño suspiro—. Es curioso, en cierto modo. La señora

MacIntyre siempre estaba detrás de mí para bajar de peso y, ahora que está muerta, probablemente lo haré.

Andrea dio un codazo a Hannah para llamar su atención. Estaban sentadas en una de las largas mesas de la sala de banquetes y acababan de terminar de comer el plato principal de Edna, un delicioso estofado de carne con salsa.

—Esa es la mesa de Connie Mac. No ha venido.

—¿Quién? —preguntó Hannah, echando un vistazo a la mesa del equipo de Connie Mac.

—Paul MacIntyre.

—No esperaba que viniera. ¿Irías a un banquete si acabaras de enterarte de que tu marido ha muerto?

Andrea se estremeció.

—No digas eso. Me preocupo por Bill todo el tiempo.

—Lo siento —se disculpó Hannah—. Quería decir que no sería de buen gusto que Paul socializara esta noche, dadas las circunstancias.

—Tienes razón. Es que esperaba poder hablar con él, eso es todo. Supongo que tendré que conformarme con la segunda mejor opción. Creo que ese es Alan Carpenter, el que está sentado junto a la mujer que va vestida con ropa de la última colección de Liz Claiborne.

—¿Cómo lo sabes?

—Porque lleva un traje caro con corbata de seda y parece un abogado.

—Eso no. ¿Cómo sabes que la mujer que está a su lado lleva ropa de la última colección de Liz Claiborne?

—Porque estoy al día de las tendencias. Vivir en un pueblo pequeño no significa que tengas que estar pasado de moda. Ojalá conociera a alguien por allí para poder acercarnos y saludarlo.

—Conozco a alguien—le dijo Hannah.

—¿A quién?

—A Kurt Howe. Le ha llevado unos libros a Marge esta tarde y ella me lo ha presentado.

Andrea parecía preocupada.

—No lo habrás interrogado, ¿verdad?

—Claro que sí. La ocasión la pintan calva. La coartada de Kurt está comprobada y queda libre de sospecha. —Hannah echó hacia atrás su silla y se levantó—. Venga, Andrea. Vamos a saludar antes de que Edna traiga el postre.

Cuando sacaron las cubiteras con bolitas de nieve a las mesas, Hannah y Andrea ya habían conocido a varias personas del equipo de Connie Mac. Estaban los dos periodistas que habían cubierto las actividades de la reina de la cocina, el decorador que había diseñado sus *boutiques,* el escritor que estaba trabajando en su biografía y el hombre que Andrea había identificado como Alan Carpenter.

—Es un placer conocerlas —dijo Alan, levantándose para estrecharles la mano—. ¿Por qué no ocupan nuestras sillas? Kurt y yo tenemos que irnos.

—¿Es por algo que he dicho? —bromeó Hannah, que fue recompensada con una sonrisa de Kurt y Alan.

—En absoluto —le dijo Alan—, pero si no nos vamos ahora mismo, llegaremos tarde a la rueda de prensa que he programado en mi despacho.

—¿Sobre la señora MacIntyre? —preguntó Hannah.

—Así es. Los medios de comunicación están enloquecidos y quieren conocer todos los detalles. Yo soy el portavoz de la familia y Kurt se encargará de las preguntas concernientes a Savory Press.

—Esto debe de ser muy difícil para usted —comentó Andrea, dedicándole a Alan una sonrisa comprensiva.

—No es fácil, pero, como abogado de la familia, tengo el deber de ayudar a Paul en todo lo que pueda. Lo siento, señoras. Me encantaría seguir hablando, pero tenemos que irnos ya.

—Llévese algunas de estas para el viaje —dijo Hannah, cogiendo media docena de bolitas de nieve de la cubitera de cristal que una de las camareras había puesto en la mesa y envolviéndolas en una servilleta—. Tienen mucho azúcar, os darán energía.

Cuando Alan y Kurt se marcharon, Hannah y Andrea volvieron a su mesa. Charlaron durante unos minutos con los demás invitados al banquete, Hannah recibió cumplidos por las galletas y presenciaron la coronación del príncipe y la princesa de invierno. Cuando terminó la ceremonia, recogieron los abrigos y las botas y subieron las escaleras hasta el vestíbulo.

—Me pregunto cuántos libros habrá vendido Marge —reflexionó Hannah mientras se sentaban junto a la mesa de firma de libros para cambiarse los zapatos por las botas.

—Ciento sesenta y tres. La he oído decírselo a Bertie Straub. Se llevará el resto a las carpas de calentamiento, y las chicas de la señora Baxter los venderán.

—Estupendo —dijo Hannah, guardando los zapatos en el bolso y abriendo la puerta para salir.

—¡Está nevando otra vez! —se quejó Andrea, mirando al cielo mientras caminaban por el aparcamiento helado hacia sus vehículos.

—Nos hemos apuntado al concurso familiar de muñecos de nieve, y a Tracey le hace mucha ilusión.

—Se supone que mañana por la mañana dejará de nevar. He escuchado el parte del tiempo de KCOW de camino aquí.

—Espero que acierten. —Andrea llegó a su Volvo y abrió la puerta para coger el cepillo de mango largo y el rascador. Quitó la nieve del parabrisas y guardó el equipo de invierno en el asiento trasero—. No he hecho un muñeco de nieve desde que era niña. ¿Recuerdas cómo se hacía?

—Solo tienes que hacer tres bolas de nieve. Una grande para la base, una mediana para el torso y una pequeña para la cabeza. Las apilas, le pones una cara y le clavas unas ramitas para los brazos. Luego lo adornas con un gorro, una bufanda o lo que sea, y ya está. Cualquiera puede hacer un muñeco de nieve. Es pan comido.

—Ya que sabes hacerlo, ¿nos ayudas? Bill va a estar ocupado con la investigación del asesinato, y será mucho más rápido si somos tres. Hay un límite de tiempo.

Hannah suspiró. La había manipulado y lo sabía.

—De acuerdo, os ayudaré. ¿A qué hora es el concurso?

—A las dos en el parque. Gracias, Hannah. —Andrea acercó su reloj a la luz del techo del coche—. Tengo que ir tirando. Madre y Carrie dejarán a Tracey dentro de veinte minutos. ¿Quieres que espere a ver si tu camioneta arranca?

—Arrancará. Y si no, alguien me echará un cable.

Una vez que Andrea se marchó, Hannah quitó la nieve del parabrisas y arrancó el motor. Se encendió inmediatamente y puso la calefacción al máximo. Mientras esperaba a que el motor se calentara, sacó el cuaderno y anotó lo que habían averiguado en la velada, aunque nada parecía muy relevante.

Cuando Hannah volvió a guardar el cuaderno en el bolso, un susurro de aire tibio salía de los conductos de la calefacción. Era suficiente para deshacer la escarcha del interior del parabrisas, pero nada más. Encendió los faros y los limpiaparabrisas y salió del aparcamiento deseando haber optado por la calefacción auxiliar que Cyril Murphy había intentado venderle cuando compró la camioneta.

Resistió el impulso de pasar por delante de su tienda para ver si habían quitado la cinta del escenario del crimen y se dirigió a la autopista. Bill habría llamado si hubiera habido algún cambio.

Hannah pisó el acelerador, se detuvo detrás de un camión de alquiler con matrícula de Michigan y condujo hacia su casa. La única forma que tenía de volver rápido a The Cookie Jar era atrapando al asesino de Connie Mac, pero estaba resultando mucho más difícil de lo que esperaba.

CAPÍTULO DIECIOCHO

—Está delicioso, Hannah —dijo Janie mientras masticaba el bocadillo que Hannah le había preparado—. Me acuerdo de la primera vez que nos preparaste un sándwich de queso a la plancha.

—Yo también —respondió Hannah, sonriendo por el recuerdo. Había decidido preparar sándwiches de queso a la plancha para Andrea y Janie una noche de instituto en la que se habían quedado hasta tarde estudiando para un examen. Untó el pan con mantequilla, calentó la sartén y descubrió que alguien se había comido el último trozo de cheddar de la nevera. Como todo lo demás se había terminado, Hannah cogió queso crema y lo utilizó como sustituto. El resultado había sido tan delicioso que nunca volvió a hacer sándwiches de queso a la plancha tradicionales.

—Deberías hacer experimentos con la comida más a menudo. —Janie le sonrió—. Siempre te sale algo riquísimo.

—No siempre. ¿Recuerdas la vez que le puse sopa de tomate al atún? Estaba tan horrible que no pudimos comerlo y tuvimos que pedir pizza.

Janie hizo una mueca.

—Ojalá no me lo hubieras recordado. Pero todo el mundo tiene derecho a un fracaso, y tú lo has compensado con creces.

—Tengo que preguntarte algo, Janie. —Hannah volvió a centrarse en el problema que tenía entre manos—. Hoy me he encontrado con Kurt Howe en la biblioteca y me ha dicho que la cadena de televisión tiene un montón de programas de Connie Mac que aún no se han emitido.

—Sí, es cierto. Grabamos los programas en junio y Connie Mac hacía cuatro al día, en días alternos.

—¿Cuatro programas al día? —se sorprendió Hannah—. ¿No es mucho trabajo?

—Sí, pero no para ella. El personal hacía todo el trabajo de preparación antes de que ella llegara al estudio. Lo único que tenía que hacer era preparar los ingredientes, ya medidos, mientras hablaba con los invitados, meter las fuentes en el horno y sacar las que ya habíamos cocinado.

—¿Así que ella no cocinaba?

—No, lo hacíamos todo por adelantado. Por eso trabajaba cada dos días. Necesitábamos ese día extra para tenerlo todo listo.

Hannah hizo un pequeño cálculo mental.

—¿Hizo sesenta programas en un mes?

—Sí. Cuando terminamos, su productor eligió los mejores programas y la emisora los incluyó en la programación. Guardaron el resto como reserva. Estoy segura de que tienen suficiente para al menos un año, tal vez dos.

—¿Es eso habitual? —preguntó Hannah—. Casi parece que la cadena de televisión esperara que Connie Mac muriese y estuvieran preparándose con antelación.

—No hay nada inusual en lo que hicieron. Grabar con antelación es una práctica comercial normal para cualquier programa que dependa tanto de su estrella. No pueden hacerlo con programas que tratan la actualidad, pero los programas de cocina son atemporales.

—De acuerdo, si tú lo dices. —Pero Hannah decidió que lo comprobaría de todos modos—. ¿Connie Mac era una de esas estrellas difíciles?

—Solo con su personal, y nunca era difícil cuando alguno de los ejecutivos de televisión estaba en el plató. Entonces era todo dulzura y luz.

A Janie se le cerraban los ojos de sueño, y eso hizo que Hannah echara un vistazo a su reloj.

—Son casi las once, Norman llega tarde. Me pregunto qué lo habrá entretenido.

—Quizá su coche no arranque —sugirió Janie—. Hace mucho frío esta noche.

—Es posible, pero estoy segura de que habría llamado. —En cuanto esas palabras salieron de la boca de Hannah, sonó el teléfono. Sonrió a Janie mientras extendía la mano para contestar—. Supongo que tenías razón. Quizá sea él.

Pero la voz que la saludó no era la de Norman, y Hannah sintió una punzada de miedo.

—¿Luanne? ¿Ocurre algo?

—Sí. Te llamo para decirte que estoy en el hospital con Norman.

—¿En el hospital? —La punzada de miedo se convirtió en un nudo en el estómago de Hannah—. ¿Estás bien?

—Estoy bien, pero Norman tiene un fuerte golpe en la cabeza. El doctor Knight dice que podría tener una conmoción cerebral.

—¿Ha tenido un accidente de tráfico?

—No, lo han atacado cuando iba hacia su coche.

Por un momento, Hannah se quedó sin habla. Que ella supiera, nunca había habido un atraco en Lake Eden.

—¿Dónde ha ocurrido?

—En el aparcamiento de la casa de Ezekiel Jordan. Teníamos una sesión de fotos tarde. Cuando me fui, Norman me dijo que iba a recargar las cámaras y luego iría a tu casa. Por eso te he llamado.

—Espera un segundo. —Hannah sacudió la cabeza para intentar despejarla—. Si te fuiste, ¿cómo te enteraste de que Norman había sido asaltado?

—Volví. Norman me dio una pequeña jirafa de peluche para Susie y la olvidé en mi estuche de maquillaje. Iba camino de la autopista cuando me acordé. Volví a buscarla y encontré a Norman bocabajo en la nieve junto a su coche. Me asusté muchísimo, Hannah.

—No me cabe duda. ¿Pudiste ver al atracador?

—No, no vi a nadie. Norman cree que lo asusté, porque ocurrió justo antes de que yo llegara. No quise dejar a Norman allí e ir a llamar a una ambulancia, así que lo ayudé a subir a mi coche y lo traje directamente a urgencias.

—Has hecho lo correcto, Luanne —le aseguró Hannah.

—¿Podrías venir, Hannah? Tengo que volver a casa y Norman no tiene forma de regresar a la ciudad.

—Estaré allí en diez minutos —prometió Hannah—. Y gracias, Luanne. Me alegro mucho de que te olvidaras la jirafa.

—Yo también. Hasta ahora, Hannah.

Hannah colgó el teléfono y se volvió hacia Janie, que la miraba expectante.

—Han atracado a Norman. Está en el Lake Eden Memorial; voy a ir hasta allí. ¿Quieres venir?

—Prefiero quedarme aquí. ¿Hay algo que pueda hacer por ti mientras estás fuera?

—Sí. Asegúrate de que todas las puertas y ventanas estén cerradas y no dejes entrar a nadie.

—¿Por qué? —Janie parecía preocupada—. ¿Hay algún problema?

—No lo sé, pero Norman era sospechoso del asesinato de Connie Mac, y tú también.

—¿Crees que el atraco de Norman tiene algo que ver con el asesinato de Connie Mac?

—No lo sabré hasta que hable con él, pero es mejor prevenir que curar.

—Vale, Hannah. Te esperaré despierta. Y pondré una cafetera para que esté lista cuando llegues a casa.

—Gracias, pero lo último que voy a necesitar cuando llegue a casa es una carga de cafeína. Hay una garrafa de vino en el armario de las escobas, justo al lado de la comida de Moishe. ¿Podrías meterla en la nevera, por favor? Tengo la sensación de que voy a necesitarlo esta noche.

—¡Hannah! —Norman parecía absolutamente encantado de verla, todo lo encantado que puede estar un hombre tumbado en una camilla de urgencias con un esfigmomanómetro en el brazo y un vendaje en forma de turbante alrededor de la cabeza—. Has venido.

—Claro que he venido. Luanne me ha dicho que has estado intentando probar la teoría de que tu cabeza es más dura que el hormigón.

—Que la madera —le dijo Norman, incorporándose con dificultad para sentarse—. El doctor Knight ha encontrado una astilla en mi gorro de lana y cree que proviene de un bate de béisbol.

—Qué más da. ¿Se supone que ya puedes sentarte?

—No me han dicho que no me siente. Estoy bien, Hannah. Me duele un poco la cabeza, eso es todo.

—No te hagas el duro conmigo —le advirtió Hannah—. Tiene que dolerte. ¿Dónde está el doctor Knight? Quiero hablar con él.

—Está por aquí en alguna parte. Hagas lo que hagas, Hannah, no llames a mi madre. Vendrá con sopa de pollo y una cataplasma de mostaza. Y la sopa seguro que será de sobre.

Hannah se rio. Delores hacía lo mismo cuando ella estaba enferma.

—Vale, no la llamaré. ¿Y al departamento del *sheriff*? Deberían saber lo que ha pasado.

—Ya lo saben. El doctor Knight los llamó en cuanto llegué y enviaron a Rick Murphy a tomarme declaración. No he podido contarle mucho. Ni siquiera vi quién me golpeó.

—Vale, ahora vuelvo. —Hannah se acercó y tocó el brazo de Norman. Tuvo el impulso de besarlo en la mejilla, pero no lo hizo. Le dio una palmadita en el brazo, giró sobre sus talones y salió en busca del doctor.

Los tres primeros boxes de urgencias por los que pasó estaban vacíos, pero había alguien en el cuarto. Aunque las cortinas estaban cerradas, pudo oír al doctor Knight hablando con alguien sobre el polvo de zinc y la frecuencia con que debía aplicarse. Como recientemente había habido un brote de pie de atleta en el Instituto Jordan, Hannah supuso que la persona que estaba detrás de la cortina era otra víctima de las duchas.

El doctor Knight salió del cubículo y sonrió al ver a Hannah.

—No te preocupes. Se pondrá bien. Puede irse, pero que no duerma durante al menos tres horas. Nada de alcohol y dieta líquida durante las primeras doce horas. Tráelo si muestra algún signo de conmoción cerebral.

—De acuerdo —dijo Hannah—. Norman me ha dicho que crees que ha sido un bate de béisbol.

—Eso o algo similar. Ha recibido un golpe fuerte y ha tenido suerte de que se desviara. Un golpe directo probablemente lo habría matado.

Hannah se estremeció. No quería ni imaginárselo.

—¿Igual que Connie Mac?

—Yo diría que sí. —Doc Knight parecía receloso—. Pero eso no te lo he dicho yo. Hice fotos y las compararé cuando tenga un poco de respiro. Y eso tampoco te lo he dicho yo.

—Entendido. Eres una fuente de no información.

—Exacto. Si los chicos de la comisaría se enteran de que te he contado algo, me despellejan vivo. Ahora llévatelo de aquí y cuídalo. Tengo un accidente de dos coches que llegará en cualquier momento y necesito camas.

—¿Aspirina? —preguntó Hannah.

—No. Le he dado algo para el dolor de cabeza, y puede tomar otra pastilla en dos horas. Eso debería noquearlo por el resto de la noche.

—De acuerdo. Lo llevaré directamente a su casa —prometió Hannah.

—No, a su casa no, mejor llévalo a la tuya. Si lo llevas a su casa, Carrie armará un escándalo y no le permitirá descansar. Deja que se relaje un par de horas y luego puede irse a casa. Y si Carrie empieza a llorar y a lamentarse, dale una de las pastillas de Norman.

—Bueno, al menos esto tiene algo positivo —dijo Norman, aceptando la taza de chocolate caliente que Hannah le había preparado—. Hasta que me quiten la venda, no tendré que llevar gorro.

—Solo necesitas un broche en medio de ese turbante y parecerás un jeque —bromeó Janie.

—Creo que haría falta algo más que eso —dijo Norman, dando un sorbo a su bebida—. Esto está muy bueno, Hannah.

—El doctor Knight me ha dicho que te mantuviera a base de líquidos, y he pensado que un trago de chocolate líquido sería mejor que un caldo de pollo bajo en grasa. ¿Cómo te encuentras, Norman?

—Bien. Aún me duele la cabeza, pero no tanto como antes. Adelante, Hannah.

—¿Adelante con qué?

—Con esas preguntas que te mueres por hacerme. Si aguantas mucho más, estallarás.

Hannah soltó una carcajada cohibida. Norman la conocía muy bien.

—¿Seguro que estás bien para hablar?

—Seguro. Pregúntame ahora que aún lo tengo todo fresco en la cabeza.

—Vale. —Hannah pasó a otra página de su cuaderno—. Sé que no viste al agresor, pero ¿viste o escuchaste algo justo antes de que te golpeara?

—No.

—¿Notaste algo? ¿Un guante de cuero? ¿Una chaqueta de piel? ¿Algo parecido?

—Todo lo que sentí fue el golpe.

—¿Olía a algo? ¿A cigarrillo? ¿Un perfume distintivo o un jabón perfumado?

—No. No tengo ni idea de quién me golpeó, Hannah.

—Vale — Hannah suspiró y cambió a otra línea de preguntas—. ¿Quién podía saber que esta noche harías fotos en la casa de Ezekiel Jordan?

—Beatrice y Ted Koester. Eran mis modelos. Y Luanne lo sabía porque maquillaba a Beatrice. Nuestras madres lo sabían porque se lo dije. Llevaban a Tracey al cine esta noche y pensé que pasarían de camino a casa. No quería que se preocuparan cuando vieran luces encendidas dentro.

Hannah suspiró al mismo tiempo que Janie. Ambas sabían que Delores siempre era una fuente constante de información.

—Hay una cosa que sí sé. —Norman parecía muy serio—. Lo he pensado durante todo el camino de vuelta. No me robaron ni dinero ni el coche. Me atacaron deliberadamente por alguna razón.

Hannah lo miró sorprendida.

—¿Qué te hace pensar eso?

—Si el tipo hubiera querido mi coche, podría haberle hecho un puente mientras yo estaba dentro cargando las cámaras. Tardé unos quince minutos, y los demás ya se habían ido. Además, llevaba una bolsa de deporte con un par de cámaras y la cartera dentro. La dejé encima del maletero mientras limpiaba el parabrisas. Podría haberla cogido y salir corriendo. Creo que me atacó el asesino de Connie Mac.

—Tienes suerte de que no te haya matado, Norman —comentó Janie, y Hannah se dio cuenta de que tenía la cara muy pálida.

—Lo sé. Creo que lo único que me salvó fue que se me cayeron las llaves del coche en la nieve. Debió de abalanzarse sobre mí justo cuando me agaché a recogerlas.

—Eso explicaría lo que me ha dicho el doctor Knight —intervino Hannah—. Piensa que ha sido un golpe de refilón.

—Exacto. Y estoy bastante seguro de que me habría golpeado una segunda vez si Luanne no hubiera llegado en coche justo en ese momento.

Hannah no quería pensar en lo que habría pasado si a Norman no se le hubieran caído las llaves del coche. En lugar de eso, se concentró en hacer otra pregunta.

—Supongamos que eras el objetivo del asesino de Connie Mac. ¿Por qué tú?

—No lo sé. Es cierto que yo estaba al lado la noche en que la mataron, pero no podría identificarlo ni nada parecido.

—No, pero él podría creer que sí. —Hannah pensó en todas las posibilidades, y una sobresalió—. Espera un momento. ¿No me dijiste que esa noche estabas probando tus luces de relleno?

—Sí —respondió Norman—. ¿Qué tiene eso que ver?

—¿Saltó el *flash* mientras las probabas?

Norman asintió con la cabeza y Hannah empezó a sonreír.

—Entonces ya lo tengo.

—¿El qué?

—La razón por la que el asesino de Connie Mac se fijó en ti. ¿Y si estaba escondido fuera de The Cookie Jar, esperando una oportunidad para quedarse a solas con Connie Mac y matarla? Pudo haber visto las luces y pensar que le estabas haciendo fotos.

—Acabo de recordar algo —les dijo Janie—. Connie Mac y yo vimos los *flashes* en la nieve de fuera. Ella pensó que algún reportero intentaba hacerle una foto robada a través de la ventana, pero yo le dije que procedían de la casa de Ezekiel Jordan, y supusimos que debías de estar haciendo fotos allí.

Hannah se inclinó hacia delante, emocionada.

—Tienes que revelar esa película, Norman. ¡Podrías tener una foto del asesino de Connie Mac!

—Imposible —dijo Norman, sacudiendo la cabeza—. La cámara no tenía carrete.

Hannah se tragó una palabra que podría haber hecho sonrojar a Janie y en su lugar gruñó.

—Por un momento he pensado que podríamos tener un atajo hacia el asesino.

Los tres guardaron silencio un momento y luego Norman se volvió hacia Hannah.

—Quizá sí que tengamos un atajo.

—¿Cómo? Has dicho que la cámara no tenía carrete.

—No, pero el asesino no lo sabe. Todavía cree que tengo una foto suya. Creo que intentará matarme otra vez, Hannah. Estoy seguro. Y eso significa que podemos tenderle una trampa.

Hannah se quedó con la boca abierta y miró a Norman estupefacta. Luego sacudió la cabeza con vehemencia.

—Ese golpe en la cabeza debe de haberte sacudido el cerebro. Si te quedara algo de sentido común, sabrías que de ninguna manera te dejaría que hicieras de cebo.

Sándwich de queso crema a la plancha

(El mejor «error» de Hannah Swensen)

Para cada sándwich necesitará:

2 rebanadas de pan de molde *(blanco, integral, con cereales... el que prefiera)*
1 paquete de queso crema *(no ablandado ni batido)*
Mantequilla blanda

Unte con mantequilla dos rebanadas de pan. Coloque una rebanada con la mantequilla hacia abajo sobre un trozo de papel encerado. Corte lonchas de queso crema de algo más de 1 cm de grosor para cubrir la superficie del pan. Ponga encima la otra rebanada de pan, con la parte untada con mantequilla hacia arriba.

Precaliente una sartén en el fuego. Con una espátula, ponga el sándwich en la sartén. Cocínelo sin tapar hasta que la parte inferior esté dorada. *(Puede comprobarlo levantándolo un poco con la espátula.)* Dele la vuelta al sándwich y cocínelo por el otro lado hasta que esté dorado. Sáquelo de la sartén, córtelo en cuatro trozos con un cuchillo afilado, colóquelo en un plato y sírvalo inmediatamente.

Este sándwich va muy bien con una taza de sopa de tomate bien caliente.

Puede convertirlo en un sándwich de postre utilizando rebanadas de pan de plátano o de dátiles y nueces y espolvoreando el sándwich con un poco de azúcar glas. Si realmente quiere ir a por todas, cúbralo con una bola de helado. Está delicioso.

CAPÍTULO DIECINUEVE

Las seis de la mañana llegaron demasiado rápido y Hannah salió a regañadientes del cálido confort de su cama. Parecía que solo habían pasado unos minutos desde que había llevado a Norman al lugar de la agresión para recoger su coche y lo había seguido hasta su casa para asegurarse de que llegaba sano y salvo. Antes de irse, estuvo fuera de su casa unos minutos, pero no se encendió ninguna luz en el dormitorio de Carrie. Cuando Hannah estuvo segura de que Norman no tendría que lidiar con una madre histérica en mitad de la noche, condujo de vuelta a su apartamento y se tumbó en la cama para dormir las horas que le quedaban.

Hannah miró a su alrededor, parpadeando por el resplandor de la lámpara de la mesilla de noche. Moishe no estaba. Probablemente se habría ido con Janie durante la noche. Aunque sabía que era una tontería, la deserción de su gato la perturbó. Moishe era un macho, y todos los hombres importantes de su vida la estaban abandonando de un modo u otro. Mike se había vuelto frío y policial. No era de extrañar, teniendo en cuenta que estaba a cargo de la investigación de un asesinato, pero echaba de menos el trato que tenían antes. Y Norman estaba igual de mal. Le había dicho que no estaba celoso del tiempo que ella pasaba con Mike y ahora pretendía ponerse como cebo en una trampa para el asesino sin pensar dos veces en sus sentimientos. Luego estaba Moishe. Lo había acogido, le había dado la mejor comida para gatos del mercado y lo había llevado al veterinario para que lo vacunaran. ¿Y cómo le pagaba él su generosidad? Abandonándola en su cama en mitad de la noche por una mujer más joven.

Hannah se puso las zapatillas de andar por casa. Sabía que lo que pensaba era ridículo, pero no podía evitarlo. Moishe la estaba esperando en su cama cuando llegó a casa la noche anterior y se había dejado abrazar por ella mucho más tiempo de lo habitual. Incluso le había ronroneado y lamido la mejilla con su lengua áspera. Hannah sabía que la quería, y eso era más de lo que podía decir de Norman o Mike. Estaba de mal humor por el cansancio y tenía que hacer algo al respecto.

Una vez duchada, se sintió mucho mejor. Diez minutos bajo el chorro de agua caliente le relajaron los músculos tensos y mejoraron un poco su humor.

Se puso unos vaqueros y otra sudadera del Festival de Invierno y volvió a calzarse las viejas zapatillas de andar por casa. Luego caminó por el pasillo hacia la cocina. Tenía mucho que hacer y, si no se ponía manos a la obra, se retrasaría. Sería un día ajetreado que le exigiría energía adicional, y una taza de café bien cargado era la única cura para su grave caso de párpados caídos.

—Buenos días, Hannah —la saludó Janie. Estaba de pie junto a los fogones, dándole la vuelta a algo en la sartén—. No intentes hablar. Siéntate y te pondré una taza de café.

Hannah se sentó en una silla. Era mucho más cómoda de lo que recordaba, y resistió el impulso de apoyar la cabeza en los brazos cruzados y dar una cabezadita.

—Bébete esto —dijo Janie, poniendo una taza de café delante de la nariz de Hannah—. Te ayudará.

Hannah aspiró la deliciosa fragancia y dio un trago enorme. El café estaba caliente, pero no hirviendo, y se dio cuenta de que Janie lo debía de haber puesto cuando la oyó vestirse. Después de vaciar la taza y tenderla para que se la rellenara, abrió los ojos por completo y sonrió a Janie.

—Gracias. Empiezo a sentirme medio humana.

—Bien. Ahora solo tenemos que trabajar en la otra mitad. ¿Norman llegó bien a casa?

—Sí, debería estar bien. Me quedé unos minutos para asegurarme de que su madre no se despertaba. ¿Qué haces en pie tan temprano?

—Moishe me ha despertado. Creo que se sentía culpable por haber armado tanto lío.

—¿Qué lío?

—Se metió en el armario donde guardas su comida. Lo he barrido todo y he rellenado el cuenco.

La mirada de Hannah se desvió de Moishe, que comía despreocupadamente en su cuenco, hacia la puerta del armario de las escobas. Estaba bien cerrada, y ella sabía que la había dejado así.

—¿Qué ha pasado?

—Ha aprendido a abrir el cierre. —Janie se acercó a la puerta—. Creo que saltó encima de la nevera y golpeó el gancho hasta que se soltó.

—No me sorprende —dijo Hannah, dirigiendo a Moishe una mirada reprobatoria. Moishe se la devolvió con sus ojos amarillos muy abiertos y no parecía sentirse culpable en absoluto—. ¿Qué estás cocinando?

—Torrijas. ¿Tienes hambre?

—Por supuesto. Huele de maravilla. ¿Estás segura de que no quieres mudarte permanentemente?

—Me lo pensaré. —Janie se rio y puso las torrijas en un plato—. La receta es de Helen, la cocinera de Connie Mac.

—¿Connie Mac, la reina de la cocina, tenía cocinera?

—Sí. Helen le pasaba sus mejores recetas. La tarta del Festival de Invierno era receta de Helen; ella hizo la original.

Hannah recordó la conversación de Connie Mac con Edna y que había afirmado que se había quedado despierta casi toda la noche para decorar la tarta. Parecía que Connie Mac había sido tan falsa como desagradable.

—¿Y qué pasó con la tarta que ibais a hornear para reemplazar la accidentada?

—Se suponía que tenía que hacer todas las capas. La señora MacIntyre pensó que yo podía encargarme de eso. Y cuando terminara, iba a llamar a Helen para que condujera hasta Lake Eden para decorarla.

Hannah dio otro trago a su café. Eso podía ser muy importante, sobre todo si Helen había odiado a Connie Mac tanto como las demás personas que habían trabajado para ella.

—¿Sabes si Connie Mac llamó a Helen?

—No. Se lo conté a Bill y Mike y lo comprobaron. —Janie le llevó el plato a Hannah, volvió a por mantequilla y sirope de arce y se sentó en la silla de enfrente—. He comprado el periódico. ¿Quieres las primeras páginas?

—No, dame las historietas. No puedo con noticias duras hasta que no me he tomado al menos una cafetera. Léelo y dime si hay algo interesante.

La torrija estaba deliciosa, ligera y esponjosa, con un toque apetitoso de canela y nuez moscada. Hannah se la terminó en un tiempo récord y se levantó a por más café. Estaba sirviéndole un poco a Janie cuando esta ahogó un grito.

—¿Qué pasa? —Hannah dejó la cafetera sobre la mesa.

—Larry Kruger ha publicado otra historia. Dice que el fantasma de Ezekiel Jordan es el que golpeó a Norman en la cabeza.

—¡Estás de broma! —Hannah se echó a reír—. Supongo que no sabe que la familia de Norman se mudó aquí desde otro estado. Es bastante improbable que Norman pueda estar emparentado con alguien de la partida de póquer de F. E. Laughlin.

—Larry tiene justificación para eso. Dice que el fantasma de Ezekiel estaba molesto porque Norman estaba haciendo fotos en la recreación de su casa que ha montado tu madre. Parece que Ezekiel Jordan era espiritista y creía que una cámara podía robar el alma de un hombre. Nunca quiso posar para ninguna foto ni permitió que ningún miembro de su familia fuese fotografiado. Según Larry, por eso no hay fotos suyas. Ezekiel no habría dejado jamás que hubiera una cámara en su casa.

—Larry es muy astuto —comentó Hannah—. ¿Cree que el fantasma de Ezekiel golpeó a Norman en la cabeza para evitar que hiciera más retratos?

—Eso es lo que dice. Y parece que mucha gente se lo toma en serio. Aquí hay una historia sobre otra aparición de fantasmas anoche en el hotel.

—¿A qué hora? —preguntó Hannah.

—A las diez menos cuarto.

—Entonces el fantasma de Ezekiel puede estar en dos sitios a la vez. Norman me dijo que le golpearon en la cabeza a las nueve y cuarenta y cinco.

Janie empezó a sonreír.

—Debe de ser una ventaja que tienen los espíritus sobre los mortales como nosotras. Larry entrevistó a Sally Laughlin y ella dijo que vio algo flotando por el pasillo anoche a las diez menos cuarto.

—¿Sally dijo eso? —Hannah giró el artículo para poder leerlo. Una vez que lo hubo leído, levantó la vista con el ceño fruncido—. Pues sí que ha cambiado Sally de parecer... Cuando hablé con ella ayer, me dijo que no creía en fantasmas. Se lo preguntaré cuando llegue al hotel.

Cuando Hannah llegó al hotel, Lisa ya estaba trabajando duro enrollando bolas de masa para las galletas dulces a la antigua. Después de disculparse por llegar tarde, Hannah se puso manos a la obra. Cuando terminaron de llenar los cuatro hornos que Sally les había asignado y de hacer el resto de bolas de masa, Lisa preparó unas tazas de café y se tomaron un breve descanso.

—Cuéntame qué le pasó realmente a Norman anoche —pidió Lisa, sentándose en un taburete junto a Hannah—. He leído la historia de Larry Kruger en el periódico, pero no me creo ni una palabra.

—Norman recibió un golpe en la cabeza cuando salía hacia su coche, Luanne Hanks llegó justo a tiempo para ahuyentar a su agresor, pero ninguno de los dos vio quién le golpeó. Norman cree que fue el asesino de Connie Mac y me ha pedido que le tienda una trampa y lo utilice como cebo.

Los ojos de Lisa se abrieron de par en par.

—¿Lo harás?

—Por supuesto que no. Es demasiado peligroso. Lo que más me preocupa es que Norman intente preparar algo por su cuenta.

—Puede que tengas razón. Un tío puede llegar a ser muy tonto cuando intenta impresionar a su novia.

Ese comentario paró en seco a Hannah, que tardó un minuto en recuperarse.

—¿Quieres decir... a mí?

—Sí, a ti. Norman te adora, Hannah. He visto cómo te mira.

—¿Has estado escuchando a la Doctora Amor? —Hannah hizo la primera pregunta que le vino a la mente.

—Odio ese programa. Es de sentido común, Hannah. Norman te quiere y está intentando convencerte de que es digno de ti.

Hannah recordaba haber tenido una conversación muy parecida con Andrea. En la versión de Lisa, solo había cambiado el nombre del hombre. ¿Era posible que tanto Mike como Norman estuvieran enamorados de ella? La vida no era una película de serie B y, desde luego, ella no era la hermosa ingenua que se abría camino en un triángulo amoroso con dos hombres.

—Tengo razón, Hannah. Tienes que confiar en mí.

Hannah seguía sin estar convencida.

—¿Qué crees que debería hacer?

—Piensa en alguna forma de detener a Norman antes de que se meta en un lío.

—Bien —dijo Hannah, preguntándose qué implicaría eso. Ponerle a Norman una camisa de fuerza funcionaría, pero no tenía una a mano. Las esposas estaban descartadas, Norman aún podía andar por ahí con ellas, y un viaje forzoso a una isla desierta era poco práctico. En lugar de concentrarse en una forma de inmovilizar a Norman, tuvo que pensar en un modo de convencer al asesino de que Norman no le había hecho una foto.

—El temporizador acaba de sonar. Quédate aquí sentada pensando y yo sacaré las galletas del horno. Sé astuta, Hannah; se te da muy bien.

Hannah no estaba segura de si eso era un cumplido, pero se acomodó en su taburete y pensó mientras miraba por la ventana que daba al comedor. Unas cuantas personas empezaban a llegar para el desayuno continental que Sally siempre ofrecía los domingos por la mañana, y Hannah se fijó en un hombre que llenaba su taza en la urna de café que había en la barra. Mientras observaba al hombre llevar su café y un bollo dulce a una mesa para dos personas en el centro del comedor, los pensamientos de Hannah volvieron a Norman. ¿Cómo podía salvarlo de sí mismo? Si intentaba impresionarla con su valentía, estaba consiguiendo el efecto contrario. Podía matarlo por ofrecerse a tenderle una trampa, pero no tendría la oportunidad de hacerlo si el asesino llegaba a él primero. El hombre al que había estado observando se había comido el bollo dulce y estaba terminando el café. Hannah esperaba que volviera a por otra taza, pero la sorprendió sacando un pequeño cuaderno del bolsillo y poniéndose a escribir. Tal vez fuera reportero, y esa sospecha le dio a Hannah la idea perfecta para quitarle a Norman su idea de la cabeza.

—¡Lo tengo! —gritó a Lisa—. ¿Puedes defender el fuerte un par de minutos? Tengo que encontrar a Sally y preguntarle quién es ese periodista.

—¿Qué periodista? —preguntó Lisa, acercándose a mirar por la ventana.

—El que está en el centro de la sala. Lleva un jersey azul de tipo escandinavo.

—Es Larry Kruger. Me lo dijo Alex ayer. Es el que ha estado escribiendo esas historias sobre fantasmas.

—¡Bingo! —dijo Hannah y le dio un abrazo a Lisa—. Volveré después de darle una idea para su próxima publicación.

Larry Kruger sonrió a Hannah.

—Parece que te ha gustado mucho mi historia.

—Sí, mucho —dijo Hannah, resistiendo el impulso de darle una patada en la espinilla por todos los problemas que le había causado—. Soy amiga de Norman y me contó algo sobre su ataque que no sale en el periódico.

—¿En serio?

—Sí. Norman me dijo que intentó hacer una foto del fantasma de Ezekiel Jordan la noche en que Connie Mac fue asesinada.

—¡No me digas!

Hannah prácticamente podía ver los mecanismos girando en el cerebro de Larry Kruger. Lo tenía enganchado y lo sabía.

—Norman estaba justo al lado y vio una forma muy extraña merodeando fuera. Dijo que parecía que flotara. Por supuesto que no tenía idea de que fuera un fantasma. Solo pensó que era curioso y tomó todo un rollo de película.

—¿Él...? Eh... ¿Ha revelado el carrete?

—Sí. Y no hay absolutamente nada. Por supuesto, no me sorprende. Estoy muy interesada en lo oculto, y sé que es imposible tomar una foto de un espíritu. Su esencia no puede ser capturada por ningún medio mortal.

—Eh..., sí. Ya lo había oído. Gracias por contármelo.

—De nada. Creo que la gente debería saber más cosas sobre el mundo de los espíritus. Es fascinante. He estado dándole vueltas a la idea de llamar a la radio KCOW para contarles la experiencia de Norman, pero no quiero dar mi nombre y...

—No tienes que hacerlo —interrumpió Larry—. Estaré encantado de llamar en tu lugar. Y también lo pondré en el periódico.

—¿Y no pondrás mi nombre?

—No, si tú no quieres —prometió Larry—. Diré que he obtenido la información de una fuente fiable que conoce a Norman Rhodes. Nadie te relacionará jamás con mi historia.

Hannah puso su mejor cara de agradecimiento.

—Gracias, Larry. Me parece bien.

Lisa se partía de risa cuando Hannah terminó de contarle lo que había hecho.

—¿Y de verdad te ha creído?

—Sí, sí. La historia debería salir en la radio KCOW al mediodía como muy tarde. Ahora todo lo que tengo que hacer es esperar que el asesino esté escuchando.

—¿Qué le vas a decir a Norman?

Hannah hizo una mueca. No había pensado en eso.

—Supongo que le diré que sé lo testarudo que puede llegar a ser y que quería evitar que hiciera una idiotez.

—¡No se lo digas así! —Lisa parecía desconcertada—. Tienes que tener más tacto. Dile a Norman que te importa y que te preocupa su seguridad. Y admite que quizá deberías haberle consultado antes, pero que sentías que tenías que hacer algo.

—De acuerdo, me parece razonable. Ahora vamos a seguir con estas galletas. Tú prepara otra tanda de tus supremas de chocolate blanco y yo empezaré a hornear los bocados de nueces pacanas.

Lisa se fue a la despensa a recoger sus provisiones y Hannah sacó la masa para los bocados. Acababa de meter los dos primeros moldes en el horno cuando Sally entró en la cocina.

—¿Galletas de nueces? —Sally se acercó a ver la masa en el bol de Hannah.

—Bingo. Acerca un taburete, Sally. Tengo que preguntarte algo. —Hannah esperó a que Sally se sentara. Nadie del personal de cocina estaba tan cerca como para oírla, y era la oportunidad perfecta para preguntarle por las apariciones de fantasmas—. He leído el artículo en el periódico esta mañana y dice que viste el fantasma de Ezekiel anoche. Pensaba que no creías en fantasmas.

—No creo, pero tu hermana tenía razón. Los fantasmas son buenos para el negocio. El teléfono no paraba de sonar ayer por la tarde, y todos los que llamaban para reservar querían saber si realmente había visto al fantasma. Se lo comenté a Francine y pensó que deberíamos tener un fantasma.

Hannah miró a Sally con asombro.

—¿Cómo es posible que tengáis un fantasma?

—Francine se ofreció a flotar por el pasillo. Va a hacer apariciones cada dos noches, solo para mantener la historia viva. Al principio yo no quería hacerlo, porque, claro, no es precisamente honesto. Pero Francine dijo que muchos de los grandes hoteles temáticos tienen eventos, y que esto sería solo otra forma de entretenimiento.

—Esa es una razón tan buena como cualquier otra. ¿Y cómo hace Francine para flotar por el pasillo?

—Ha elaborado una técnica. Tienes que verlo para creerlo. ¿Quieres que te llame antes de que haga su próxima aparición?

—Por supuesto —dijo Hannah, con un plan empezando a fraguarse en su mente. Si Sally la avisaba con suficiente antelación, llevaría a su madre y a Carrie a cenar al hotel y se aseguraría de que tuvieran asientos de primera fila para ver al fantasma. Si Francine era lo bastante convincente, podría asustar a las dos alcahuetas.

Supremas de chocolate blanco de Lisa

Precaliente el horno a 175 °C,
con la rejilla en la posición intermedia.

200 g de mantequilla
150 g de azúcar blanco
150 g de azúcar moreno
2 cucharaditas de vainilla
1 1/2 cucharadita de bicarbonato de sodio
1/2 cucharadita de sal
2 huevos batidos
300 g de harina *(no es necesario tamizarla)*
225 g de chocolate blanco *(o pepitas de chocolate blanco)*
180 g de nueces de macadamia picadas

Derrita la mantequilla. Mézclela con el azúcar blanco y el azúcar moreno. Añada la vainilla, el bicarbonato y la sal. Agregue los huevos y remueva. Incorpore la harina y mezcle bien.

Si utiliza chocolate blanco en tableta, córtelo en trocitos del tamaño de pepitas de chocolate. Puede hacerlo en un robot de cocina partiendo el chocolate antes y procesándolo con la cuchilla de acero.

Pique las nueces de macadamia en trozos del tamaño de un guisante con un cuchillo o con la cuchilla de acero del robot de cocina. Añada el chocolate blanco y las nueces al bol y mezcle bien.

Vierta la masa a cucharaditas en una bandeja para galletas SIN ENGRASAR *(en una de tamaño estándar caben 12 galletas).* Hornee a 175 °C de 10 a 12 minutos o hasta que estén bien doradas.

Deje que las galletas se enfríen durante dos minutos, luego retírelas de la bandeja para hornear y transfiéralas a una rejilla para que terminen de enfriarse.

Lisa elaboró esta receta y es imposible comer solo una.

CAPÍTULO VEINTE

—¿Qué planes tienes para el resto del día? —le preguntó Hannah a Lisa cuando terminaron de cargar las cajas de galletas en la parte trasera de la camioneta.

—Voy a llevar a mi padre a visitar la casa de Ezekiel Jordan y pediremos cita para hacernos fotos. Luego iremos al parque a ver el concurso familiar de muñecos de nieve.

—Entonces nos vemos allí —le dijo Hannah—. Tracey se ha apuntado y, como Bill está trabajando, le prometí a Andrea que las ayudaría. Janie vendrá conmigo.

—Dile a Janie que puede quedarse con nosotros. Me cae muy bien y sé que a papá le gustaría volver a verla. Le mencioné su nombre y la recordó de hace años.

—Recuerda bastantes cosas del pasado, ¿verdad?

—Esa es una de las cosas extrañas de su memoria. Puede recordar cosas de hace veinte o treinta años, pero lo nuevo no parece registrarlo. Cada vez que lo llevo al centro de mayores, se emociona porque cree que va por primera vez.

—Al menos así nunca se cansa —dijo Hannah, tratando de ver la cara más alegre de las cosas. Sabía que el alzhéimer era una enfermedad terrible y que era degenerativa. Podría llegar un momento en que Jack Herman ni siquiera recordara a su hija.

—No te preocupes, Hannah. —Lisa extendió la mano para tocarle el brazo—. Soy consciente de lo que le espera a mi padre, pero al menos ahora es feliz.

—Tiene mucha suerte de tenerte —dijo Hannah, dando una palmadita reconfortante a la mano de Lisa—. Y gracias por ofrecerte a acompañar a Janie mientras yo hago el ridículo.

Cinco minutos más tarde, Hannah se dirigía a su primera parada. Iba a dejar galletas en el Instituto Jordan y el aparcamiento de la pista de patinaje ya estaba lleno de coches. Cuando se detuvo, vio una cara conocida, o al menos parte de ella. Era Craig Kimball, y llevaba un pasamontañas naranja brillante.

—¡Hola, señorita Swensen! —la saludó Craig al salir de la camioneta—. ¿Necesita ayuda con las galletas?

—¿Te animas? Tengo una bolsa de galletas nuevas que puedes probar si me echas una mano.

—Por supuesto. —Los ojos de Craig se entrecerraron y Hannah intuyó que estaba sonriendo detrás de toda esa lana naranja—. Déjeme que avise a un par de amigos y así solo tendremos que hacer un viaje.

Hannah abrió el maletero de la camioneta mientras Craig se acercaba corriendo a un grupo de estudiantes de último curso del Instituto Jordan. Antes de que le diera tiempo a coger la primera caja de galletas, ya tenía seis ayudantes impacientes. Llevaron las galletas a la carpa de calentamiento y Hannah se sorprendió al ver a una docena de espectadores en las gradas que rodeaban la pista. Estaban apiñados en primera fila, bebiendo de sus tazas de café humeantes.

Una vez que hubo pagado a sus voluntarios, Hannah se dirigió a Linda Nelson, que atendía el mostrador. Estaba en el último curso y la señora Baxter le había dicho que era la mejor de la clase.

—Parece que ya habéis vendido algo de café.

—Hemos vendido un termo entero y acabamos de hacer el segundo —le dijo Linda—. Hace mucho frío ahí fuera.

—¿A qué hora empieza la competición de patinaje de velocidad?

—A la una. Algunos padres han venido antes para ver los calentamientos. Debería volver para verlo, señorita Swensen. Barry Withers es increíble. Si puede recortar una décima de segundo, batirá el récord escolar.

Hannah echó un vistazo a los ojos brillantes de Linda y se imaginó que un pequeño romance podría estar calentándose junto con ese termo de café recién hecho.

—Volveré si puedo. Ahora mismo tengo toneladas de galletas que repartir.

—¿Quiere una taza de café para el camino?

—Me encantaría, gracias. Y si ves a Barry, deséale suerte.

Menos de cinco minutos después, Hannah estaba de vuelta en la carretera, con una taza de café recién hecho en el portavasos de plástico ubicado entre los asientos. El campo de béisbol de la ciudad era su próximo destino y llegaría justo a tiempo.

Al entrar en el aparcamiento, Hannah vio que había mucha actividad en el campo. Dos equipos de estudiantes abrigados con parkas estaban construyendo fuertes de nieve en extremos opuestos del terreno. En menos de una hora empezaría la Gran Guerra de las Bolas de Nieve y los preparativos ya estaban en marcha. Gil Surma, consejero del Instituto Jordan y segundo entrenador del equipo de baloncesto, era el general del ejército azul apostado en la primera base. Su equipo llevaba pasamontañas azules. Los chicos del ejército rojo rival, que llevaban pasamontañas rojos, estaban construyendo un fuerte en la tercera base. Los comandaba su director, el señor Purvis. Ambos «generales» estaban en el campo, supervisando el acopio de munición para asegurarse de que no hubiera piedras ni trozos de hielo en las bolas de nieve que se apilaban dentro de los fuertes.

Hannah aparcó lo más cerca posible de la carpa de calentamiento y salió para abrir la parte trasera de la camioneta. Apiló tantas cajas como creyó que podría cargar en un solo viaje, las sujetó con ambos brazos y se dirigió a la entrada de la carpa.

—Cuidado, Hannah. —Una voz familiar la saludó y unos brazos se extendieron para coger las tres cajas superiores—. Te estabas tambaleando un poco.

Hannah sonrió en cuanto le apartaron las cajas y pudo ver quién era su salvador.

—Hola, Norman. ¿Cómo te encuentras?

—Bien. Ya no me duele la cabeza y el doctor Knight me ha quitado el aparatoso vendaje. Dice que los puntos ya están empezando a cicatrizar.

—Eso es bueno. ¿Te ha dicho que estás bien para juzgar el concurso?

Norman negó con la cabeza, y Hannah se dio cuenta de que hizo un leve gesto de dolor. Sin duda aún le dolía.

—No voy a juzgar. He venido a hacer un par de fotos para el club de fotografía de la escuela.

—¿El club de fotografía no hace sus propias fotos?

—Sí, pero me pidieron que viniera como refuerzo. Quieren una foto del señor Purvis siendo acribillado a bolazos para ponerla en el anuario.

—Supongo que las cosas no han cambiado tanto. —Hannah sonreía mientras entraban en la carpa de calentamiento con su carga azucarada—. Cuando yo iba al instituto, siempre intentábamos conseguir fotos embarazosas de nuestro director. Será mejor que no te acerques demasiado a la acción o se te llenará la cara de nieve.

—Lo sé. Por eso uso un teleobjetivo —explicó Norman, entregando sus cajas a una de las alumnas de la señora Baxter y siguiendo a Hannah a por más galletas.

Después de llevar las últimas cajas que había encargado la señora Baxter, Hannah le pidió a Norman que la acompañara hasta la camioneta. Cuando llegaron, abrió la puerta del pasajero.

—Entra un minuto, Norman. Necesito hablar contigo.

—De acuerdo. —Norman se sentó en el asiento del copiloto y Hannah dio la vuelta para entrar en el lado del conductor. Una vez acomodada, Norman se volvió hacia ella—. ¿Qué pasa, Hannah?

—Esta mañana he hecho algo que quizá no te guste, pero ha sido porque creo que es lo mejor para ti —le dijo Hannah, y luego le dio los detalles de la historia que había plantado con Larry Kruger.

—Ojalá no lo hubieras hecho —dijo Norman cuando terminó—. Quería ser el cebo para la trampa. ¿Hay alguna forma de que te retractes de esa historia?

—De ninguna manera. Lo siento si no te parece bien, Norman, pero ya tengo bastante que hacer como para preocuparme por ti.

—¿Estabas preocupada por mí?

—Claro que lo estaba. Estaba muerta de miedo por que salieras a hacer algo realmente estúpido. —En el momento en que las palabras salieron de su boca, Hannah se arrepintió. Se había olvidado por completo del tacto y de lo que Lisa le había aconsejado que dijera. Esperaba que Norman saliera de la camioneta y se negara a hablarle nunca más, pero lo único que hizo fue sonreír—. ¿No estás enfadado? —le preguntó Hannah.

—Preferiría que me lo hubieras preguntado antes, pero no estoy enfadado. En realidad, todo lo contrario. —Con ese comentario, Norman la estrechó entre sus brazos y la abrazó con fuerza. Luego le levantó la cabeza y la besó.

Por un momento, Hannah se sobresaltó tanto que estuvo a punto de resistirse. Luego, la pasión se apoderó de ella y se encontró disfrutando plenamente del beso de Norman. Su instinto la impulsó a echarle los brazos al cuello y mantenerlo allí, en el asiento delantero de su camioneta, durante un largo e indefinido rato, pero antes de que pudiera seguir su impulso Norman se apartó para sonreírle.

—¿Ves? No estoy enfadado —le dijo, acercándose para pellizcarle la nariz. Abrió la puerta y salió de la camioneta—. Hasta luego, Hannah. Tengo que hacer unas fotos del señor Purvis inspeccionando las bolas de nieve.

Mientras Hannah se alejaba en coche, sonreía. Se sentía reconfortada, cálida y más en paz de lo que había estado en días. Pero entonces sus pensamientos se volvieron hacia Mike y empezó a fruncir el ceño.

Había disfrutado de los besos de Mike en el pasado y también había disfrutado del beso de Norman. Había una gran diferencia entre los dos. Los besos de Mike la hacían sentir *sexy,* al borde de algo ligeramente peligroso y muy excitante. Y los besos de Norman la hacían sentir *sexy,* natural y muy bien.

Hannah suspiró. Era imposible comparar a Mike con Norman. Mike era el hombre de sus sueños y Norman, el hombre de sus horas de vigilia. Y cada vez que intentaba elegir a uno, acababa deseándolos a los dos.

El parque de Lake Eden era un hervidero de actividad cuando llegó Hannah. Acababan de aparecer varios trineos lanzadera, y Hannah se cargó de cajas y las llevó con cuidado entre la multitud.

—¡Han llegado las galletas! —gritó una de las chicas de la señora Baxter cuando Hannah entró en la carpa de calentamiento. Se apresuró a coger las cajas e hizo un gesto a otras dos chicas—. Vamos, ayudemos a la señorita Swensen a descargar.

Con cuatro de ellas trabajando, la descarga no llevó mucho tiempo. En los viajes de ida y vuelta a la camioneta, Hannah se enteró de que las chicas habían abierto el puesto treinta minutos antes y ya se habían acabado tres urnas de café y una de chocolate caliente, y cada uno de sus clientes había preguntado cuándo llegarían las galletas.

—Aquí tiene, señorita Swensen. —Una de las chicas le dio a Hannah una taza de café caliente—. Gracias por las galletas.

Hannah salió de la tienda con la intención de volver directamente a la camioneta, pero cambió de idea a mitad de camino. No estaría de más echar un vistazo al recinto para ver qué zona les tocaría.

El concurso familiar de muñecos de nieve tendría lugar en el centro del parque. Cuando Hannah se acercó, vio que habían marcado las distintas plazas con cuerdas de colores brillantes atadas a bastones de esquí. Cada zona estaba marcada y Hannah encontró la suya, la número quince. Había un montón de nieve en el centro y pensó que tendrían más que suficiente para hacer un muñeco de nieve del tamaño de una persona.

Cuando se dio la vuelta, sus ojos se fijaron en una figura alta y familiar vestida con una parka granate oficial de la oficina del *sheriff*. Era Mike, y estaba hablando con una mujer que no conocía, una preciosa rubia platino vestida con un mono de esquí rojo brillante. En circunstancias normales, Hannah se habría acercado a saludar, pero esas no eran circunstancias normales. Se estaba girando para ir en dirección contraria cuando Mike la vio.

—¡Hola, Hannah! —Una enorme sonrisa se dibujó en la cara de Mike, que agitó los brazos.

Hannah le devolvió la sonrisa. No quería hacerlo, pero no pudo evitarlo. Había algo en la sonrisa de Mike que era contagioso.

—Acércate un momento —le dijo, haciéndole un gesto—. Estoy con alguien que quiero que conozcas.

—¡De toda la gente que hay en toda esta nieve, tengo que encontrarme con él! —murmuró Hannah, inspirándose en *Casablanca*.

Si Mike se refería a la rubia, y estaba segura de que así era, Hannah no quería conocerla. Por otro lado, sabían que los había visto, e ignorarlos sería de mala educación.

—Hannah Swensen, esta es Kristi Hampton —dijo Mike—. Kristi era la estilista personal de la señora MacIntyre.

—Encantada de conocerte —mintió Hannah.

—Igualmente —respondió Kristi, pero no dedicó a Hannah más que una mirada fugaz antes de volverse hacia Mike—. ¿Es demasiado tarde para participar en el concurso? No tengo familia aquí, pero podría reclutarte a ti.

—Lo siento, estoy trabajando.

Mike parecía un poco avergonzado y Hannah podía ver por qué. Kristi tenía la mano en su brazo y se lo acariciaba como si fuera la dueña de un preciado semental.

—Entonces, Hannah —dijo Mike, volviéndose hacia ella—, ¿cómo es que estás aquí?

Hannah sonrió. No hacía daño ser amable, y Kristi había trabajado para Connie Mac. Quizá pudiera enterarse de algo.

—Acabo de llevar galletas a la carpa de calentamiento. Tengo más en la camioneta por si Kristi y tú no habéis desayunado.

—Gracias, pero no suelo desayunar —dijo Kristi con una mirada sensual a Mike—, a menos que haya estado despierta toda la noche. Y ya he desayunado. Además, tengo que controlar los carbohidratos.

—Yo no, y me vendría bien una galleta —dijo Mike.

—Bueno, es que es diferente —Kristi palmeó el brazo de Mike—. Los hombres tenéis que mantener las fuerzas.

Mike sonrió y le apartó la mano de su brazo.

—Discúlpame, Kristi. Voy a acompañar a Hannah a su camioneta. Tengo que hablar con ella en privado.

Hannah enarcó las cejas cuando Mike la cogió del brazo y salieron a paso rápido por la nieve. Tuvo que hacer todo lo posible para resistir el impulso de volverse y hacerle burla a Kristi.

—Tengo dos noticias para ti, Hannah —Mike le apretó el brazo con más fuerza—. ¿La señorita Burkholtz sigue viviendo contigo?

—Sí. ¿Hay alguna ley que lo prohíba?

—Por supuesto que no. Has sido muy amable acogiéndola. Solo quería decirle que Bill y yo trabajamos hasta tarde anoche haciendo entrevistas al personal de la señora MacIntyre. Llevé a Kristi, y fue muy cooperativa.

«Estoy segura de que lo fue», pensó Hannah, pero no lo dijo. Se limitó a esperar a que Mike continuara.

—Quería que supieras que la señorita Burkholtz está libre de sospecha. —Hannah casi le perdonó la mirada sensual que Kristi le había lanzado.

—Eso es estupendo. Estoy deseando contárselo.

—Una de las camareras que entrevistó Bill dijo que vio a la señorita Burkholtz salir del hotel a las doce menos diez la noche en la que asesinaron a la señora MacIntyre. Y Kristi me dijo que la vio entrar en el aparcamiento del hotel a las diez.

—Y, como mi tienda está a veinticinco minutos del hotel, ¿Janie tiene coartada?

—Así es. Kristi estaba saliendo del aparcamiento y la señorita Burkholtz ocupó la plaza que ella dejó libre. Lo comprobé.

—¿Cómo lo comprobaste? —Hannah tenía curiosidad.

—Anoche llevé a Kristi al bar del centro comercial y un par de chicos recordaron que entró a las diez y veinte. No me sorprende que se fijaran en ella. Kristi es una mujer muy atractiva.

Hannah se mordió la lengua para no preguntar cuánto había durado la entrevista de Mike con Kristi y adónde habían ido exactamente después de salir del bar. Se dijo a sí misma que debía estar agradecida a Kristi por haberle proporcionado la coartada de Janie, pero eso no redujo en nada la aguda punzada de celos que sintió.

—Has dicho que tenías dos noticias para mí. ¿Y la segunda?

—He exculpado a Norman Rhodes.

—¿Cómo?

—Por el ataque que sufrió anoche. Al principio pensé que podía ser fingido, pero es imposible que se golpeara en la nuca él mismo. Creo que el asesino golpeó a Norman y solo la llegada de Luanne Hanks evitó que lo mataran. Lo que no sé es por qué el asesino de la señora MacIntyre iba tras Norman.

—Yo sí —dijo Hannah, abriendo la puerta del pasajero de su camioneta—. Sube, coge una galleta y te lo cuento.

Mike se comió cuatro galletas en el tiempo que a Hannah le llevó contar su historia, y esta pensó que era una buena inversión. Cuando terminó, Hannah se recostó en su asiento con un suspiro.

—¿Qué te parece? ¿Tiene sentido?

—Tiene mucho sentido. Entre tú y yo, Hannah, me alegro mucho de que Norman esté fuera de mi lista de sospechosos.

—¿Por qué?

—Porque sospechar de Norman me hacía sentir muy incómodo. Mi instinto me decía que era inocente, pero ¿y si me hubiera equivocado? Tenía que advertirte, Hannah.

—Lo entiendo.

—También hay otra cosa. Temía que pensaras que estaba celoso de tu relación con Norman y que esa era la razón por la que lo puse en mi lista de sospechosos.

—¿En serio? Ni se me pasó por la cabeza.

—¿No lo pensaste?

—Nunca —le dijo Hannah con toda sinceridad. Se le había pasado por la cabeza a Andrea, no a ella—. No lo estás, ¿verdad? Celoso, quiero decir...

—No. A decir verdad, me siento aliviado. Todavía no estoy listo para sentar la cabeza y me sentiría culpable si te quedaras esperando como una adolescente enamorada a que te llamara.

Hannah se enfadó.

—No creo que tengas que preocuparte por eso.

—Lo sé. Supongo que llegará el momento en que vuelva a querer ese tipo de compromiso, pero no ahora. Pero si quisiera volver a casarme... —Mike se acercó y estrechó a Hannah entre sus brazos. La besó hasta que ambos se quedaron sin aliento y luego se rio...— Cuando llegue a ese punto, serás la primera en saberlo.

Hannah suspiró, todavía un poco aturdida por el beso de Mike. Tenía ganas de volver a abrazarlo, pero había sido él quien se había separado primero.

—Te diré algo más. Admiro a Norman.

—¿En serio?

—Sí, me dejó un mensaje en el buzón de voz y acabo de recuperarlo hace un par de minutos. ¿Sabes que se ha ofrecido como cebo para que podamos tender una trampa al asesino?

Hannah hizo una mueca de dolor, preguntándose si había estropeado algún tipo de operación encubierta al plantearle la historia del fantasma a Larry Kruger.

—¿Le vas a tomar la palabra?

—Por supuesto que no. No podemos involucrar a un civil en algo tan peligroso. Lo llamé para decírselo, pero no estaba en casa. Sin embargo, creo que le pondremos vigilancia. Podría estar en verdadero peligro.

—Ya me he ocupado de eso —dijo Hannah. Y luego le contó a Mike lo que había hecho—. Estaba preocupada por él, pensé que podría intentar hacer algo por su cuenta.

Mike se detuvo cuando iba a coger otra galleta y la miró con seriedad.

—¿Estabas preocupada por Norman?

—Claro que lo estaba. Norman es uno de mis mejores amigos.

Mike se quedó mirándola un momento.

—Sí, es un buen tipo. Bueno... Tengo que volver al trabajo. Gracias por las galletas, Hannah.

Hannah lo saludó con la mano mientras salía del aparcamiento y se dirigía a su apartamento para recoger a Janie. Mientras avanzaba por la autopista, alargó la mano para tocarse los labios con la punta del dedo. La emoción de los besos de Mike siempre perduraba y se quedaba con ganas de más. Pero el beso de Norman también había perdurado. ¿Qué clase de mujer podía estar enamorada de dos hombres? ¿O significaba que no estaba realmente enamorada de ninguno de ellos?

CAPÍTULO VEINTIUNO

Hannah escuchó un portazo mientras subía por la escalera del garaje. El sonido parecía proceder del apartamento de la señora Canfield, y se agachó rápidamente para formar una bola de nieve, que dejó caer en el bolsillo de su parka. Un momento después, Greg Canfield dobló la esquina del edificio.

—Hola, Hannah. Has llegado pronto del trabajo. ¿Quieres tomar un café o algo?

—Me encantaría, pero no puedo. Tengo que volver al parque en menos de una hora. ¿Cómo van tus inversiones?

—Muy bien. —Greg le sonrió—. ¿Te has enterado de las últimas noticias sobre el fantasma de Ezekiel?

—Depende. ¿Qué es lo último?

—La radio KCOW dice que atacó al doctor Rhodes anoche porque trató de hacerle una foto. Dijeron que cuando el doctor Rhodes reveló su película, estaba en blanco, porque no se puede tomar una foto de un espíritu. Creo que es tan creíble como el monstruo del lago Ness. ¿Cómo se les ocurren historias así?

Hannah se rio.

—Yo les di esa historia. Gracias por contármelo, Greg. Me alegro de que ya esté circulando.

Greg parecía sorprendido.

—¡No me digas que de verdad crees en fantasmas!

—Pues claro que no.

—¿Entonces por qué has dicho una barbaridad como esa?

Hannah dudó, pero Greg era un viejo amigo. Lo conocía desde hacía años y podía confiar en él.

—Te lo diré, pero tienes que mantenerlo en secreto.

—Mis labios están sellados. —Greg hizo la pantomima de sellarse los labios, un ritual que habían aprendido de la señorita Gladke en segundo grado.

—Norman Rhodes es un buen amigo mío, y me inventé esa historia para mantenerlo a salvo. Creemos que el asesino de Connie Mac lo atacó.

—¿Pero por qué?

—Porque cree que Norman le sacó una foto.

—¿Lo hizo?

—No. Norman estaba al lado probando los focos la noche que Connie Mac fue asesinada. No tenía película en la cámara y ni siquiera estaba enfocando a la ventana. Creemos que el asesino vio los *flashes* cuando merodeaba por mi tienda y pensó que Norman le había hecho una foto.

—¿Vio el doctor Rhodes al asesino?

Hannah negó con la cabeza.

—Norman no vio a nadie. Ni siquiera supo que Connie Mac había muerto hasta la mañana siguiente.

—¿Así que estaba en el lugar equivocado en el momento equivocado?

—Exacto —dijo Hannah con un suspiro—. Y casi lo matan por nada.

—Espera un segundo. —Greg parecía confuso—. Entiendo por qué querías que el asesino supiera que el doctor Rhodes no le hizo la foto, pero ¿por qué no le dijiste la verdad a la KCOW?

—La verdad no es noticia. Tenía que vincularla con el fantasma para que la KCOW y los periódicos lo publicaran.

—Muy inteligente, Hannah. —Greg parecía impresionado—. Siempre fuiste la más lista de la clase. Y eso me recuerda que la abuela dice que ha oído que ya has ayudado a resolver dos casos de asesinato. ¿Estás trabajando también en este?

A pesar de su vieja amistad, Hannah decidió que ya había hablado demasiado. Ya se había visto obligada a decirles a varias personas que estaba trabajando para atrapar al asesino de Connie Mac, y era hora de cerrar el pico.

—Me ofrecí a ayudar, pero me dejaron claro que no quieren que me involucre.

—Eso es un alivio. No me gustaría verte mezclada en algo tan peligroso.

Greg seguía preocupado y Hannah le dio una palmada en el brazo.

—No te preocupes por mí, Greg. Dos detectives del condado de Winnetka me han ordenado que me mantenga al margen.

—Pero tú nunca solías acatar órdenes. ¿Recuerdas lo que pasó cuando nuestras madres nos dijeron que dejáramos de hacer esas peleas de bolas de nieve?

—Claro que me acuerdo. Intensificamos la batalla, pero ahora soy más obediente. —Hannah contuvo una sonrisa mientras sacaba la bola de nieve del bolsillo y se la lanzaba. Le dio a Greg de lleno en la cara y dijo—: Excepto en momentos como este, claro.

—¡Janie! —gritó Hannah al abrir la puerta—. ¿Dónde estás?

—¡Estoy aquí!

La voz de Janie le respondió desde la parte trasera del apartamento. Procedía de la habitación de invitados, pero sonaba extrañamente amortiguada. Hannah sintió una oleada de miedo y volvió a gritar.

—¿Estás herida?

—¡No, pero necesito ayuda!

La respuesta de Janie preocupó a Hannah, que se apresuró por el pasillo y entró a toda velocidad en la habitación de invitados. Lo que vio hizo que se echara a reír.

—Adelante, ríete. Me imagino lo ridícula que estoy. Tengo miedo de aplastar algo si me muevo, y creo que Moishe está por aquí.

—Espera, Janie, te ayudo.

Hannah se rio mientras se acercaba al vestidor. Lo único que podía ver eran unos pies. El resto del cuerpo, incluida la cabeza, estaba cubierto por montones de ropa vieja que Hannah llevaba dos años diciendo que llevaría a la tienda de segunda mano Helping Hands.

—¿Ves a Moishe? —preguntó Janie, con la voz ahogada por el viejo chaquetón marinero que Hannah había llevado durante su primer año en la universidad.

—Todavía no. —Hannah estaba lista para empezar a sacar a Janie del alud de ropa cuando oyó un maullido. Venía de arriba y, cuando levantó la vista, vio dos ojos redondos y amarillos que la miraban—. Está en el estante superior, escondido detrás de una caja. Lo bajaré después de sacarte del armario.

—¡Me alegro de que mi madre no haya oído eso! —bromeó Janie.

Hannah entró en el armario y cogió un montón de ropa. La sacó, la tiró en un rincón del dormitorio y volvió a por otra carga. Hicieron falta varios viajes, pero por fin Janie pudo moverse.

—Oh, no —gimió Janie mientras se levantaba y se sacudía el resto de la ropa.

—¿Qué te pasa? ¿Te has hecho daño?

—Solo mi orgullo. Lo siento, Hannah. He aplastado el sombrero de terciopelo que llevabas en la boda de Andrea.

—No pasa nada. Me queda fatal y no me lo he vuelto a poner. ¿Qué ha pasado?

—No lo sé. Moishe estaba en el armario y traté de sacarlo para poder cerrar la puerta. Me estaba agachando para cogerlo cuando el poste del armario cedió y todo se nos vino encima.

—Ese poste estaba suelto. Debería haberte avisado. Y Moishe tiene facilidad para meter a la gente en líos —comentó Hannah, recordando la vez que había salido a recoger el periódico de la mañana y Moishe había cerrado la puerta tras ella. Obviamente, no llevaba la llave y tuvo que correr a casa de su vecino en zapatillas y bata para llamar a un cerrajero.

En ese momento, el sujeto de la conversación bajó de la estantería superior y se acercó a ellas. Las miró un momento, como si todo hubiera sido culpa suya, y luego se alejó por el pasillo.

—Me alegro de que no se haya hecho daño —dijo Janie—. Estaba buscando algo en el armario, Hannah. ¿Crees que era un ratón?

—Es posible. Es un buen ratonero. Siéntate, Janie. Tengo grandes noticias para ti.

Janie se sentó en el borde de la cama.

—¿De qué se trata?

—Estás fuera de la lista de sospechosos. Kristi Hampton te vio entrar en el aparcamiento del hotel y una criada te vio cuando te ibas con las maletas. Eso te da una coartada, y Mike me ha pedido que te diga que estás libre de sospecha.

—¡Eso es maravilloso! —La cara de Janie se iluminó con una sonrisa—. Ya puedo volver al hotel y ver a Paul. No creí que debiera hablar con él mientras siguiera siendo sospechosa, pero me gustaría darle el pésame y ver si puedo hacer algo para ayudar.

—Tengo más buenas noticias. No eres la única sospechosa que Mike y Bill han descartado.

—¿Norman?

Cuando Hannah asintió, la sonrisa de Janie se hizo aún más grande.

—Me alegro. Me cae muy bien, Hannah.

—A mí también me cae bien. Será mejor que nos pongamos en marcha, Janie. Andrea se pondrá histérica si llego tarde al concurso.

—Estoy lista. Bueno, lo estaba. Me cepillo un poco el pelo y ya.

Hannah vio como Janie se acercaba a la cómoda y empezaba a peinarse.

—¿Se te ha ocurrido algo especial que podamos hacer con nuestro muñeco de nieve?

—Sí. Se me ha olvidado decírtelo con toda la emoción, pero creo que deberías construir una muñeca de nieve.

—¿Una muñeca de nieve?

—Sí. He pensado que puede llamar la atención del juez si es una muñeca de nieve en lugar de un muñeco.

Hannah se volvió para mirar los montones de ropa con aire pensativo.

—Tal vez podríamos enderezar ese sombrero de la boda de Andrea y usarlo.

—Mala idea. —Janie negó con la cabeza—. Pensará que no te gusta.

—Es que no me gusta.

—Ya, pero ella misma eligió los sombreros para nosotras. Tienes otros, ¿verdad?

—Oh, sí —dijo Hannah, pensando en el viejo adagio «Siempre dama de honor, nunca novia»—. He estado en suficientes bodas como para empezar una colección entera.

Armadas con dos bolsas de la compra llenas de parafernalia para la muñeca de nieve, Hannah y Janie llegaron al parque Lake Eden. Hannah vio a Lisa y Jack Herman en un lado y se volvió hacia Janie.

—Le he dicho a Lisa que vendrías y quiere que lo veas con ellos.

—Estupendo. —Janie sonrió—. El señor Herman es un viejo amigo de mi familia. Trabajaba con mi padre. Me encantará volver a verlo.

—¿Te ha dicho Lisa que tiene alzhéimer?

—Sí. No te preocupes, Hannah. Lo entenderé si no se acuerda de mí.

Cuando llegaron al lugar donde estaban Lisa y su padre, Janie saludó a Lisa y luego se volvió hacia Jack Herman.

—Hola, señor Herman. Soy...

—Janie Burkholtz. —Jack le tendió la mano—. Te recuerdo de hace mucho tiempo. Tu padre y tu madre eran buenos amigos míos, pero creo que hace mucho que no los veo.

—Se mudaron a Florida hace unos años.

—Muy listos —dijo Jack, sonriendo—. Garland siempre decía que quería alejarse de esta... eh... cosa blanca en el suelo.

Lisa sonrió a su padre.

—La nieve molesta a mucha gente, sobre todo cuando es densa, como este año.

—Garland es listo. Siempre odió tener que quitar la nieve con la pala. ¿Hay mucha en...? ¿Dónde era?

—Florida —respondió Janie—. No, allí hace calor todo el año. A mamá le gusta mucho. Prácticamente vive en pantalones cortos.

—Isobel siempre tuvo unas piernas bonitas, pero no podían compararse con las de mi mujer. Solía decirle que debería asegurarlas con los seguros... como-se-llamen. Eso es lo que hizo Betty Grable.

Janie se rio.

—¡Eso es exactamente lo que mi padre le decía a mi madre!

—No me sorprende. Tu padre siempre me robaba mis mejores bromas. Lo pasábamos muy bien entonces. Vivían en la casa de al lado antes de comprar la de la calle Elm. Ya teníamos a... nuestro primer bebé.

—Tim —precisó Lisa.

—Eso. Creo que Timmy tenía un año, porque ya caminaba. Garland e Isobel lo adoraban y nos decían que saliéramos y que ellos harían de canguro. Recuerdo el día que llegaste, Janie. Estaban tan felices de tener un bebé propio.

—Hace frío, papá. —Lisa se dio cuenta de que su padre estaba temblando y metió la mano en el bolsillo de su chaqueta para sacar un par de guantes de lana—. Será mejor que te los pongas. ¿Te apetece un café caliente? Puedo ir a buscarte uno.

—Me parece bien, cariño. ¿Y vosotras? Yo invito.

—Gracias, señor Herman. Un café sería genial —dijo Hannah.

—Yo también quiero uno —Janie se volvió hacia Lisa—. Voy contigo y te ayudo a traerlos, a menos que...

Hannah sabía exactamente lo que Janie estaba pensando y alargó la mano para coger el brazo de Jack.

—Yo me quedo con el señor Herman para hacerle compañía.

—Lo siento, señorita... —Jack suspiró, volviéndose hacia Hannah cuando Janie y Lisa se marcharon—. He vuelto a olvidar tu nombre. Empieza por hache, ¿verdad?

—Así es. Soy Hannah Swensen y soy la socia de Lisa en The Cookie Jar.

—Ah, sí, claro. No sé por qué no recuerdo tu nombre. A veces se me escapa.

—No pasa nada. Pregúnteme y se lo diré. —Hannah señaló los guantes que llevaba en la mano—. Será mejor que se los ponga antes de que se congele.

Jack se rio y se puso los guantes.

—Hablas igual que mi hija. Cuando Garland y yo éramos niños, nunca llevábamos guantes a menos que hiciera veinte grados bajo cero. Era una idea loca que teníamos. Pensábamos que gustaríamos más a las chicas si demostrábamos lo duros que éramos. Me pregunto si todavía hacen cosas así.

—Creo que sí —dijo Hannah, recordando que Craig Kimball y varios de sus amigos iban sin guantes cuando la habían ayudado a llevar las galletas a la carpa de calentamiento.

—Me alegra volver a ver a la pequeña Janie —sonrió Jack—. Ya ha crecido, pero recuerdo el día en que Garland e Isobel la llevaron a casa como si fuera ayer.

Algo en la elección de palabras de Jack desconcertó a Hannah. Era la segunda vez que se refería al día en que Janie llegó a casa. Se había dado cuenta de que Lisa a menudo proporcionaba la palabra que su padre no podía recordar y decidió hacer lo mismo.

—Qué bien que recuerde el día en que nació Janie.

—Ah, no me acuerdo de eso.

—¿No lo recuerda? —Hannah se quedó perpleja—. ¿Pero recuerda el día en que la llevaron a casa?

—Claro que sí. Garland recibió la llamada en el trabajo y condujo hasta aquel hospital de Minneapolis para recoger a Isobel y al bebé. Pero quizá no debería habértelo contado. Es un gran secreto.

—¿Qué es un secreto? —preguntó Hannah, todavía más confusa.

—Janie es adoptada, pero su madre nunca quiso que lo supiera. No se lo dirás, ¿verdad?

—Le prometo que no lo haré —dijo Hannah, alargando la mano para coger la de Jack—. ¿Me lo contará a mí?

Jack suspiró.

—Supongo que no pasa nada ahora que ya te lo he dicho. Verás, Isobel tuvo problemas para tener hijos. Perdió dos en los dos primeros años, y eso casi los mata a Garland y a ella. Luego volvió a quedarse embarazada y tuvo que guardar cama con los pies en alto. Estuvo bien durante meses, pero le volvió a ocurrir lo mismo. Garland tuvo que llamar a la ambulancia una noche y se llevaron a Isobel al hospital.

—Eso es muy triste —dijo Hannah, dándole unas palmaditas en la mano.

—Sí que lo es. Isobel perdió el bebé y los médicos le dijeron que no podría volver a quedarse embarazada. Le afectó tanto que cayó en una... ¿cómo se llama cuando no puedes comer ni dormir y lloras todo el tiempo?

—¿Depresión?

—Esa es la palabra. Isobel cayó en una depresión y la tuvieron que ingresar en el hospital. Había una chica en la cama de al lado que también tenía problemas. Se hicieron amigas, Isobel y esa chica, y ella le dijo que no estaba casada y que iba a dar a su bebé en adopción. Y entonces les preguntó a Isobel y a Garland si querían quedárselo.

—¿Y lo hicieron?

—La chica no quería dinero ni nada de eso. Solo quería asegurarse de que su bebé tuviera un buen hogar. Pero había una condición: que su hija nunca supiera de la adopción.

—¿Y eso fue lo que pasó?

—Sí. La chica dio a luz a su bebé al día siguiente y cedió a Janie a Garland e Isobel. Ya se llamaba Janie cuando la adoptaron. La chica le puso el nombre de su abuela, que acababa de morir. Sé que se mantuvo el contacto con la niña. Isobel le enviaba cartas y fotos, y la chica le mandaba regalos para Janie. Les pidió que dijeran que los regalos eran de ellos, y así lo hicieron.

La mente de Hannah no paraba. Era una historia estupenda, pero no podía evitar preguntarse si era producto de la imaginación de Jack.

—¿Cómo sabe todo esto?

—Garland me lo contó. Estaba muy emocionado por ser padre al fin. Dijo que tenía que contárselo a alguien. Y sabía que podía confiar en mí.

—¿Y nunca se lo ha contado a nadie más?

—Ni siquiera a mi mujer. Pensé que no era asunto de nadie.

—¿Le dijo Garland el nombre de la chica?

—No, y no pregunté.

—¿Y el padre biológico de Janie?

Jack se encogió de hombros.

—No sé su nombre, y tampoco creo que Garland o Isobel lo sepan. La chica dijo que él se casó antes de que ella se enterara de que estaba embarazada, y por eso nunca se lo dijo. No se lo dirás a Janie, ¿verdad?

—No. —Hannah negó con la cabeza—. Es su secreto, y le prometo que nunca se lo contaré.

—Eso me tranquiliza. Oye, señorita... Lisa dijo que ibas a hacer un muñeco de nieve. ¿No eres un poco mayor para eso?

Hannah se rio.

—Soy demasiado mayor, pero voy a ayudar a mi hermana y a mi sobrina Tracey.

—¿La conozco?

—La conoció ayer por la mañana y le enseñó su colección de animales. Incluso le habló de los pulgares oponibles.

—¿Ah, sí? —Jack sonrió—. Bien por mí. Debía de ser esa niña rubia tan guapa que me hacía tantas preguntas.

—Esa es Tracey.

—Mi hija también hacía preguntas sin parar. Espero que no se diera cuenta de que me inventaba las respuestas la mitad de las veces.

—Ahí viene —dijo Hannah, haciendo un gesto hacia Lisa y Janie, que caminaban por el parque hacia ellos.

—Ya la veo. Crecen rápido, ¿verdad? ¿Quién es la otra chica que está con ella?

—Janie Burkholtz —dijo Hannah, esperando algún tipo de reacción por parte de Jack.

—Ah, sí. ¿Sabías que sus padres vivían al lado de mi casa? Se mudaron hace un par de años. Creo que a algún lugar del sur.

—Florida.

—Eso. Ahora me acuerdo. Vamos a reunirnos con ellas, señorita. Parece que traen café caliente.

CAPÍTULO VEINTIDÓS

Hannah se acercó a Andrea y Tracey, que acababan de salir del coche. Tracey iba vestida con un mono de nieve rosa chillón, gorro de esquí y manoplas a juego, pero Andrea se había puesto un conjunto más propio de una sesión fotográfica para una revista de moda. Llevaba un abrigo de ante azul claro, decorado con piel blanca en el cuello y el bajo, y unos guantes a juego de fina piel azul claro. Las botas de diseño hacían juego con los guantes, y la única concesión que había hecho al concurso al que iban a presentarse era un gorro de piel blanca que apenas le cubría las orejas.

—¿Qué pasa? —preguntó Andrea, dándose cuenta de que su hermana la miraba fijamente.

—Tu ropa. Hay un montón de nieve en nuestra parcela y vamos a estar hasta las... —Hannah hizo una pausa y miró a Tracey, que estaba pendiente de cada una de sus palabras—. Ya sabes lo que quiero decir. Dime que tienes el traje de nieve de Bill y unos guantes de nieve en el maletero.

Andrea negó con la cabeza.

—¿No te gusta mi abrigo nuevo? He ido al centro comercial esta mañana para recogerlo.

—Es precioso, y sería perfecto si te presentaras a un *casting* para el papel de hada de invierno.

—No es muy práctico —admitió Andrea—, pero he pensado que podría haber fotógrafos aquí y quería estar lo mejor posible.

—Bueno, luego no te quejes si te resfrías mientras construimos nuestra muñeca de nieve.

—¿Muñeca de nieve? —preguntó Tracey, tirando de la manga de Hannah—. Pensaba que era un concurso de muñecos de nieve, tía Hannah.

—Lo es, pero muñeco de nieve es genérico. Es como cuando dijeron que todos los hombres fueron creados iguales en la Declaración de Independencia. Se referían tanto a hombres como a mujeres.

—Cierto —murmuró Andrea a Hannah, cogiendo la mano de Tracey y echando a andar por la nieve—. Díselo a Bill. El mes pasado gané más dinero que él y sigue refiriéndose a mi trabajo como «pequeño *hobby*».

Después de saludar a Lisa y a su padre, y de que Andrea le diera a Janie un fuerte abrazo de bienvenida, Hannah cogió las dos bolsas de la compra y se dirigieron al lugar designado. Acababan de decidir quién debía encargarse de cada bola cuando sonó el silbato y comenzó el concurso.

—Estás temblando —comentó Hannah, levantando la bola de nieve que Andrea había formado para el torso y colocándola encima de la que ella había hecho para la base.

—Lo sé, pero estoy mona —dijo Andrea con una sonrisa, sacándole la lengua a Hannah.

—Ten cuidado —advirtió Hannah, cogiendo la bola que Tracey había hecho para la cabeza y dejándola encima del torso—. Si dejas la lengua fuera demasiado tiempo, se congelará y se te partirá.

—¿Te estás peleando con mamá? —preguntó Tracey un poco preocupada.

—No —respondieron a la vez Andrea y Hannah, y luego se echaron a reír.

—La tía Hannah solo estaba bromeando —explicó Andrea—. Las hermanas lo hacen; eso no significa que no nos queramos.

Hannah alargó la mano para pellizcar el pompón del gorro de punto rosa de Tracey.

—Los niños siempre se pelean cuando crecen. Lo entenderás cuando tengas un hermano o una hermana.

—¿Puedes traer las bolsas de la compra, cariño? —le dijo Andrea a Tracey y, en cuanto esta se fue a recogerlas, se volvió hacia Hannah con el ceño fruncido—. Ya podías haberte callado. Ahora me va a dar la lata con lo de tener un hermanito o hermanita, y Bill y yo queremos esperar al menos un año.

—Vaya, lo siento —dijo Hannah, dándose la vuelta para ocultar su sonrisa.

Estaba segura de que sabía algo que Andrea ignoraba. Bill estaría encantado y Andrea también, cuando se hubiera hecho a la idea.

—Déjame ver qué tenemos por aquí. —Andrea empezó a rebuscar en la bolsa que le había llevado Tracey. Sacó un sombrero de paja decorado con cintas de gasa y flores de seda y lo levantó—. Esto parece salido de una boda.

—Exacto. Fui dama de honor en la boda de mi compañera de universidad.

—Es muy bonito. —Andrea miró a Hannah con severidad—. No iré a encontrarme por aquí el sombrero de terciopelo de mi boda, ¿verdad?

—Por supuesto que no —le dijo Hannah, agradeciendo en silencio que Janie la hubiera salvado de ese particular desatino.

—Bien. Deberías volver a ponértelo, Hannah. Sigue estando de moda y te quedaba fabuloso.

Hannah asintió y decidió cambiar de tema, ya que el sombrero en cuestión estaba plano como una tortita.

—Si no te importa, he pensado en ponerle uno de mis delantales de The Cookie Jar a nuestra muñeca de nieve.

—Muy buena idea. Nunca está de más hacer un poco de publicidad. —Andrea se volvió hacia Tracey, que estaba rebuscando en la segunda bolsa de la compra—. ¿Has encontrado algo que te guste, cariño?

Tracey levantó un largo collar de perlas falsas.

—Me gusta, mamá. Voy a buscar unos pendientes a juego.

—No hay —le dijo Hannah, acercándose para echar un vistazo al contenido de la bolsa—. Pero no pasa nada, porque nuestra muñeca de nieve no tiene orejas. Creo que hay un par de gafas de sol en el fondo. Son bastante grandes y deberían quedarle bien.

Cuando sonó el pitido final, la muñeca de nieve estaba vestida y lista. Las tres se dirigieron a los laterales para charlar con Janie, Lisa y Jack Herman mientras los jueces deliberaban.

—¿Crees que ganaremos, tía Hannah? —le preguntó Tracey.

—No lo sé, pero hemos hecho una buena muñeca de nieve. Creo que ha quedado perfecta.

—Yo también. —Tracey suspiró un poco—. Ojalá pudiéramos quedárnosla, pero sé que no podemos. Se derretiría en un charco y se quedaría panza arriba.

Andrea oyó el comentario de su hija y enarcó las cejas, sorprendida.

—¿Panza arriba?

—Es lo que les pasa a los peces cuando mueren. En el colegio tenemos peces, y cada vez que uno se queda panza arriba, se lo decimos a la señorita Cox y celebramos un funeral de peces. La señorita Cox dice que van a la gran pecera del cielo, pero no es así.

—¿Ah, no?

—No. Los tira por el retrete cuando se ha ido todo el mundo. Una vez me olvidé el jersey y cuando volví a por él, la pillé.

Hannah sintió al instante compasión por Janice Cox, que había tenido que explicárselo a Tracey.

—¿Qué dijo la señorita Cox?

—No supo que la había visto. Recogí el jersey y me fui sin hacer ruido. Y tampoco se lo dije a los otros niños.

—¿Porque pensaste que se pondrían tristes? —le preguntó Andrea.

—No. Porque los funerales de peces son divertidos y quiero seguir haciéndolos. Hasta cantamos una canción especial.

—Ya veo —dijo Hannah, preguntándose qué tipo de canción cantaban. Se le ocurrió un abanico de posibilidades del tipo *Pero mira cómo mueren los peces en el río...*

—¿Por qué sonríes, tía Hannah?

—Ah... Eh... Creo que los jueces han terminado. —Hannah respiró aliviada cuando el juez principal se acercó al podio, donde se había colocado un micrófono—. Allá vamos, Tracey.

El juez anunció el ganador. Eran Calvin Janowski y su familia, y Hannah se volvió hacia su sobrina. Esperaba que Tracey no estuviera demasiado decepcionada.

—No estés triste, tía Hannah —le dijo Tracey, antes de que Hannah hubiera decidido qué frase de consuelo utilizar—. Quería ganar, pero el muñeco de nieve de Calvin estaba muy bien.

—Vale —dijo Hannah, muy aliviada.

Un momento después se anunció el ganador del segundo puesto y Tracey soltó un chillido de emoción:

—¡Nosotras también hemos ganado!

No era el momento de explicarle la diferencia entre el primer y el segundo puesto, así que Hannah se limitó a tenderle la mano para abrazarla. Luego Andrea se unió al grupo y, al final, todas se abrazaron. Como Tracey volvía a ayudar a Delores con las excursiones y pasaría la noche con su abuela, Hannah quedó con su hermana en el lugar de pesca en hielo del lago Eden, se despidió de Lisa y de su padre y emprendió con Janie el trayecto de vuelta al hotel.

—¿No vas a entrar? —preguntó Janie cuando Hannah se detuvo frente a la entrada del hotel.

Hannah negó con la cabeza.

—Tengo que conducir hasta el lago para llevarle a la señora Baxter unas galletas de tortitas.

—¿Cuáles son esas?

Hannah sacó una bolsita de galletas de la parte trasera de la camioneta y se las dio a Janie.

—Pruébalas y verás. Estas las he descartado porque están un poco torcidas.

—Gracias. —Janie sacó una galleta y la probó, luego se volvió hacia Hannah asombrada—. ¡Saben igual que las tortitas con mantequilla y sirope de arce! Deberías escribir un libro de cocina, Hannah. Tienes unas recetas maravillosas.

Una vez que Janie hubo entrado con su bolsa de galletas, Hannah condujo por el camino circular y tomó la carretera de acceso al lago. Habían quitado la nieve de la orilla para crear un aparcamiento provisional, que estaba repleto de coches.

Hannah recorrió las filas de vehículos durante varios minutos, pero no había ni una sola plaza libre. Como tenía una camioneta con tracción a las cuatro ruedas, decidió hacerse su propio sitio y apretó el acelerador, se subió al banco de nieve helada que había dejado la máquina quitanieves y aparcó en la parte trasera de la carpa de calentamiento. La señora Baxter estaba trabajando al final del largo mostrador, llenando grandes vasos desechables con café y entregándoselos a una de sus alumnas, una guapa morena vestida con un suéter de lana amarillo. La chica estaba poniendo tapas a los vasos y colocándolos en una caja grande y plana.

—Hola, señora Baxter. —Hannah la saludó formalmente, ya que había una estudiante presente, y puso su pila de cajas sobre el mostrador—. ¿Cómo va la venta de galletas?

Pam Baxter se volvió para sonreír a Hannah. Era una de las profesoras más jóvenes del Instituto Jordan, estaba casada con el profesor de carpintería y había sido nombrada mejor profesora dos años consecutivos.

—Has llegado justo a tiempo, Hannah. Casi no nos quedan.

—Tengo más galletas en la camioneta. Voy a buscarlas.

—Ya has hecho bastante —dijo Pam, dándole a Hannah una taza de café caliente y volviéndose hacia su alumna—. ¿Renee?

La chica del jersey amarillo asintió.

—Iremos a por ellas, señorita Baxter.

Cuando Renee se fue con otras dos chicas, Pam se volvió hacia Hannah.

—Tengo un problema. El alcalde Bascomb dice que podemos usar su motonieve para repartir café y galletas, pero yo no sé conducirla. Keith Hauge dijo que lo haría, pero se ha tenido que ir corriendo al hotel para hablar con Shelly Merkeson y no creo que vuelva a tiempo.

—¿Quieres que vaya a recogerlo?

Pam negó con la cabeza.

—Creo que no debería conducir en su estado.

Hannah se sorprendió. Por lo que sabía, Keith era de lo más sobrio que había.

—¿Está borracho?

—¡Dios, no! Es que anoche se peleó con Shelly y ha ido a disculparse, pero, por lo que me ha dicho Renee, no va a ser fácil que lo perdone. ¿Sabes algo de motos de nieve?

—Claro. Mi padre tenía una y solíamos salir todos los fines de semana en invierno.

—¿Has conducido alguna vez una?

—Un par de veces —dijo Hannah, recordando las raras ocasiones en que su padre la había sentado en su regazo y le había dejado conducir.

—Genial. ¿Crees que serías capaz de conducir la del alcalde Bascomb?

—No veo por qué no —aceptó Hannah con una sonrisa.

Iría con mucho cuidado al principio, hasta que se acostumbrara. Una vez que le pillara el truco seguro que sería fácil.

—¡Estupendo! —Pam parecía muy aliviada—. Haré que un par de chicas la carguen y ya podrás ponerte en marcha.

—De acuerdo. ¿A dónde tengo que ir?

—A las cabañas de pesca en hielo. Prometí llevar café caliente y galletas a todos los concursantes, y ya llevo diez minutos de retraso.

Hannah intentó seguir sonriendo, aunque con dificultad.

—¿Quieres decir que tengo que conducir sobre el hielo?

—Sí. ¿Puedes hacerlo?

—Por supuesto —prometió Hannah, esperando parecer más segura de lo que estaba. Al principio había dado por hecho que repartiría café y galletas a la multitud que se agolpaba a orillas del lago.

—No hay hielo negro —le aseguró Pam—. Keith Hauge lo comprobó cuando condujo la motonieve del alcalde Bascomb de vuelta a la orilla.

La sonrisa de Hannah se desvaneció aún más. Cualquiera que hubiera crecido en Minnesota sabía que el hielo negro era más fino. Pero ¿cómo se podía detectar el hielo negro si estaba cubierto por un manto de nieve?

—¿Estás segura de que puedes hacerlo, Hannah?

—Fijo —respondió Hannah, intentando volver a sonreír al máximo—. Vamos a cargarla y me pongo en marcha.

Hannah observó como las chicas de la señora Baxter cargaban el trineo que estaba enganchado detrás de la moto de nieve. Iba equipado con una caja aislante, y lo llenaron cuidadosamente con bolsas de galletas y recipientes de café. Se estaba acomodando en el asiento del conductor, esperando no hacer el ridículo, cuando vio a Andrea corriendo hacia ella. Su hermana se había cambiado de ropa después del concurso de muñecos de nieve. Ahora Andrea llevaba un abrigo tipo parka de color rojo cereza y un par de botas *apreski* a juego.

Andrea llegó casi sin aliento.

—¿Qué haces en la moto de nieve del alcalde Bascomb?

—Voy a repartir café y galletas a los concursantes.

—Qué guay. Siento llegar tarde. He tenido que pasar por la oficina a coger mi otro abrigo. Tenías razón. Me estaba congelando.

Hannah le dedicó una sonrisa de aprobación.

—Bien. Me tengo que ir. ¿Por qué no esperas en la carpa de calentamiento hasta que vuelva?

—No, voy contigo —dijo Andrea, subiendo al asiento del copiloto—. Nunca he estado dentro de una cabaña de pesca en hielo.

—No creo que sea buena idea. —Hannah miró a las chicas de la señora Baxter. Estaban cerca y no quería que oyeran que nunca había conducido una moto de nieve—. Podría ser un viaje movidito.

—Qué dices. El lago está suave como el cristal. —Andrea agarró la correa y se abrochó el cinturón. Luego se inclinó y susurró—: Sé que crees que estoy embarazada, pero no lo estoy. Y si esperas mucho más, ese café se va a enfriar. —Hannah sabía que no era la única hermana que había heredado la terquedad de los Swensen. Una vez que Andrea se había decidido, no había nada que hacer—. ¿Nos vamos o qué?

—Nos vamos —dijo Hannah con un suspiro, conduciendo en dirección al lago Eden.

Galletas de tortitas

NO precaliente el horno;
la masa debe enfriarse antes de hornear.

300 g de mantequilla
400 g de azúcar
2 huevos grandes batidos *(simplemente bátalos con un tenedor)*
125 ml de sirope de arce*
4 cucharaditas de bicarbonato de sodio
1 cucharadita de sal
1 cucharadita de extracto de vainilla
525 g de harina *(no tamizada)*
100 g de azúcar blanco para rebozar las bolas de masa

*Para medir el sirope de arce, primero engrase el interior del vaso medidor para que el jarabe no se adhiera.

Derrita la mantequilla y mézclela con el azúcar. Deje enfriar y luego agregue los huevos batidos. Añada el sirope de arce, el bicarbonato de sodio, la sal y la vainilla. Mezcle todo bien. Luego añada la harina y mezcle completamente.

Deje que la masa se enfríe durante al menos 1 hora *(también puede dejarla enfriar toda la noche)*.

Con las manos, forme bolitas de masa del tamaño de una nuez. Reboce las bolas en azúcar blanco y colóquelas en bandejas para hornear engrasadas *(caben 12 en una bandeja de tamaño estándar)*. Aplánelas con una espátula.

Coloque la rejilla del horno en la posición intermedia. Hornee a 175 °C entre 10 y 12 minutos o hasta que estén doradas. Deje enfriar las galletas en las bandejas para hornear durante no más de 1 minuto, luego póngalas en una rejilla para que terminen de enfriarse. *(Si las deja en las bandejas para hornear durante demasiado tiempo, se pegarán.)*

Edna Ferguson dice que estas galletas saben exactamente como tortitas con sirope de arce y mantequilla, y desearía poder servirlas en lugar de las tortitas reales en el desayuno anual del cuerpo docente.

CAPÍTULO VEINTITRÉS

Hacía un día estupendo para pasear por el lago. El hielo estaba cubierto por una ligera capa de nieve caída la noche anterior y brillaba bajo los pálidos rayos de un sol que se había asomado justo a tiempo para el reparto. Hacía frío, pero tanto Hannah como Andrea estaban bien abrigadas y fueron de cabaña en cabaña llevando galletas y café a los concursantes. Todos se alegraron de verlas. Era un descanso en un deporte que podía resultar aburrido si los peces no picaban.

—Nunca había visto el interior de una cabaña de pesca en hielo, pero me resulta familiar —dijo Andrea, abrochándose el cinturón de seguridad y esperando a que Hannah condujera hasta la siguiente parada.

Hannah miró a su hermana y sonrió.

—Sé exactamente por qué. Acuérdate de la granja de los abuelos Swensen.

—¿Por qué lo dices? El abuelo no practicaba la pesca en hielo —Andrea se lo pensó un momento—. ¿Lo dices por el granero?

—No. —Hannah avanzó por el hielo—. Piensa.

—¿El cobertizo donde guardaba el tractor? —Andrea alzó la voz para que Hannah pudiera oírla por encima del ruido del motor.

—No.

—Entonces, ¿qué? La granja no estaba cerca del lago y sé que no tenían cabaña para pescar en el hielo.

—Tienes razón. No tenían. Pero hay otra cosa que tampoco tenían: cañerías.

Andrea se quedó con la boca abierta y se echó a reír.

—¡En serio, Hannah!

—Bueno, es verdad. Una casa para pescar en el hielo se parece mucho a un retrete al aire libre. Tiene cuatro paredes, un tejado y un banco. La única diferencia es que el agujero está en el hielo.

—Tienes razón —admitió Andrea, todavía riéndose a carcajadas—. Ojalá no me lo hubieras recordado.

Hannah sonrió y cruzó el lago a buen ritmo: habían decidido empezar por las cabañas más alejadas y luego regresar a la orilla. Hasta el momento habían visitado seis y aún les quedaba más de una docena.

—¡No me digas que Pete pesca desde su coche! —Andrea puso cara de asombro cuando se detuvieron junto al viejo Ford de Pete Nunke.

—Eso parece.

Hannah dejó la moto de nieve al ralentí y se bajaron para coger las galletas y el recipiente de café. Al acercarse, Pete bajó la ventanilla y Hannah tuvo que hacer todo lo posible para no echarse a reír. Estaba pescando desde el asiento del copiloto, que había echado hacia atrás. Pete tenía la radio del coche sintonizada en la KCOW, el motor y la calefacción encendidos, y había quitado el asiento trasero para hacer un agujero en el suelo que había alineado con el que había hecho en el hielo.

—Buenas tardes, Pete —lo saludó Hannah—. Te hemos traído café y galletas.

—Gracias, señoras. —Pete alargó la mano para coger la bolsa y el café.

—¿Ha habido suerte? —preguntó Andrea.

—Todavía no, pero hay algo ahí abajo. —Pete señaló el pequeño monitor que había instalado junto a la ventanilla trasera—. ¿Veis esos parpadeos en la pantalla?

Andrea miró por la ventana.

—Tienes una sonda de pesca. Qué listo, Pete.

—La saqué de mi barco cuando lo dejé en dique seco este otoño. ¿Queréis subir y calentaros?

—Gracias, pero debemos irnos —dijo Hannah, sacudiendo la cabeza—. Todavía tenemos que repartir más galletas y café.

—De acuerdo. Tengo que moverme de todos modos. Parece que esos peces se dirigen al viejo bote de remos hundido a unos seis metros al norte. Es un hábitat natural.

—¿Vas a hacer otro agujero en el hielo cuando llegues allí? —preguntó Andrea.

—Ya lo he picado. Ayer hice tres agujeros y otros tres esta mañana. Solo tengo que ir hasta allí y esperar a que lleguen los peces.

Hannah y Andrea se quedaron mirando cómo Pete se alejaba en su cabaña de pesca en hielo móvil. Luego volvieron a la motonieve y continuaron su ruta de reparto. Después de otros veinte minutos, solo les quedaba una cabaña, la del alcalde Bascomb.

—Sí que es grande —comentó Andrea cuando se detuvieron detrás del refugio del alcalde—. He oído que la ha decorado con mucho estilo.

Hannah asintió. El alcalde Bascomb siempre tenía lo mejor y lo más grande. Como hijo del promotor inmobiliario de más éxito de Lake Eden, había crecido con dinero y sabía cómo gastarlo.

—¿Qué es eso? —preguntó Hannah, parando el motor y escuchando—. Parecen voces. El alcalde Bascomb debe de estar con alguien.

Andrea negó con la cabeza.

—No creo. Bill estaba pensando en participar y leí las reglas. Es un concurso en solitario. Tienes que hacerlo todo solo.

Hannah cogió la última bolsa de galletas y le pasó a Andrea el recipiente de café, y ambas caminaron hasta la parte delantera de la cabaña. Vieron un generador pegado a la pared y un cable eléctrico que pasaba por un pequeño agujero hacia el interior.

—Tiene un generador. Quizá esté escuchando la radio.

La puerta estaba cerrada, y Hannah llamó por costumbre. Era una puerta de verdad, con picaporte, e incluso tenía pequeños cristales en la parte superior.

—Adelante —dijo el alcalde, con la voz amortiguada por la pesada puerta.

—Me sorprende que no tenga timbre —murmuró Hannah a su hermana mientras abría la puerta.

Dio dos pasos hacia delante y se detuvo asombrada al ver lo que el alcalde de Lake Eden había hecho para decorar su cabaña de pesca. No solo era más grande que todas las demás, casi del mismo tamaño que su habitación de invitados, sino que era prácticamente una segunda casa.

En lugar de los listones de madera que las otras cabañas tenían como suelo para mantener rígida la estructura, el alcalde Bascomb tenía un suelo de verdad cubierto con moqueta para exteriores. El suelo terminaba a un metro de una de las paredes, dejando al descubierto una franja de hielo con un agujero para pescar en el centro. En una de las paredes enmoquetadas había un televisor en un mueble que también incluía un equipo de música y un reproductor de vídeo. El televisor emitía un torneo de golf, y el océano y las palmeras de la pantalla hacían pensar en un ambiente tropical. Tal vez eso habría mantenido a algunas personas más calientes por pura sugestión, pero la cabaña de pesca del alcalde Bascomb no estaba ni siquiera cerca del punto de congelación, gracias a dos calefactores eléctricos colocados sobre soportes. En la pared opuesta había un sofá de cuero flanqueado por dos mesas con lámparas. Una cafetera en un estante cerca de la puerta desprendía el delicioso aroma del café recién hecho, y junto a ella había un microondas.

—No os quedéis ahí. Pasad y cerrad la puerta —ordenó el alcalde Bascomb, girándose ligeramente en el sillón reclinable que había colocado sobre una tarima—. Voy a necesitar ayuda. He enganchado un pez gordo y no puedo sacarlo yo solo.

—¿Pero eso no va contra las normas? —preguntó Andrea, mientras entraba y cerraba la puerta.

—Olvidad el concurso. Me autodescalificaré. Es el pez más grande que he pescado y quiero sacarlo.

—Ya vamos —le dijo Hannah, haciendo un gesto a Andrea—. ¿Qué quieres que hagamos?

—Vosotras dos estabilizad el sedal y yo manejaré el cabrestante.

—¿Tienes un cabrestante? —Hannah estaba asombrada. Nunca había oído hablar de nadie que utilizara un cabrestante para pescar en el hielo.

—Está atornillado a los montantes de la pared. —El alcalde señaló el cabrestante manual—. Me lo regaló mi mujer las Navidades pasadas.

—¿Tu mujer te regaló un cabrestante por Navidad? —preguntó Andrea, divertida.

—Sé que es un regalo peculiar, pero alguien de la ferretería la convenció de que era una buena idea. Tuve que ponerlo, pero nunca pensé que realmente le daría uso.

—¿Y la caña? —Hannah se acercó a echar un vistazo a la caña de pescar del alcalde—. ¿Es lo suficientemente fuerte?

—Espero que sí. La preparé para uno de esos lucios de diez kilos que pueden dar pelea. Pero lo que tengo aquí pesa mucho más que eso. Casi me da algo solo con acercarlo hasta aquí. Tiene que pesar más de diez o incluso veinte kilos.

Con la ayuda de Andrea, Hannah soltó suficiente cuerda extra para que el alcalde Bascomb la atara al cable del cabrestante. Cuando estuvo asegurada, estaban listos para subir el pez.

—Quedaos ahí, una a cada lado del agujero. —El alcalde Bascomb estaba más nervioso de lo que Hannah lo había visto nunca mientras les daba instrucciones—. Yo lo subiré despacio y vosotras mantened firme el sedal. Aseguraos de que no roce con los lados del agujero. Va a ser un pez trofeo y no quiero que se estropee.

—No está luchando mucho —comentó Andrea, echando un vistazo a la boya que estaba en la superficie del agua.

—Ya. Me imagino que está tratando de engañarme con una falsa sensación de seguridad y que dará batalla de verdad cuando salga del agua. Avisad cuando se acerque. Quiero luchar con él yo mismo.

El alcalde le dio a la manivela y el sedal empezó a dar vueltas alrededor del tambor. Parecía que tardaba una eternidad, pero por fin Hannah pudo ver algo rojo que se elevaba hacia la superficie del agua.

—Es rojo. No sabía que hubiera peces rojos en este lago.

—Yo tampoco —el alcalde Bascomb parecía desconcertado—. ¿Qué diablos será?

—No tengo ni idea —dijo Hannah, observando cómo la mancha roja subía otro centímetro. Entonces dio un grito ahogado y gritó al alcalde—: ¡Para! ¡Deja de girar!

El alcalde Bascomb bloqueó el cabrestante.

—¿Está listo para que lo saque?

—Todavía no. —Hannah se volvió hacia Andrea—. ¿Tienes el teléfono móvil?

—Por supuesto. Nunca sé cuándo puede necesitarme un cliente.

—Ve a sentarte allí. —Hannah se movió para bloquear a Andrea la vista del agujero y le señaló el sofá—. Necesito que hagas una llamada. Es importante.

Andrea parecía dispuesta a protestar, pero una mirada a la expresión seria de Hannah la convenció de que se dirigiera al sofá. Cuando llegó allí, sacó el móvil y se sentó.

—¿A quién quieres que llame?

—A Bill. Dile que venga enseguida con Mike.

—Vale, pero ¿para qué los necesitamos? —preguntó Andrea.

—Tú llama, Andrea.

—De acuerdo, estoy llamando. —Andrea marcó el número y entonces se dio cuenta. Los ojos se le abrieron de par en par y su cara palideció—. ¿Quieres decir... que no es un pez?

Hannah negó con la cabeza.

—No, a menos que los peces elegantes lleven relojes de oro esta temporada.

CAPÍTULO VEINTICUATRO

Hannah se paseaba por la franja de hielo frente al agujero, esperando a que llegaran Bill y Mike. Había pedido al alcalde Bascomb que llevara a Andrea de vuelta al hotel para calentarse, y ahora estaba sola con el «pez» del alcalde. Justo cuando pensaba que sus pies no podían estar más fríos, oyó un coche aparcando fuera. Un momento después, Bill y Mike entraron por la puerta.

—¿Has encontrado otro cadáver? —preguntó Mike, incrédulo.

—Sip.

—¿Y el alcalde lo ha enganchado con el sedal?

—Sip.

Bill empezó a fruncir el ceño.

—¿Eso es todo lo que puedes decir?

—Sip —le contestó Hannah—. Me castañetean demasiado los dientes como para hablar.

—Ve a ponerte delante del calefactor —ordenó Mike, señalando la zona frente al sofá de dos plazas—. ¿No sabes que el calor abandona el cuerpo más rápido si estás de pie sobre el hielo?

—Ya, pero es que no quería dejarlo, o dejarla, o lo que sea. Tenía miedo de que la caña se rompiera.

Mike la agarró del brazo y la acercó al sofá.

—¿Qué pensabas hacer si se rompía?

—No lo sé. Tenía demasiado frío como para pensarlo.

Mike se volvió hacia Bill.

—Yo me quedo aquí. Tú lleva a Hannah al hotel y vuelve enseguida.

—No, yo me quedo. —Hannah negó con la cabeza—. Quiero quedarme.

—Vamos a tener que subir ese cuerpo, y no va a ser agradable —le advirtió Mike.

—No pasa nada. —La curiosidad de Hannah era más fuerte que la oleada de repulsión que le recorría el estómago—. No será el primer cadáver que vea.

Mike se la quedó mirando un momento.

—De acuerdo. Empecemos, Bill.

Tanto Mike como Bill tiraron y consiguieron sacar el cuerpo del agua. Cuando terminaron, el cadáver estaba bocabajo sobre el hielo y ambos jadeaban. Bill le dio la vuelta y Hannah se acercó un paso más para poder ver la cara del muerto.

—¡Es Alan Carpenter!

—¿Cómo lo sabes? —preguntó Mike, mirándola extrañado.

—Lo conocí en el banquete del Festival de Invierno. Se iba a una rueda de prensa.

—¿Le hiciste alguna pregunta?

—Por supuesto que no. —Hannah puso cara de indignación—. Me hiciste prometer que me mantendría alejada del entorno de Connie Mac mientras estuviera en el hotel.

Mike no se lo creía. Sus ojos la atravesaron.

—Hannah...

—Bueno... Quizá alguna —admitió Hannah—, pero ya te lo he dicho. Se tenía que ir. No creo que intercambiara más de unas pocas palabras con él, y Andrea estuvo conmigo todo el tiempo.

Mike se volvió hacia Bill.

—¿Puedes llamar al doctor Knight y decirle que venga?

—Claro. ¿Y al equipo forense?

—A ellos también. No creo que consigan mucho, pero nunca se sabe. Esta cabaña de pesca estaba aquí anoche, ¿no?

—Ayer vi al alcalde remolcándola hasta aquí —dijo Bill—. —¿Y el *sheriff* Grant? ¿Quieres que le dé un informe verbal, o quieres hacerlo tú?

—Puedes hacerlo tú mismo. Dile lo que sabemos hasta ahora y que le mantendremos informado de cualquier novedad. Sé diplomático. Esto no le va a gustar.

Hannah sintió una oleada de aprecio por Mike. Con cada caso nuevo que llevaban, le daba más responsabilidad a Bill.

—¿Algo más?

—Si se te ocurre algo que se me haya pasado por alto, ocúpate de ello. Somos socios. No tienes que consultarlo todo conmigo. Y mientras, yo le tomaré declaración a Hannah.

—¿Qué declaración? —Hannah se quedó perpleja mientras Mike se unía a ella en el sofá de dos plazas—. Ya te he dicho todo lo que sé.

—No todo. Háblame de tu conversación con Alan Carpenter. Podría ser importante.

—Déjame pensar —dijo Hannah, haciendo todo lo posible por recordar cada palabra de su conversación—. Nos presentaron y...

—¿A qué hora? —la interrumpió Mike.

—Justo antes de que las chicas de Edna sirvieran el postre. Sobre las ocho y media, creo.

—Continúa.

—Alan dijo que era un placer conocernos. Luego dijo que tenía que irse con Kurt Howe y nos ofreció sus sillas. Le pregunté si era por algo que yo había dicho y se rio. Luego dijo que si no se iban enseguida, llegarían tarde a la rueda de prensa que había programado en su oficina.

—¿En Minneapolis?

Hannah se encogió de hombros.

—Cuando le hicimos la visita por la ciudad a Connie Mac, mencionó que sus oficinas corporativas estaban en Minneapolis.

—¿Le preguntaste si la rueda de prensa era sobre la muerte de la señora MacIntyre?

—Por supuesto que lo hice. Era una pregunta natural. Nos dijo que los medios de comunicación estaban como locos y querían detalles.

—De acuerdo. —Mike lo anotó todo—. ¿Qué más?

—Dijo que era el portavoz de la familia y que Kurt se iba a encargar de cualquier pregunta que tuviera que ver con la editorial que publica los libros de cocina de Connie Mac.

—Esa es Savory Press. ¿Le dijiste algo más?

—Creo que no. Sé que Andrea dijo algo sobre lo difícil que debía de ser para él, y él dijo que era su responsabilidad, como abogado de la familia, ayudar a Paul en todo lo que pudiera. Y luego se fue con Kurt Howe.

—¿Y eso es todo?

—Creo que sí... No, espera. Les di algunas galletas para el viaje y les dije que el azúcar les daría energía.

—Vale. —Mike cerró el cuaderno y lo deslizó de nuevo en su bolsillo—. Es obvio que condujo hasta aquí después de la rueda de prensa. Comprobaremos si alguien lo vio cuando volvió al hotel.

—Puedo encargarme yo —se ofreció Hannah sin pensarlo, y luego hizo una mueca de dolor cuando Mike empezó a fruncir el ceño. No debía interferir. Tenía que recordarlo—. Olvida lo que he dicho. Me mantendré al margen y te dejaré trabajar.

—Seguro que sí.

Mike sonó un poco sarcástico y Hannah decidió que lo mejor era cambiar de tema.

—Me pregunto qué hacía Alan aquí en el hielo. No es precisamente un lugar normal para dar un paseo antes de acostarse.

—No estuvo paseando.

—¿Quieres decir que... alguien lo tiró?

Mike parecía arrepentido de haber dicho nada.

—Eso es lo que me parece a mí. ¿Has visto la herida en la nuca?

—La he visto —confirmó Hannah, temblando ligeramente—. Es exactamente igual que la herida de Connie Mac.

—Eso es lo que me hace pensar que lo trajeron aquí. Alguien podría haberlo obligado a caminar hasta aquí a punta de pistola, pero eso no tiene sentido.

—¿Porque entonces le habrían disparado en vez de golpearle la cabeza?

—Así es. Sabremos más cuando llegue Doc Knight. Podrá decirnos si el señor Carpenter estaba muerto cuando entró en el agua.

—Pero ¿cómo...? —Hannah se detuvo a mitad de la pregunta. No quería saber cómo el doctor Knight podía saber algo así—. No importa. Será mejor que vaya a ver cómo está Andrea.

—Te llevo al hotel. —Mike le hizo un gesto a Bill—. Asegura el escenario del crimen y no dejes entrar a nadie que no sea el doctor Knight o el equipo forense.

Hannah empezó a sonreír mientras seguía a Mike fuera de la cabaña. En cuanto la puerta se cerró tras ellos, lo agarró del brazo.

—¿Vas a acordonar la cabaña del alcalde Bascomb?

—No lo sé. Todo depende de lo que encuentre el equipo forense. Podría haber rastros de evidencia.

—¿ADN?

—Si fue ahí por donde el señor Carpenter llegó al agua, no me sorprendería.

—¿Entonces será el escenario del crimen y el alcalde no podrá volver a entrar?

—Sí. ¿A dónde quieres llegar, Hannah?

—Al alcalde Bascomb no le va a hacer gracia, y tampoco al *sheriff* Grant. Los oí hablar de ir al lago Mille Lacs el próximo fin de semana. Lo hacen todos los inviernos. El *sheriff* Grant reserva el lugar y el alcalde Bascomb lleva su cabaña de pesca en hielo.

Mike gruñó.

—Voy a recibir muchas críticas, pero no puedo hacer nada. Las reglas son las reglas.

—¿Así que no vas a infringir un poco esas reglas por el alcalde y el *sheriff* Grant?

—No. —Mike se volvió y la miró perplejo—. No fue algo personal, Hannah. Tenía que precintar tu tienda. Y es posible que tenga que precintar la cabaña del alcalde.

Hannah le sonrió.

—Probablemente esté loca, pero eso me hace sentir mejor. Sigo pensando que eres un cabezota, pero al menos lo eres con todo el mundo.

—Gracias, supongo. —Mike sonrió y extendió los brazos. Hannah se acercó y compartieron un abrazo. Luego él abrió la puerta del pasajero del coche patrulla y esperó a que ella subiera.

—¿Seguro que no quieres que vaya en el asiento de atrás? —bromeó ella.

—No seas ridícula. No tengo motivos para creer que seas sospechosa... ¿O sí?

—¿Cuándo te ha detenido eso? —Hannah respondió a su pregunta con otra pregunta—. Sospechabas de Norman, ¿verdad?

—No por mucho tiempo, y solo porque tenía que hacerlo. Ya te lo dije. En realidad no creía que Norman lo hubiera hecho.

Hannah cerró la boca y subió al asiento delantero del coche patrulla. Mike parecía muy serio cuando le dijo por primera vez que Norman era sospechoso, pero no era el momento de recordárselo.

—¿Hannah? —Mike se sentó en el asiento del conductor y alargó la mano para tocarle el brazo—. Eh... He estado pensando en eso de los celos.

—¿Qué celos?

—Ya sabes..., lo de que tal vez sospeché de Norman porque estaba celoso por el tiempo que pasas con él. Puede que no sea tan descabellado, después de todo.

—¿En serio? —dijo Hannah, y luego contuvo la respiración.

—Lo que te he dicho esta mañana es verdad. Me alegro de que no estés sentada en casa esperando a que te llame. Pero se me revuelven las tripas cuando pienso en ti con otra persona. No sé si a eso se le puede llamar celos, pero casi.

—Vale —dijo Hannah, ocultando una sonrisa—. Ya que estamos siendo sinceros, yo también he sentido algo parecido a los celos cuando he visto a Kristi Hampton toqueteándote.

—¿Toqueteándome? ¿Es eso lo que has pensado? Solo estaba siendo amable, eso es todo.

—Sí, claro... —Hannah dejó escapar una sonrisa—. En ese caso, tal vez tú y yo deberíamos ser un poco más amables.

—Quizá.

Mike la estrechó entre sus brazos y le dio un beso profundo. Duró varios minutos, hasta que ambos estuvieron calientes como una tostada y respirando como si acabaran de correr una maratón.

—¿Suficientemente amable? —preguntó Mike mientras arrancaba el coche patrulla y avanzaba por el lago helado.

—Oh, sí —suspiró Hannah, acomodándose para el viaje.

Cuando Mike se acercó a la orilla, tomó la carretera provisional que había sido trazada para el traslado de las cabañas de pesca sobre hielo, y llegaron al aparcamiento donde estaba la camioneta de Hannah. Se detuvo cerca de su parachoques trasero y extendió la mano para coger el brazo de Hannah antes de que pudiera abrir la puerta.

—¿Qué? —dijo Hannah, preguntándose si iba a abrirse todavía más.

—No vas a husmear por ahí, ¿verdad?

Hannah dio un suspiro exasperada. Otro momento perfecto que estropeaba Mike.

—Te prometí que no lo haría.

—Lo sé, pero eso no te ha detenido nunca. Hagamos una cosa... No prometas nada. Nunca hagas una promesa que sabes que no puedes cumplir.

—Vale, no lo haré.

—¿Así que vas a husmear?

Hannah hizo una mueca de arrepentimiento, pero tenía que decirle la verdad.

—Puede que sí.

—De acuerdo. Pero ten mucho cuidado. Es todo lo que te pido. Y llámame enseguida si me necesitas.

Hannah alargó la mano para tocarle la mejilla.

—Lo haré —dijo—. Y esto sí que es una promesa.

CAPÍTULO VEINTICINCO

Cuando Hannah entró en el vestíbulo del hotel, a la primera persona que vio fue a Janie. Su invitada estaba junto al mostrador hablando con Sally, que atendía los teléfonos.

—Hola, Janie —la saludó Hannah—. ¿Has podido ver a Paul?

—No, se ha ido. Sally me acaba de decir que está en Minneapolis, en la sede de la empresa.

—Se fue ayer a mediodía —precisó Sally—, justo después de volver de su entrevista con Mike y Bill. Me dijo que tendría reuniones toda la tarde y hoy durante todo el día. Le estoy guardando su habitación. Volverá a tiempo para la gran inauguración de la *boutique* mañana.

—¿Dejó a alguien a cargo? —le preguntó Hannah.

—A Alan Carpenter, pero tampoco lo encontramos. Probablemente esté en el centro comercial con los preparativos de última hora para la inauguración.

—Necesito averiguar si todavía tengo trabajo, y Alan lo sabrá. —Janie parecía un poco nerviosa—. Si tienes tiempo, ¿podrías llevarme hasta allí?

Hannah sintió cómo el dilema le abofeteaba la cara. Se suponía que no debía decir nada sobre el asesinato de Alan, pero tenía que hacerle saber a Janie que un viaje al centro comercial no era necesario.

—Olvida el centro comercial. Alan no está allí.

—¿Estás segura? —preguntó Janie.

—Muy segura. —Hannah contuvo la respiración, esperando la siguiente pregunta de Janie.

—¿Dónde está?

—Está..., eh..., en la cabaña de pesca del alcalde.

Sally enarcó las cejas.

—¿Qué hace ahí fuera?

—No mucho —dijo Hannah, y luego apretó los labios.

Sally se quedó mirándola un momento y frunció el ceño.

—Te pareces a mí cuando devuelvo un cheque y no quiero que Dick se entere. ¿Hay algo que no nos estás contando?

—Se podría decir que sí —admitió Hannah, enviando una disculpa silenciosa a Mike por tener que romper otra de sus reglas—. Alan está muerto.

—¡No me lo puedo creer! —jadeó Sally después de que Hannah se lo contara—. ¡Dos de mis huéspedes asesinados!

—¿Creen que es el mismo asesino? —preguntó Janie.

—Sí. No debería habéroslo dicho, pero no he sabido evitarlo. No digáis nada a nadie hasta que el departamento del *sheriff* dé oficialmente la noticia.

—No lo haré —prometió Sally.

—Yo tampoco —dijo Janie—. Pobre Alan. A veces era un coñazo, pero no se lo merecía.

Alex Matthews apareció en ese momento por la puerta y saludó a Janie.

—Hola, Janie. Me alegro mucho de que hayas vuelto.

—Yo también —dijo Janie, y luego se volvió hacia Sally y Hannah—. Voy a hablar con ella un momento. No os preocupéis. No diré ni una palabra sobre Alan.

Cuando Janie se marchó, Sally le hizo un gesto a Hannah para que se acercara.

—Vas a investigar, ¿verdad? —preguntó.

—Claro que sí.

—¿Puedo hacer algo para ayudar?

—Puede que sí —dijo Hannah—. Lo primero que tengo que hacer es averiguar exactamente cuándo mataron a Alan. ¿Cuándo fue la última vez que lo viste?

—Anoche. Estaba atendiendo en el bar y entró con Kurt Howe. Fue justo antes de las noticias de las once.

—¿Notaste algo raro en él? —Sally parecía dudar y Hannah continuó—: ¿Quizá estaba más nervioso de lo normal o enfadado por algo?

—Estaba un poco tenso, pero me dijo que acababan de llegar de una rueda de prensa y habían estado respondiendo preguntas sobre la muerte de Connie Mac. Dijo que necesitaban relajarse o nunca conseguirían dormir, y pidió Chivas seco para los dos.

—¿Cuánto tiempo se quedaron en el bar?

—Hasta que terminaron las noticias. Kurt se fue primero. Dijo que se iba a la cama. Alan se quedó un par de minutos más y luego dijo que iba a dar un paseo antes de acostarse. Antes de irse, dijo que dormiría hasta tarde y me pidió que le guardara un bollo danés del bufé del desayuno.

—¿Lo hiciste?

—Por supuesto. Lo envolví y se lo dejé en la cocina, pero no vino a buscarlo. Supuse que había ido temprano al centro comercial y que habría desayunado allí, así que se lo di a Earl Flensburg cuando vino aquí a comer.

—Así que, por lo que sabes, ¿dio su paseo y luego se fue a la cama?

—Sí.

—¿Y su coche? ¿Sigue en el aparcamiento?

—Imagino que sí. No he salido en todo el día. Si quieres comprobarlo, es un Mercedes plateado con los cristales tintados.

Hannah agradeció a Sally la información y se dirigió al restaurante para ver cómo se encontraba Andrea. Todavía tenía frío y quería entrar en calor antes de salir al aparcamiento a buscar el coche de Alan. El restaurante estaba medio lleno y Hannah vio a Andrea sentada en una mesa para dos. Al acercarse, su hermana la saludó con una sonrisa. Había recuperado el color de las mejillas y parecía totalmente repuesta del susto.

—Tienes mejor aspecto —comentó Hannah, acercando una silla y sentándose.

—Estoy mejor. —Andrea señaló la taza vacía que había sobre la mesa—. Tenías razón con lo del chocolate, Hannah. Me he tomado tres tazas de cacao y ya casi soy yo misma otra vez.

—¿Dónde está el alcalde Bascomb? —preguntó Hannah, fijándose en la segunda taza vacía sobre la mesa.

—Ha vuelto al lago. Como no puede terminar el concurso de pesca en hielo, va a entregar el trofeo al ganador.

—¿Te ha dejado aquí sola? —Hannah se sorprendió. El alcalde Bascomb siempre era atento con sus electores y llevaba la cortesía y la consideración al extremo en año de elecciones.

—Yo se lo he sugerido. Solo hablaba de ampliar el vertedero y construir un nuevo sistema de filtración de agua. Al cabo de quince minutos, estaba aburrida como una ostra. Y luego, cuando ha empezado a hablar de usos ecológicos de los residuos sólidos, he tenido que pensar en una forma de deshacerme de él.

Una de las camareras se acercó a la mesa con una bandeja. Hannah vio cómo dejaba una jarra, una taza y un plato limpios y dos dónuts cubiertos de chocolate. Cuando se marchó, Hannah se volvió hacia su hermana.

—¿Y esto?

—He pensado que necesitarías una dosis de tu propia medicina.

—Gracias —sonrió Hannah.

Andrea tenía razón: una taza de chocolate caliente era justo lo que necesitaba. Andrea cogió uno de los dónuts y se lo comió mientras Hannah bebía su chocolate caliente.

—¿Y el otro dónut? ¿No te apetece?

—La verdad es que no. Todavía estoy llena del desayuno. Janie me ha hecho torrijas esta mañana.

—¿Me lo puedo comer? Todavía tengo hambre y no sé por qué. Hoy he comido como un caballo.

Hannah le pasó el plato a su hermana. Si no era cierto que había un bebé en camino, se comería el sombrero de terciopelo de la boda de Andrea, con el encaje francés incluido.

—Aquí está, Hannah —dijo Andrea, señalando un coche que estaba entre una furgoneta y un sedán mediano con matrícula de alquiler.

Hannah se quedó asombrada. Solo se veía la parte trasera de los coches y Andrea había localizado el de Alan en cuanto habían llegado al aparcamiento.

—¿Estás segura de que es el suyo?

—Claro que sí. Soy agente inmobiliaria y reconozco un Mercedes cuando lo veo. Solo los compradores serios los conducen.

—¿Porque significa que tienen el dinero para comprar una casa?

—No necesariamente, pero son caros y tienes que tener buen crédito para conseguir uno. El buen crédito es más importante que el dinero. ¿Sabías que puedes cargar el precio de compra de una casa a una tarjeta de crédito?

Hannah negó con la cabeza.

—Estás de broma. ¿De verdad alguien hace eso?

—Sí. Cuando los Ehrenberg vendieron su cabaña de verano, el precio de venta fue de treinta mil. Los compradores lo cargaron todo a su tarjeta de crédito.

—¿Por qué? —Hannah estaba confusa—. Creía que los intereses de las tarjetas de crédito eran altísimos.

—Lo son.

—¿No es mucho menor el tipo de interés de un préstamo hipotecario?

—Por supuesto, pero tenían una muy buena razón para hacerlo.

—Esto tengo que oírlo —dijo Hannah, guiando a Andrea hacia el coche que ella creía que era el Mercedes de Alan.

—Verás, les habían dado una tarjeta de crédito nueva con un tipo de interés muy ventajoso: el ocho por ciento durante los seis primeros meses. Eso está muy bien. Y como su calificación crediticia era excelente, consiguieron una línea de crédito de cuarenta mil.

Hannah silbó.

—Nunca había oído hablar de una línea de crédito tan alta.

—Es bastante alta, pero entre los dos ganaban más de cien mil al año y siempre pagaban las facturas a tiempo. Simplemente no tenían ahorros, eso era todo.

—Vale, de momento te sigo.

—El tipo de interés más bajo que podían conseguir a través de un agente hipotecario en ese momento era de siete y medio.

—Espera un segundo. —Hannah se paró en seco—. Si el tipo hipotecario era de siete y medio y el de la tarjeta de crédito de ocho, estaban pagando más intereses al ponerlo en su tarjeta de crédito.

—No. No a corto plazo. El testamento del padre de él estaba en proceso de legalización y su herencia superaba los cuarenta mil. El único problema era que aún no la tenía. Me dijo que el abogado calculaba que la tendría en cuatro meses o menos.

—¿Y por qué no pidieron un préstamo para la casa y lo pagaron cuando recibió la herencia?

—Porque los dos primeros años son casi todo intereses. Solo se amortiza una pequeña parte del capital. Cuatro meses de hipoteca sumaban más que los cuatro meses de intereses de la tarjeta de crédito. Tomaron una decisión financieramente sensata.

—Me sigue pareciendo una locura. ¿Y si hubiera pasado algo que retrasara su herencia?

—No fue así. Recibió un cheque en cuatro meses. Fue un riesgo calculado, Hannah. Lo tomaron y valió la pena.

Hannah se limitó a negar con la cabeza.

—Me recuerdas a Greg Canfield. Él también hace inversiones arriesgadas.

—Creí que me habías dicho que triplicó su dinero con las acciones que compró.

—Sí, pero podría haberlo perdido todo con la misma facilidad.

Casi habían llegado al coche en cuestión cuando Hannah tuvo un pensamiento funesto.

—¿Te encargas tú de las finanzas en casa, Andrea?

—No. Bill se encarga de todo eso, y es muy precavido. A veces es muy pesado, pero tenemos una familia que cuidar. Tracey ya tiene un fondo para la universidad. Bill lo empezó el día que supimos que estaba embarazada.

—Eso está bien —dijo Hannah, sonriendo ligeramente.

Andrea no lo sabía aún, pero Bill pronto haría un viaje al banco para abrir otra cuenta.

—¿Y qué has averiguado? —preguntó Andrea, después de examinar el coche de Alan y ya de camino al hotel.

—Alan no ha ido en coche a ningún sitio esta mañana.

—¿Cómo lo sabes?

—Hay nieve en el parabrisas y dejó de nevar sobre las cuatro de la mañana. Lo he oído en la KCOW cuando venía hacia aquí.

—En ese caso, yo también he averiguado algo.

—¿En serio? ¿Qué?

—Alan fue asesinado antes de las cuatro de esta mañana.

—¿Lo has averiguado mirando su coche? —Hannah se volvió hacia su hermana sorprendida.

—No, es por lo que has dicho.

Hannah estaba confusa.

—¿Qué he dicho?

—Que dejó de nevar a las cuatro de la mañana. Si alguien hubiera arrastrado a Alan después de las cuatro, habría huellas en la nieve.

—Es verdad.

—No hay ninguna. Cuando hemos llegado, solo había un par de huellas hasta la puerta.

—Bien visto, Andrea. Eres increíblemente observadora y tienes una gran memoria para los detalles.

Andrea parecía ligeramente incómoda.

—En realidad, no. La única razón por la que me he dado cuenta fue porque escuché a Sara Thompson hablando con Patsy Berringer en el café el otro día. Estaban cotilleando sobre la nueva novia del alcalde.

—No sabía que tuviera una —comentó Hannah, sintiendo una oleada de desprecio por el ilustre líder de su ciudad.

El alcalde Bascomb había estado a punto de meterse en un buen lío por su última aventura, y esperaba que le hubiera servido de lección.

—No dijeron quién es, y puede que no sea verdad. No suelo dar mucha importancia a los cotilleos, pero no quería interrumpirle si estaba..., eh..., ya sabes. Esa es la única razón por la que me he dado cuenta, Hannah. Todo ha sido por los chismes que oí. Pero ha sido útil, ¿no?

La sonrisa de Hannah se hizo más amplia.

—¡Ya lo creo! Nos reduce el tiempo a cuatro horas y nos ahorra un montón de problemas. Tiene que ser la primera vez en la historia que un cotilleo resulta ser útil para algo.

CAPÍTULO VEINTISÉIS

—Tú concéntrate en el entorno de Connie Mac —le dijo Hannah a su hermana cuando volvieron a entrar en el hotel y se quitaron los abrigos y las botas—. La mayoría estará en el centro comercial, pero puede que encuentres a algunos que se hayan quedado por aquí. Yo hablaré con las camareras y con quien estuviera en recepción anoche.

Andrea sacó su agenda del bolso y la hojeó.

—Tengo mi lista de preguntas sobre Connie Mac. ¿Quieres que les pregunte algo sobre Alan?

—Sí, pero no puedes decir que está muerto.

—Ya lo sé. Les diré que lo estoy buscando y que no lo encuentro. Les preguntaré si lo han visto hoy.

—No lo han visto. Eso ya lo sabes.

—Lo sé, pero eso me llevará a mi siguiente pregunta. Me hablarán de la última vez que lo vieron y ni siquiera adivinarán que eso es lo que yo busco en realidad.

Hannah miró a su hermana con admiración.

—Eres muy buena en esto, ¿sabes?

—¿De verdad lo crees?

—No lo habría dicho si no fuera así.

—Eso es verdad. Nunca dices nada que no sientas. A veces me gustaría darme ese lujo, pero...

—Pero eres agente inmobiliaria. —Hannah terminó la frase por ella y ambas rieron.

—A veces me molesta un poco —admitió Andrea—, pero perdería una venta si le dijera a un posible comprador que el tejado seguramente tendrá goteras en los tres primeros años o que habrá que cambiar las cañerías.

—*¿Caveat emptor?*

—Sé lo que significa, Hannah: «Que el comprador tenga cuidado». Supongo que es cierto hasta cierto punto, pero en realidad no miento sobre nada. Si me preguntan directamente, se lo digo. Simplemente, no hablo de las cosas negativas, eso es todo. Y no te creas tan lista solo porque sabes latín. Aprendí algunas frases en la escuela inmobiliaria.

—¿Cómo cuáles? —la desafió Hannah.

—Como *Illegitimi non carborundum*.

Hannah lo tradujo en un santiamén. No estaba segura de que la sintaxis y el orden de las palabras fueran correctos, pero el significado estaba claro, y se quedó mirando a su hermana, asombrada.

—¿Sabes lo que significa?

—Por supuesto: «No dejes que el cliente te machaque». Nuestro profesor en la escuela lo tenía estampado en su maletín y se lo pregunté.

—Ya veo —dijo Hannah ocultando una sonrisa. Era obvio que el profesor de Andrea no había querido contarle el significado literal de *illegitimi*—. Pongámonos en marcha, Andrea. Bill y Mike podrían llegar en cualquier momento y no quiero que nos pillen haciendo preguntas.

Las dos hermanas se separaron al pie de la escalera. Andrea subió y Hannah se dirigió al despacho de Sally. Cuando llegó, Alex Matthews estaba a punto de salir.

—Me alegro de pillarte, Hannah. —Alex le dedicó una gran sonrisa—. Lo he hablado con Sally y, si te parece bien, voy a llevar a Janie a tu piso para ayudarla a recoger sus cosas.

Hannah se quedó perpleja.

—Me parece bien, pero ¿por qué?

—Janie se vuelve a la habitación del hotel. Ha hablado con Paul por teléfono y le ha dicho que no puede prescindir de ella. Incluso le ha concedido un aumento para compensar todos los problemas que esa mujer horrible le causó.

—Me alegra oírlo, pero voy a echarla de menos.

—Eso es lo mismo que ha dicho ella. Eres una de sus amigas favoritas, Hannah. Muchas gracias por ayudarla.

—¿Hannah? —Sally la llamó desde la puerta abierta—. Entra y cierra la puerta. Tengo noticias para ti.

Hannah entró y ocupó la silla frente al escritorio de Sally.

—Yo también tengo noticias para ti. Hemos encontrado el coche de Alan y ha estado ahí fuera toda la noche. Creemos que lo mataron entre medianoche y las cuatro de la mañana, media hora arriba o abajo.

—Bueno, misterio resuelto. Por eso nunca recogió el bollo del desayuno —dijo Sally, y suspiró profundamente.

—No pienses en eso —aconsejó Hannah, y entonces empezó a fruncir el ceño. Siempre que alguien le decía que no pensara en algo, conseguía el efecto contrario. Una vez que sabía que no debía pensar en algo, eso cobraba aún más importancia en su mente. En lugar de intentar retractarse de su consejo, lo cual era imposible de todos modos, decidió solicitar la ayuda de Sally en el único aspecto de la muerte de Alan sobre el que podían hacer algo—. Necesito tu ayuda, Sally. ¿Qué llevaba puesto Alan cuando lo viste anoche en el bar?

—Un traje gris con una camisa azul claro. Llevaba un abrigo negro cuando entró y lo dejó en un taburete vacío. ¿Es eso lo que llevaba puesto cuando lo has encontrado?

Hannah negó con la cabeza, decidiendo no entrar en detalles. Sally no necesitaba imaginarse el aspecto de Alan cuando lo sacaron del agua helada.

—Debió de subir a su habitación a cambiarse de ropa. Has dicho que tenías noticias. ¿De qué se trata?

—Lo he comprobado con la camarera que se ocupa de la habitación de Alan, y no durmió en su cama.

—¿Crees que lo mataron mientras estaba de paseo?

—Eso parece. Necesito una lista de tu personal de la noche, Sally. Tengo que averiguar si alguien vio a Alan.

—No lo vieron. Ya lo he comprobado. Y he hablado con Chris. Es el universitario que contraté para atender la recepción de diez a seis. Dice que Alan salió por la puerta a las doce y cuarto y que no había vuelto cuando él se fue a las seis.

—¿No le pareció extraño?

—No, pensó que Alan habría ido al centro comercial. A veces lo hacía. Hubo un par de noches en que salió de aquí a las diez y media u once para ir a la *boutique* a trabajar. Le dijo a Chris que durante el día había demasiadas distracciones y que trabajaba mejor por la noche.

—Tiene sentido —dijo Hannah.

Ella había trabajado toda la noche en The Cookie Jar con Lisa, especialmente en diciembre, en plena época de fiestas y con reservas de eventos de *catering* consecutivos.

—Tengo una buena noticia —dijo Sally.

—Oigámosla. Me vendrá bien una buena noticia.

—Dick me ha llamado hace un par de minutos y la operación de su madre ha ido bien. Ya está sentada en la cama.

—Eso es estupendo —dijo Hannah—, y debe de ser un gran alivio para Dick.

—Sí que lo es. Ha estado muy preocupado. Su madre no es joven, ya sabes. Cuando ha llamado, he sabido que todo había ido bien antes de que me lo dijera.

—¿Por el tono de su voz? —adivinó Hannah.

—Parecía relajado por primera vez en casi una semana. Y eso me recuerda que quería saber todo lo que pasa aquí.

—No le habrás contado lo de Alan, ¿verdad?

—Por supuesto que no. Aunque sé que no diría nada, pero sonaba tan optimista que no he querido decir nada que cambiara eso. Sí que le he contado lo de Greg Canfield. Eso no te importa, ¿no?

Hannah se encogió de hombros.

—Claro que no. Greg no me dijo que lo mantuviera en secreto.

—Le he contado que se ha forrado invirtiendo y Dick se ha alegrado mucho por él. Pero debo de haberme equivocado con el nombre de las acciones. ¿Cuál era?

—Redlines.

—Eso es lo que le he dicho, pero Dick lo ha buscado en el portátil mientras hablábamos y dice que alcanzó su máximo hace unos seis meses. Luego las acciones empezaron a caer y la empresa quebró a finales del mes pasado.

Hannah frunció el ceño. Aquello no coincidía con lo que Greg le había contado.

—¿Está Dick seguro?

—Seguro. Ha comprobado el historial de las acciones. Aproximadamente una semana antes de que Redlines tocara fondo, hubo rumores sobre una nueva inyección de capital extranjero.

Algunos inversores compraron por la fuerza de los rumores, pero nunca ocurrió y lo perdieron todo. —Hannah frunció el ceño. Estaba segura de que Greg le había dicho que había invertido en Redlines—. Debes de haberte equivocado de nombre. Dick dice que es imposible que alguien haya ganado dinero con Redlines a menos que comprara cuando salió a bolsa por primera vez y vendiera en el punto álgido hace seis meses.

Hannah agradeció a Sally todo lo que había hecho y salió de su despacho completamente desconcertada. Greg le había dicho que había triplicado con creces su dinero en Redlines, pero le había mentido. ¿Era porque le daba vergüenza admitir que había hecho una mala inversión?

Había un teléfono público al final del pasillo y, en lugar de desviarse a la entrada del comedor, donde se suponía que había quedado con Andrea, Hannah siguió andando y rebuscó en el fondo de su bolso en busca de cambio. Sally había hecho todo el trabajo por ella y aún le quedaban cuarenta y cinco minutos antes de encontrarse con su hermana. No había mejor momento para hablar con Greg sobre Redlines. Lo llamaría de inmediato y le preguntaría por qué no había confiado en ella lo suficiente como para contarle la verdad.

Una de las camareras de Sally se dirigió a la mesa de Hannah con la jarra de café, pero Hannah sonrió y le hizo un gesto con la mano para que no le sirviera. Ya se había tomado cuatro tazas y eso era suficiente incluso para ella. Cogió una patata frita y la mojó en la salsa de queso azul que había pedido, uno de sus manjares favoritos. Las patatas que hacía Sally eran perfectas, doradas y crujientes por fuera y peladas a mano. Su salsa de queso azul también era casera, con trozos de sabroso roquefort mezclados con nata espesa. En otras circunstancias, Hannah habría estado en el cielo, pero en ese momento incluso la comida más sabrosa había perdido su atractivo. Había demasiadas preguntas zumbando en su mente, y su cerebro parecía una batidora sin control. Mientras masticaba, Hannah intentó concentrarse en la pregunta más importante. ¿Quién había asesinado a Connie Mac y Alan? Había eliminado a muchos sospechosos, pero no estaba más cerca de resolver los crímenes que cuando empezó.

La segunda pregunta se refería al embarazo de Andrea. ¿Estaba poniendo en peligro a su hermana y a su bebé por nacer al aceptar que Andrea colaborara en la investigación de los asesinatos? Andrea no sabía que estaba embarazada y se había enfadado un poco la segunda vez que Hannah había insinuado algo. Ese tema estaba obviamente vetado, y, aparte de conducir hasta la farmacia de Lake Eden, comprar un test de embarazo y obligar a Andrea a usarlo, Hannah realmente no podía confirmar lo que sospechaba firmemente. Siempre podía inventar una excusa para excluir a Andrea de la investigación, pero pondría en peligro su amistad. Y si resultaba que Andrea no estaba embarazada, su hermana nunca se lo perdonaría.

Además de estos problemas, había otras cuestiones de menor importancia. Algunas eran anecdóticas. ¿Tenía realmente el alcalde Bascomb una nueva novia? ¿Cómo habían llegado a ser tan buenas amigas Alex y Janie con tan poco tiempo de conocerse? ¿Iba Francine a meter en problemas a Sally y Dick disfrazándose y haciéndose pasar por el fantasma de Ezekiel Jordan?

Una última pregunta, muy importante, casi eclipsó la investigación de Hannah. ¿Qué estaba pasando con Greg Canfield? Algo iba muy mal, y Hannah sería una pésima amiga si ni siquiera intentaba ayudarlo.

Greg no estaba en casa cuando lo llamó, pero había hablado con su abuela. La información que le había dado la señora

Canfield había hecho que Hannah se preocupara aún más por él. Greg había asegurado que estaba negociando con acciones en línea, pero su ordenador llevaba roto desde hacía más de dos semanas. Dijo que había triplicado su dinero en Redlines, pero la empresa había quebrado. También aseguró que había pagado a sus acreedores, pero sus antiguos proveedores no estarían dejando mensajes urgentes a su abuela un domingo por la tarde si eso fuera cierto. Por si todo eso fuera poco, la señora Canfield estaba convencida de que Annette había dejado a Greg para siempre. Había visto un sobre con papeleo que le había llegado la semana anterior de un bufete de abogados de familia de Denver.

Aunque el mundo financiero y personal de Greg se derrumbaba a su alrededor, la preocupación inmediata de Hannah era su seguridad. Cuando salió del piso esa tarde, le dijo a su abuela que iba a repostar y volvía enseguida. De eso hacía casi tres horas, y Hannah entendía por qué la señora Canfield estaba tan preocupada. Ya había habido dos asesinatos en Lake Eden y el asesino seguía suelto. Hannah esperaba estar preocupándose por nada, pero se alegraba de haberle dicho a la señora Canfield que le dejara un mensaje en el hotel en cuanto Greg entrara por la puerta.

CAPÍTULO VEINTISIETE

Hannah estaba mirando fijamente sus patatas fritas y preguntándose si había perdido la destreza para resolver misterios cuando Alex le tocó el hombro.

—¿Hannah? —Alex le tendió una llave—. Janie me pidió que te buscara y te devolviera esto. Se está instalando en la habitación.

—Gracias, Alex. —Hannah dejó caer la llave en su bolso.

—¿Te importa si te acompaño un minuto?

—En absoluto. Siéntate.

Hannah se incorporó mientras Alex se sentaba en la silla de enfrente. Si charlaban un rato, quizá Alex dijera algo que resolviera uno de los pequeños misterios que la habían estado atormentando.

—Solo tengo un minuto antes de volver al trabajo, pero quería decirte que he conocido a tu gato. Es un encanto.

Hannah sonrió, sintiéndose como imaginaba que se debía de sentir una madre orgullosa. Ella no habría definido a Moishe como un encanto, pero era evidente que se había portado muy bien con Alex.

—Me ha llevado directamente al armario donde guardas su comida para que le llenara el cuenco —le dijo Alex—. Creo que es incluso más listo que Tarzán Cinco.

—¿Tarzán Cinco?

—Era el gato de mi abuela. Llamaba Tarzán a todos sus gatos machos. Sé que es un poco raro, pero ella se llamaba Jane y le hacía mucha gracia cogerlos y decirles: «Tú Tarzán, yo Jane».

Hannah se rio.

—Parece que tu abuela tenía mucho sentido del humor.

—Lo tenía. Si tuviera tiempo, podría contarte historias que te harían rodar por el suelo. Tenía diecinueve años cuando murió. Eso fue hace más de veinticinco años, pero todavía la echo de menos. Y cada vez que adopto un gato macho, le pongo Tarzán. Ahora mismo tengo a Tarzán Ocho, y mi gato atigrado es Jane Tres.

Cuando Alex se marchó, Hannah volvió a mirar sus patatas fritas. No se había enterado de nada útil y no sabía qué hacer. Andrea estaba arriba hablando con el equipo de Connie Mac, Bill y Mike investigaban por su cuenta, Lisa estaba pasando el resto del día con su padre y Sally y Alex estaban trabajando. Se sentía como una mujer soltera en una fiesta de parejas, sin nadie con quien hablar ni nada que hacer. Lo único que le quedaba era sentarse y esperar a que le llegara la información, y a Hannah nunca se le había dado bien esperar. Para mantenerse alerta, sacó su cuaderno y lo hojeó. Encontró la página de Alex y suspiró mientras sacaba uno de los bolígrafos del fondo de su bolso y escribía lo que había averiguado. No era gran cosa. Los gatos de Alex se llamaban Tarzán y Jane, su abuela había iniciado la tradición y había muerto cuando Alex tenía diecinueve años. Nada interesante. Tal vez Alex era exactamente lo que parecía, una mujer extrovertida que hacía amigos con facilidad.

—¿Hannah?

Oír su nombre sacó a Hannah de sus pensamientos, y al levantar la vista vio que Andrea había ocupado la silla de enfrente.

—Lo siento, Andrea. No te he visto entrar. ¿Ya has terminado?

—Sí, y tengo algo para ti.

Hannah se animó de inmediato.

—¿De qué se trata?

—No he podido hablar con la gente de Connie Mac. Están todos en la *boutique,* preparándose para la inauguración. Pero he hablado con el escritor que está haciendo la biografía de Connie Mac y me ha dicho que vio a Alan anoche.

—Genial —dijo Hannah, y empezó a sonreír—. Buen trabajo, Andrea. ¿A qué hora?

—A las doce y media. No habló con él. Solo lo vio por la ventana, caminando hacia la orilla del lago.

—¿Está seguro de que era Alan?

—Sí, sí. Lo reconoció por el sombrero. Alan siempre llevaba uno de esos sombreros rusos de piel cuando salía a pasear.

—Se llaman *ushankas* y también los lleva otra gente que no son rusos.

—Lo sé, pero... —Andrea se detuvo y se quedó mirando el plato de patatas fritas de Hannah—. ¿Te las vas a comer?

Hannah negó con la cabeza y le acercó el plato a Andrea.

—Pero ¿qué?

—Pero Alan siempre se ponía... ¿Hay kétchup?

—Sí, toma. —Hannah cogió la botella de kétchup y se la pasó—. ¿Alan siempre qué?

—Se ponía el sombrero ruso con las orejeras hacia abajo. El escritor dice que así queda ridículo y que la mayoría de la gente deja que se le enfríen las orejas, pero Alan siempre las bajaba y parecían orejas de perro.

—Vale —dijo Hannah, cogiendo el bolígrafo para anotar lo que le había dicho Andrea. Estaba a punto de pasar a otra página cuando un nombre llamó su atención: Jane. La abuela de Alex se llamaba Jane—. Espera un momento. Tengo que comprobar una cosa.

Con creciente excitación, Hannah encontró la sección de notas que había tomado sobre la historia que Jack Herman le había contado. La madre biológica de Janie le había puesto ese nombre en honor a su abuela, que había muerto hacía poco. Alex dijo que su abuela había muerto hacía más de veinticinco años. Y Janie tenía veinticinco.

—¿Qué pasa? —preguntó Andrea, captando la emoción de su hermana.

—No estoy segura. —Hannah apartó la silla y se levantó—. Ahora vuelvo. Tengo que hablar con alguien y tiene que ser ya.

—¿Me necesitas?

—Esta vez no. Solo serán un par de minutos y puede que recojan la mesa si nos vamos las dos. Quédate aquí y cómete las patatas fritas. —Hannah tomó la salsa de queso azul y se la pasó a su hermana—. Prueba a mojarlas en esto. Es mucho mejor que el kétchup.

—Yo... No sé a qué te refieres.

—Te he hecho una pregunta sencilla —dijo Hannah, mirando a Alex con su mirada más seria. Estaban frente a la entrada de servicio de la cocina, protegidas del viento entre dos grandes contenedores metálicos.

—¿Es Janie Burkholtz tu hija?

Alex tragó saliva. Se le llenaron los ojos de lágrimas. Hannah pudo verlas brotar y se sintió como una rata por acosarla.

—Mira, Alex. Necesito saberlo. Te juro que no se lo diré a nadie.

—Pero yo... —Alex suspiró y una sola lágrima se derramó y rodó por su mejilla—. He sido muy cuidadosa todos estos años. Nunca he querido que Janie lo sepa. ¿Quién te lo ha dicho?

—Eso no importa.

—Sí que importa. Nunca se lo he dicho a nadie, excepto a Isobel y Garland. Y al final se lo conté al padre biológico de Janie, pero sé que no se lo diría a nadie.

Hannah extendió la mano para cogerla del brazo.

—No pasa nada, Alex. Nadie me lo ha dicho. Simplemente lo he deducido.

—¿Pero cómo?

—Me preguntaba cómo Janie y tú podíais estar tan unidas cuando acababais de conoceros. Solo eso. ¿Vas a decirle a Janie que eres su madre?

—¡No! No puedo decírselo, Hannah. No sería justo para Isobel y Garland. Ellos son sus verdaderos padres. La quieren, la han criado y le han dado un hogar maravilloso. Podría afectar a su relación, y eso no estaría bien. No se lo dirás, ¿verdad?

—Te prometo que no —le aseguró Hannah—. ¿Por eso aceptaste el trabajo de ayudante de Sally, para poder verla?

—Sí. Isobel me llamó para decirme que Janie estaría aquí. Nos hemos mantenido en contacto a lo largo de los años. Dijo que tenía un mal presentimiento por irse de crucero. Tenía miedo de que le pasara algo a Janie mientras estaban fuera y quería que alguien la cuidara. También pensó que yo debería conocer a Janie. No la conocía. Me enviaban fotos y vídeos, pero no es lo mismo.

—No, no lo es.

—Y cuando por fin conocí a Janie, fue... maravilloso. Es tan inteligente, bonita y encantadora. Y parece que yo también le gusto. Ha sido la mejor semana de mi vida.

Hannah sonrió.

—Nosotras también queremos a Janie. ¿Y su padre? ¿Se enfadó por que no se lo dijeras antes?

—No. Claro que se sorprendió, pero es un hombre muy agradable y dijo que entendía por qué hice las cosas como las hice. Y, como nunca ha tenido otros hijos, prometió que se ocuparía de Janie de forma anónima y la incluiría en su testamento. También prometió que nunca se lo diría a menos que Isobel, Garland y yo estuviéramos de acuerdo en que era lo correcto.

—Gracias por contármelo —dijo Hannah, metiendo la mano en el bolsillo para sacar un pañuelo. Se lo dio a Alex y esperó a que se tranquilizara—. No tienes que preocuparte, Alex. Tu secreto está a salvo conmigo. Ahora volvamos dentro.

Cuando volvieron a entrar en la cocina, Alex fue a hacer inventario de las provisiones que habían llegado aquella mañana y Hannah se dirigió hacia la puerta batiente del restaurante. Al pasar junto al banco de freidoras, donde estaba Sally, le vino a la mente un pensamiento que la heló más que el viento gélido que había soplado fuera entre los contenedores. ¿Era posible que Alex hubiera visto a Janie cuando volvió al hotel el sábado por la noche? Si hubiera visto las lágrimas de Janie y el moratón del brazo, y hubiera sospechado que Connie Mac le había hecho algo, entonces Alex poseía el motivo perfecto para conducir hasta The Cookie Jar y matar a Connie Mac.

—¿Hannah? —Sally levantó una de las cestas de metal llenas de patatas fritas doradas y la enganchó para que se escurriera—. Tienes mala cara. ¿Qué te pasa?

Hannah miró a su alrededor, pero ninguno de los trabajadores de la cocina estaba lo suficientemente cerca como para oírla.

—¿Dónde estaba Alex el viernes por la noche?

—En el bar conmigo. Sirvió los aperitivos calientes y sustituyó a mis camareras en sus descansos.

—¿Estuvo allí toda la noche?

—Cerramos el bar a la una y Alex no se fue hasta la una y media. Intenté que se tomara un descanso sobre las diez, pero me dijo que estaba bien y me obligó a mí a tomármelo. —Sally hizo una pausa y entrecerró los ojos—. ¡No me digas que sospechas de Alex!

—En realidad no, pero no estaría haciendo bien mi trabajo si no descartara a todo el mundo.

—Supongo que es verdad —dijo Sally, pero aún parecía desconcertada—. No entiendo cómo ha podido acabar Alex en tu lista de sospechosos. ¿Qué razón podría tener para matar a Connie Mac?

Hannah pensó rápido. No podía decirle a Sally la verdadera razón y tenía que pensar en otra.

—Mencionó varias veces que no le gustaba Connie Mac.

—Como todo el mundo... Y, antes de que preguntes, yo también tengo coartada. —Sally inclinó la cesta de la freidora y volcó las patatas fritas calientes en un plato—. Vas al comedor, ¿verdad?

—Sí. Andrea me está esperando.

—Entonces llévale esto. —Sally puso el plato en una bandeja, añadió un bol de salsa de queso azul y se lo dio a Hannah—. He hecho doble ración para que podáis compartir.

Hannah se detuvo en el mostrador, echó sal y equilibró la bandeja en una mano mientras cruzaba la puerta batiente. El trayecto hasta la mesa solo duró unos segundos, pero Hannah se las apañó para robar dos patatas fritas por el camino. Cuando dejó la bandeja delante de su hermana, Andrea frunció el ceño.

—Me has quitado dos patatas fritas —la acusó Andrea—. Te he visto.

—No, no es verdad. Sally ha hecho doble ración para que podamos compartir.

—¿Estás segura?

—Me lo ha dicho ella. No te culpo por devolver las mías. Están mucho mejor recién hechas.

—No las he devuelto. Pero tienes razón, son mejores cuando están calientes. Y están deliciosas con esta salsa de queso azul. —Andrea cogió una patata frita, la mojó en la salsa y se la comió—. Saca tu cuaderno y te contaré más cosas sobre ese escritor.

Hannah sacó su cuaderno y cogió el bolígrafo.

—¿Intentas mantenerme ocupada para poder acaparar todas las patatas fritas?

—Claro —admitió Andrea con una sonrisa.

—Es lo que pensaba. Siempre has sido muy astuta. —Hannah cogió una patata frita con la mano izquierda, la mojó y se la metió en la boca—. ¿Ves? No funcionará. Puedo escribir y comer al mismo tiempo. Ahora, dime qué más ha dicho ese escritor.

—Dice que vio a alguien seguir a Alan hasta la orilla.

—¿Qué? —Hannah se quedó mirando a su hermana con total asombro—. ¿Por qué no me lo has dicho enseguida?

—No me has dejado.

—Sí que te he dejado. Deberías habérmelo dicho antes, en vez de hablarme de los *ushankas* con orejas de perro.

—Solapas que parecen orejas de perro —la corrigió Andrea.

Hannah suspiró. Había veces en que su hermana podía ser tan exasperante como su madre. Andrea contaba las historias a su manera, y no funcionaba meterle prisa.

—Continúa. Te escucho.

—La persona que siguió a Alan iba vestida de negro y se escabulló entre los árboles.

—¿El escritor ha dicho que se escabulló?

—Por supuesto que lo ha dicho. Es escritor y usa palabras como esa. Si sigues interrumpiéndome, nunca llegaré al final.

—Está bien. Continúa.

—Cada vez que Alan se daba la vuelta, esa persona vestida de negro se agachaba detrás de un árbol. El escritor los perdió de vista cuando llegaron a la orilla. Dice que había una pequeña colina y desaparecieron detrás de ella. Estuvo observando unos minutos más, pero no volvieron a aparecer, así que se dio por vencido y se fue a la cama.

—Eso es genial, Andrea. —Hannah lo anotó todo—. ¿Le has preguntado si podía describir al hombre con más detalle?

—Sí, y no puede. Solo lo vio de espaldas.

—¿Algo más?

—Sí. Durante el desayuno, a la mañana siguiente, se lo comentó a Larry Kruger. Larry le dijo que lo iba a contar como otra aparición de fantasmas y lo pondría en su próxima historia.

—No me extraña. —Hannah anotó la información adicional y luego levantó la vista con el ceño fruncido—. Come, Andrea. Tenemos que ir a ver a alguien.

—Ya he terminado.

Hannah miró el plato de patatas fritas. Estaba completamente vacío. Andrea se las había comido todas.

—¿Te las has comido todas?

—Tenía hambre. —Andrea se limpió las manos en una servilleta y apartó la silla—. Ya estoy lista. ¿A quién vamos a ver?

—Al fantasma de Ezekiel Jordan —le dijo Hannah, adelantándose.

—¡Pero tú no crees en fantasmas! —Andrea alargó la mano para agarrar el brazo de Hannah—. ¿De qué estás hablando?

—Ya lo verás. Sígueme.

Hannah sonreía mientras salían del restaurante. Aunque su hermana se lo rogara, no iba a explicárselo hasta que llegaran a la habitación de Francine. Andrea ya se podía morir de curiosidad, pero se iba a tener que aguantar por haberse comido las patatas fritas de Hannah.

CAPÍTULO VEINTIOCHO

—Ya sé por qué no me dices a dónde vamos —dijo Andrea, siguiendo a Hannah escaleras arriba—. Estás enfadada por haberme comido todas las patatas fritas. Pero no lo he hecho a propósito. En cuanto he empezado, no he podido parar de comer.

Hannah miró a su hermana. Andrea parecía muy arrepentida.

—No pasa nada. Lo entiendo.

—¡Qué bien, porque desde luego yo no! —contestó Andrea frunciendo el ceño—. Nunca me había dado un atracón de comida así. ¿Qué me pasa?

A Hannah se le ocurrieron varias respuestas sucintas, pero, sabiamente, las dejó pasar. Esperó a que llegaran al final de la escalera y apartó a Andrea a un lado del pasillo.

—Deja que te hable del fantasma. —Mientras Andrea escuchaba la historia de Hannah, empezó a sonreír. Cuando Hannah terminó, ya se estaba riendo—. Y todo es culpa tuya —concluyó Hannah.

—¿Culpa mía? ¿Qué he hecho yo?

—Le dijiste a Sally que los fantasmas venden, y eso fue lo que le dio la idea a Francine. Vamos a hablar con ella. Quiero saber si la persona que vio el escritor anoche es ella.

—No fui yo —insistió Francine tras la pregunta de Hannah—. Nunca hago apariciones en el exterior. Su imaginación debió de hacer horas extras.

Hannah lanzó una mirada de advertencia a Andrea. Ambas estaban convencidas de que el escritor no se había imaginado nada. Había visto a alguien siguiendo a Alan, y ese alguien era el asesino.

—¿Queréis ver mi disfraz de fantasma? —Francine sonrió cuando asintieron y se acercó a correr las cortinas—. Queda mejor cuando la luz es tenue. Esperad aquí. Enseguida vuelvo.

En menos de lo que esperaban, Francine reapareció. Llevaba un abrigo negro pasado de moda, pantalones negros y un sombrero negro calado sobre los ojos.

—Hay demasiada luz aquí, pero os podéis imaginar cómo se ve de noche. Os voy a enseñar mis andares fantasmales.

Hannah y Andrea vieron cómo Francine hacía una demostración de su andar especial. Avanzaba con las rodillas flexionadas y se balanceaba cada pocos metros. Con los ojos entrecerrados, Hannah pudo captar todo el efecto.

—¡Es maravilloso! —Andrea aplaudió—. Parece como si flotaras.

—Esa es la idea. Dejo que la gente me vea y luego me escabullo por las escaleras traseras. Están prohibidas para los huéspedes porque no cumplen la normativa, pero Sally me ha dado una llave.

—¿Cómo vuelves a tu habitación? —preguntó Hannah.

—Muy sencillo. Cierro la puerta de la escalera detrás de mí y me quito el traje de fantasma en el rellano. Es un par de tallas más grande y me lo pongo encima de mi ropa normal. Luego lo meto en la bolsa de los pañales de Danny, bajo por la escalera de atrás y subo por la escalera principal mientras todo el mundo está todavía arremolinado. Como siempre llevo la bolsa de los pañales, nadie sospecha.

—¿Funciona? —preguntó Andrea.

—De maravilla. Ha llamado gente de todas partes y anoche Sally me dijo que tenía todo reservado hasta finales de marzo. Tenéis que venir a una de mis apariciones. Hacía tiempo que no me divertía tanto.

—Avísanos y allí estaremos —dijo Hannah.

—Y yo gritaré —añadió Andrea—. Mi profesor de teatro en el Instituto Jordan dijo que tenía el grito más espeluznante que había oído nunca.

—¿Ahora qué? —preguntó Andrea mientras salían de la habitación de Francine.

—No estoy segura —dijo Hannah, mirando su reloj mientras caminaban hacia las escaleras—. Todavía tenemos que hablar con el resto del equipo de Connie Mac, pero Sally me ha dicho que nunca vuelven para cenar hasta las ocho.

—Podríamos cenar. Tal vez no tengamos tiempo más tarde.

—¿Tienes hambre otra vez?

—En realidad no, pero tú tienes que comer. Te haré compañía.

—Vale —aceptó Hannah, empezando a bajar las escaleras—. Ya que te has comido todas mis patatas fritas, yo elijo el sitio.

—¿La Corner Tavern? —preguntó Andrea, arrugando la nariz.

—Por supuesto. Necesito alimento para el cerebro y me apetece un buen filete.

—Pero se supone que el pescado es el mejor alimento para el cerebro —objetó Andrea—. Al menos eso dice todo el mundo.

—Lo sé, pero yo me voy a comer un filete, poco hecho, con una ración de pan de ajo. Tú puedes pedir dos de pescado. Así serás lo suficientemente lista para dos.

La Corner Tavern estaba abarrotada, pero consiguieron encontrar una mesa al fondo. Hannah pidió el chuletón más grueso que tenían y Andrea, el pescado.

—¿Quieres el filete cocinado como siempre? —le preguntó la camarera a Hannah.

—Ponlo en la parrilla, treinta segundos por un lado, le das la vuelta y lo dejas otros treinta segundos.

—Lo sé, lo sé —dijo la camarera con una sonrisa—. Si no muge cuando lo cortes, es que está demasiado hecho.

Cuando la camarera se marchó, Hannah dejó su enorme bolso sobre la mesa y sacó su bloc de notas.

—Podríamos ser productivas mientras esperamos. Vamos a repasar las notas.

—¿Vas a cambiar eso alguna vez? —le preguntó Andrea.

—Claro, cuando haya escrito todas las hojas. Tengo en casa una bolsa llena de blocs de notas nuevos.

—Eso no. Me refería a tu bolso. Es una auténtica vergüenza, Hannah. Lo tienes desde siempre y está completamente pasado de moda. ¿Por qué no me dejas que te compre un bolso nuevo por tu cumpleaños?

—De ninguna manera. Me encanta este bolso. Tiene el tamaño justo para todo lo que necesito y es perfecto para mí. Por eso lo tengo desde hace tanto tiempo. Este bolso es como un amigo. No te deshaces de una amiga porque se hace vieja.

Andrea suspiró.

—Si no quieres cambiarlo, quizá deberías pensar en arreglarlo. Siempre puedes teñir el cuero de un color más oscuro.

—Esos arañazos son como cicatrices. Son insignias de honor. Este bolso y yo hemos estado juntos en la guerra.

—Desde luego lo parece —murmuró Andrea, y luego empezó a sonreír—. Lo estamos haciendo otra vez, Hannah. Estamos discutiendo como niñas por tu estúpido bolso.

—Mi bolso no es estúpido —replicó Hannah, y luego se echó a reír—. Será mejor que te retractes o se lo diré a madre.

Varios clientes de las mesas vecinas se volvieron para mirarlas mientras ambas estallaban en carcajadas. Uno incluso les preguntó qué les hacía tanta gracia, lo que las hizo reír aún más. Cuando por fin se calmaron lo suficiente para hablar, Andrea se inclinó hacia ella.

—¿Te has preguntado alguna vez por qué la llamamos «madre»?

—¿Porque nos dio a luz?

—Hablo en serio, Hannah. Siempre la hemos llamado «madre» y nunca «mamá».

—Es verdad —dijo Hannah, y se lo pensó un momento—. Creo que es porque siempre ha sido muy perfecta.

—¿Perfecta? —Andrea parecía desconcertada.

—Quiero decir que su aspecto era perfecto. Nunca iba encorvada o con ropa vieja como las otras madres e incluso tenía un atuendo especial que se ponía cuando trabajaba en el jardín. Nunca la veíamos sin maquillaje y sus delantales siempre parecían nuevos. Era casi como si fuera la madre protagonista de un programa de televisión.

—Tienes razón —dijo Andrea, haciendo una leve mueca de dolor—, y me temo que eso lo he heredado de ella. Yo también tengo conjuntos para todo.

—Tranquila. Eso no significa que seas como madre —la calmó Hannah.

—¿Estás segura?

—Estoy segura. Madre nunca montaría en una moto de nieve conmigo. Ella no hace esas cosas. Ahora deja de preocuparte y prepárate para cenar. Ahí viene nuestra comida.

El filete de Hannah estaba perfectamente cocinado, y comió en silencio durante varios minutos. Cuando miró a Andrea, solo se sorprendió un poco al ver que su hermana se había comido casi todo el pescado y toda la ensalada.

—¿Qué? —preguntó Andrea al ver el interés de Hannah por su plato.

—Pensaba que no tenías hambre.

—No tenía hambre, pero me gusta cómo preparan el pescado aquí. Y ese pan de ajo huele tan bien.

—Toma —dijo Hannah, acercando la cesta a su hermana.

—Gracias, pero no.

Hannah se quedó perpleja.

—Pero si has dicho que olía bien.

—Sí, sí, pero no puedo comerlo. ¿Sabes que el ajo ingerido se filtra por los poros durante horas después de haberlo comido? Incluso hace que las sábanas de la cama huelan a ajo.

—¿Y?

—Eso no sería justo para Bill. Sería diferente si él también lo comiera. Entonces a ninguno de los dos nos importaría. Pero Bill no está y no estaría bien que lo comiera sin él. Tú no tienes que preocuparte por esas cosas porque vives sola.

Hannah puso una mueca de diversión. Andrea tenía unas ideas muy raras.

—Llévate un trozo a casa para Bill y así no habrá problemas.

—Buena idea —dijo Andrea, alcanzando la cesta—. No dejes que me olvide, ¿vale?

—No lo haré. ¿Puedes hablar y comer al mismo tiempo?

—Claro. De todas formas ya casi he terminado.

—Bien. Quiero volver a repasar mi lista de sospechosos y asegurarme de que no nos hemos dejado a nadie. —Hannah hojeó su cuaderno con la mano izquierda y cogió el tenedor con ensalada con la derecha—. Teníamos a Janie. La eliminamos. Y teníamos a Norman, pero Mike decidió que no podía haberse dado un golpe en la cabeza. Y aquí está Ray, el chófer de Connie Mac.

—Lo eliminé —dijo Andrea con orgullo—. No estaba cerca de Lake Eden en ese momento.

—Correcto. Eliminamos a Paul porque estaba con Alan, y Alan está eliminado porque no se suicidó. Y aquí está el hombre que tiene la mitad.

—¿Eh? —Andrea parecía completamente desconcertada.

—El hombre por el que Connie Mac y Alan estaban discutiendo cuando Sally los oyó en el bar. Se llevó la mitad de algo y Connie Mac estaba muy enfadada por eso.

—Ahora lo recuerdo. Hay demasiados sospechosos, Hannah. Me cuesta recordarlo todo.

—Dímelo a mí. —Hannah pasó la página—. Aquí está Kurt Howe, pero lo he descartado. Y aquí está Alex, pero también la descarté. Luego está Larry Kruger. Aún tenemos que interrogarlo.

—No, no hace falta. Me lo encontré en el pasillo y hablamos un par de minutos. Dijo que estaba solo cuando mataron a Connie Mac y a Alan, pero que tenía coartada para la noche en que golpearon a Norman en la cabeza.

—¿Cuál?

Andrea empezó a sonreír.

—Estaba entrevistando a la mayor autoridad de Lake Eden sobre la vida de Ezekiel Jordan para obtener más información para sus historias de fantasmas. ¿Adivinas quién es?

Hannah suspiró. Andrea lo estaba haciendo otra vez. Le encantaba contar historias a su manera y ahora quería jugar a las adivinanzas.

—Tiene que ser alguien de la Sociedad Histórica. ¿Estoy en lo cierto?

—Sí, pero ¿quién?

—Alguien que haya leído las cartas que tiene Delores. Dijo que había mucha información en... —Hannah dejó de hablar cuando se hizo la luz—. ¿Larry Kruger estaba entrevistando a madre?

—Eso es lo que dijo.

—Ya debería de estar en casa. Llámala para corroborar la coartada.

—Creo que deberías llamarla tú. Eres la mayor.

—¿Qué tiene que ver ser la mayor? Además, tú eres la que tiene el teléfono.

Las dos hermanas se miraron; Andrea cedió.

—De acuerdo. La llamo yo. Pero no me hace gracia.

Hannah se sirvió otra taza de café de la jarra que había llevado la camarera y escuchó la conversación unilateral mientras Andrea hablaba con su madre. Era evidente que Delores estaba confirmando la coartada de Larry Kruger. Pero entonces Andrea adoptó una expresión diabólica, y eso hizo que Hannah se pusiera alerta.

—Está aquí mismo, madre —dijo Andrea con una sonrisa—. Estamos cenando juntas. Espera un segundo que le paso el teléfono.

Hannah lanzó a su hermana una mirada de traición mientras cogía el teléfono, pero sabía que era mejor acabar cuanto antes.

—Hola, madre.

—¿Es verdad, Hannah? —preguntó Delores.

—¿El qué, madre?

—Que has encontrado otro cadáver.

Hannah miró a su hermana. Los hombros de Andrea temblaban por la risa que intentaba contener y Hannah la miró furiosa.

—Es verdad, madre. He encontrado otro cuerpo. Se llama Alan Carpenter y era el abogado de Connie Mac.

—¡Oh, Hannah! —Delores suspiró tan fuerte que Hannah estuvo a punto de apartarse el teléfono de la oreja—. Me gustaría que dejaras de buscar problemas.

—No buscaba problemas, madre.

—Quizá no, pero desde luego pareces atraerlos. Tienes que esforzarte, querida.

Hannah volvió a mirar a Andrea. Su hermana estaba disfrutando de verdad.

—Lo haré, madre. Haré un verdadero esfuerzo para dejar de encontrar cadáveres, lo prometo.

—¡Bueno, eso espero! Estás destrozando tu reputación.

—Todo irá bien, madre. No he notado que ningún niño pequeño se acobarde cuando me ve por la calle.

—No seas sarcástica. No me gusta. Dime la verdad, Hannah: ¿estás trabajando de nuevo con el departamento del *sheriff*?

—No, madre.

—¿Y tu hermana? Ella tiene una hija en la que pensar, ya sabes. Tú no...

—No estoy metiendo a Andrea en ningún problema, madre —interrumpió Hannah, esperando cortar de raíz esa idea.

—Siento que es mi deber advertirte, querida. La gente está empezando a hablar. No pasará mucho tiempo antes de que empiecen a evitarte. Serás una paria en Lake Eden.

—Tienes razón, madre. —Hannah le guiñó un ojo a Andrea—. Odio interrumpir esto, pero tengo que irme. La gente está empezando a irse para evitarme, y no quiero perjudicar el negocio de la Corner Tavern. Que pases una buena noche.

Andrea cogió el teléfono y colgó.

—Larry Kruger está libre de sospecha. Cuando atacaron a Norman, estaba comiendo pastel de coco en la cocina de madre. Siento haberte pasado el teléfono, pero si se lo hubiera dicho yo a madre, me habría tenido que tragar el sermón.

—No pasa nada. Te perdono —dijo Hannah con buen humor—. Corrígeme si me equivoco, pero creo que el señor Cincuenta por Ciento es el único sospechoso que nos queda.

—Tienes razón.

—Tenemos que averiguar quién es. Connie Mac lo sabía, pero está muerta. Y Alan lo sabía, pero tampoco puede hablar. Paul lo sabe, pero no volverá hasta mañana.

—Espera un momento. —Andrea se quedó pensativa—. Si pudiéramos acceder a los archivos de Alan, podríamos saber quién es el señor Cincuenta por Ciento sin preguntar a nadie. Todo lo que tenemos que hacer es buscar un contrato que otorgue a alguien el cincuenta por ciento.

—Pero los archivos estarán en su oficina. Y su oficina está en Minneapolis.

—Esa es su oficina permanente, pero debe de tener otra aquí.

—¿Qué te hace pensar eso?

—Alan vivía en Minneapolis y las carreteras estaban muy mal anoche. Si hubiera conducido hasta allí, se habría quedado a dormir y habría vuelto esta mañana.

—Tienes razón —dijo Hannah, cogiendo su cuaderno y hojeándolo—. Alan y Kurt dejaron el banquete a las ocho y cuarenta y cinco. Los vimos salir. Pero Sally me ha dicho que entraron en el bar del hotel a las once. Es imposible que condujeran hasta Minneapolis, dieran una rueda de prensa y volvieran aquí a las once. Tienes razón, Andrea. Alan debe de tener una oficina cerca de aquí.

—¿Soy un genio o qué? —preguntó Andrea, pavoneándose un poco.

—Absolutamente. Debe de haber sido el pescado.

CAPÍTULO VEINTINUEVE

Hannah miró el reloj en la penumbra del bar y le dio un codazo a Andrea.

—Faltan veinte minutos para el espectáculo. ¿Dónde está Janie?

—Está recogiendo la llave de Sally y se supone que se reunirá con nosotras en el vestíbulo en cinco minutos. Vámonos ya, Hannah. Me estoy poniendo nerviosa aquí sentada.

—¿Por qué estás nerviosa?

—Porque no estoy entrenada. Hace años que no grito.

Hannah casi se puso a reír, suponiendo que su hermana estaba bromeando, pero Andrea realmente parecía estar muy nerviosa.

—No te preocupes. Gritar es como montar en bici. Una vez que aprendes, nunca lo olvidas.

—¿Te lo acabas de inventar?

—Sí —admitió Hannah—, pero no olvides que tienes a Janie para ayudarte. Dijiste que era la segunda mejor gritona de tu clase de teatro.

Hannah dejó dinero para pagar sus refrescos a medio terminar y salieron del bar hacia el vestíbulo. Había usado el móvil de Andrea para hacer tres llamadas de camino al hotel. La primera había sido a Janie, que le había confirmado que Alan utilizaba como despacho una pequeña habitación en la parte trasera de la *boutique*. Él era el único que tenía llave, pero Janie estaba segura de que el llavero seguía en su habitación. Janie había trabajado con Alan el tiempo suficiente como para conocer sus hábitos y sabía que nunca cogía todas las llaves cuando salía a pasear. Se limitaba a sacar la llave de su habitación del llavero y meterla en el bolsillo de la chaqueta.

La segunda llamada de Hannah había sido a Sally para preguntarle si podía subir a la habitación de Alan a recoger sus llaves. Sally había accedido, pero le había dicho a Hannah que Bill y Mike habían apostado a Rick Murphy frente a la puerta de Alan y que nadie podía entrar. Esto había provocado la tercera llamada de Hannah, a la madre de Sally, Francine. Tenían que crear una distracción para alejar a Rick de su puesto y que Hannah pudiera entrar. El fantasma de Ezekiel sería perfecto, y Francine había accedido a hacer una aparición especial.

—Espero que esto funcione —dijo Andrea, entrando en el vestíbulo y sentándose en el brazo de una silla mullida.

—Funcionará. Si Janie y tú gritáis lo bastante fuerte, Rick vendrá corriendo. Tienes que entretenerlo el tiempo suficiente para que yo entre en la habitación de Alan, encuentre las llaves y vuelva a salir.

—Entonces creo que me desmayaré —dijo Andrea—. También era la que mejor se desmayaba de la clase de teatro.

—Lo que haga falta. Janie cree que las llaves de Alan están en el cajón de arriba de la cómoda. Dice que es ahí donde solía guardarlas.

—¿Cómo lo sabe?

—La envió a buscarlas la semana pasada, cuando se las olvidó. Le dijo que estaban en el cajón de arriba, debajo de los pañuelos.

—¡Ya estoy aquí! —gritó Janie, cruzando apresuradamente el vestíbulo y poniendo dos llaves en la mano de Hannah—. La llave con la etiqueta es la de la habitación de Alan y la otra es de mi habitación, que está justo al lado de la suya.

Hannah asintió y se guardó las llaves en el bolsillo.

—Será mejor que suba ahora mismo. Llévate a Andrea a tu habitación cuando acabe. Si tengo suerte, estaré allí con las llaves de Alan.

La espera era tensa y Hannah no paraba de dar vueltas por la habitación de Janie. Faltaban cinco minutos para que empezara la función y, a pesar de que ella no actuaba, tenía pánico escénico. Las mariposas en su estómago eran grandes como buitres y esperaba no estropearlo. Se estaba arriesgando mucho. Si Mike se enteraba de que había entrado en la habitación de Alan después de que él lo hubiera prohibido, la encerraría para el resto de su vida.

Tres minutos para el espectáculo. Hannah respiró hondo y soltó el aire lentamente. Le hubiera gustado poder estar con Francine para controlar a qué hora aparecía el fantasma al final del pasillo. También le hubiera gustado poder estar con Andrea y Janie para decirles cuándo gritar y cuán fuerte. También le hubiera gustado estar con Bill y Mike para mantenerlos alejados del segundo piso, y junto a la puerta de Alan con Rick, animándolo a abandonar su puesto e investigar el origen del jaleo. Hannah quería estar en todas partes, pero estaba atrapada, donde también quería estar, para poder colarse en la habitación de Alan y coger las llaves. En momentos así, deseaba poder dividirse y tener el don de la ubicuidad.

Un minuto para el espectáculo. Hannah sacó la llave de Alan y la agarró con fuerza, mirando por la mirilla de la puerta de Janie. Contó los segundos, tan nerviosa como un astronauta en su primer lanzamiento, y contuvo la respiración mientras esperaba que empezase la acción. Y entonces oyó el sonido más dulce del mundo.

Dos gritos espeluznantes y agudos rasgaron el aire. Un hombre empezó a dar voces, los gritos continuaron y Hannah oyó pasos por el pasillo. Tardó cinco segundos, pero entonces vio a Rick Murphy, el ayudante del *sheriff* más joven del cuerpo, pasar a toda prisa por delante de la puerta de Janie en dirección al foco de los gritos.

Hannah abrió la puerta y salió. Al final del pasillo se arremolinaba una multitud y pudo ver a alguien en la alfombra. Seguramente era Andrea en un desmayo fingido, pero no tuvo tiempo de confirmarlo.

Con los dedos ligeramente temblorosos, Hannah se acercó a la puerta de Alan e introdujo la llave en la cerradura. Un segundo después, estaba dentro con la puerta bien cerrada tras ella.

El tiempo corría. Rick podía volver en cualquier momento. Tenía que encontrar el llavero de Alan y salir. Hannah corrió hacia la cómoda y abrió el cajón superior, palpando frenéticamente bajo la pila de pañuelos limpios. No había llaves. ¿Se las habrían llevado ya Mike y Bill o...?

Hannah corrió hacia el abrigo negro que estaba sobre una silla. Sally había mencionado que Alan llevaba un abrigo negro cuando volvió de la rueda de prensa. Metió la mano en el bolsillo, sacó un pañuelo limpio, un guante de cuero negro... ¡y el llavero!

El alboroto en el pasillo había disminuido de volumen cuando Hannah volvió a dejar el abrigo de Alan en la silla. Corrió hacia la puerta y la abrió un poco para echar un vistazo. Rick seguía al final del pasillo, inclinado sobre el cuerpo de una mujer. Cuando Hannah se escabulló y regresó a la habitación de Janie, se dio cuenta de que había un gran fallo en su plan maestro: si Mike y Bill se daban cuenta de que faltaban las llaves de Alan, iba a necesitar una coartada.

Con la mente acelerada, Hannah barajó las alternativas. Varias personas la habían visto antes con Andrea y podrían decir que no estaba al lado de su hermana. Tenía que convencer a todos los que rodeaban a Andrea de que estaba allí cuando apareció el fantasma.

Hannah entró corriendo en la habitación de Janie y llenó un vaso de agua. Luego salió a toda prisa, gritando a la gente que estaba al final del pasillo:

—¡Ya voy! ¡Ya voy!

Varias personas se apartaron cuando se acercó y Hannah vio por primera vez a Andrea. Su hermana estaba tendida en el suelo, completamente inerte. Ni siquiera le temblaban los párpados y, por un breve instante, Hannah se preguntó si Andrea se habría desmayado de verdad. Entonces recordó la vez que su hermana había interpretado a una mujer comatosa en una obra totalmente espantosa escrita por el profesor de teatro del Instituto Jordan. Andrea estaba actuando, y lo cierto es que lo hacía muy bien.

—Atrás —ordenó Hannah, sosteniendo en alto su vaso de agua—. Voy a despertarla.

Andrea seguía sin mover un músculo, y Hannah concluyó que se merecía un Oscar. Claro que Andrea probablemente esperara un paño frío en la frente o una dosis de sales aromáticas de mentira. Con una disculpa silenciosa a su hermana, Hannah volcó el vaso y roció de agua la cara de Andrea.

Andrea dio un grito ahogado y empezó a balbucear al ver a Hannah inclinada sobre ella. Sus ojos ardían, y Hannah sabía que tenía que decir algo antes de que Andrea arruinara su mejor actuación.

—Lo siento, Andrea. Es la única forma que se nos ha ocurrido de despertarte.

—¿Me... me he desmayado? —preguntó Andrea, volviendo a meterse en su personaje como una profesional—. ¿Qué ha pasado? No recuerdo nada.

Janie se inclinó sobre ella solícita.

—Hemos visto al fantasma y has gritado. Luego te has caído al suelo desmayada.

—Y yo he corrido a la habitación de Janie a por agua. —Hannah añadió su granito de arena a la historia.

—Descansa un minuto —aconsejó Rick Murphy—. Voy a buscar una silla.

Andrea negó con la cabeza.

—Creo que prefiero tumbarme. Siento molestarte, pero ¿podrías ayudarme a ir a la habitación de Janie?

—Claro, no hay problema. —Rick la cogió del brazo y la ayudó a levantarse—. Apóyate en mí.

Andrea le sonrió y el labio inferior le tembló ligeramente.

—Muchas gracias, Rick. Me alegro mucho de que estuvieras tú aquí, y no otro agente. No se lo dirás a Bill, ¿verdad? Es muy embarazoso.

—Bueno...

—Por favor. Es que de verdad creo haber visto al fantasma. Juro que había algo ahí abajo al final del pasillo, pero tal vez haya sido solo mi imaginación. Ya sabes cómo es Bill. Si se entera de que he creído ver un fantasma y me he desmayado, se burlará de mí durante el resto de mi vida. ¿Puede ser nuestro secreto?

Rick sonrió.

—De acuerdo, siempre y cuando estés segura de que te encuentras bien. Que yo sepa, creer que has visto un fantasma no es delito.

En cuanto la puerta de Janie se cerró tras ellas, Andrea se volvió para mirar a Hannah.

—¿Qué ha sido eso, Hannah? ¡No tenías que echarme agua!

—Sí, tenía que hacerlo. Rick estaba allí. Se habría dado cuenta de que había algo raro si no lo hubiera hecho.

—Bueno..., tal vez, pero no tenías que disfrutarlo. Y no te molestes en negarlo. Sé que te ha encantado. Ha sido como las peleas de agua que hacíamos en el lago. Yo siempre me empapaba y la mitad de las veces tú no tenías ni una gota...

—Toma, Andrea —la interrumpió Janie, tendiéndole una toalla—. Será mejor que te limpies la cara. Puedes ponerte uno de mis jerséis. Te quedará grande, pero al menos estará seco. Y puedes usar mi secador de pelo.

Andrea no parecía de buen humor y Hannah supo que había llegado el momento de enmendar las cosas.

—Eres una actriz increíble, Andrea. De verdad he creído que te habías desmayado.

—¿En serio? —Andrea parecía ligeramente apaciguada—. ¿No lo dices por decir?

—No. Los gritos han sido perfectos. Sabía que iba a escucharlos, pero me he asustado igualmente. Casi he creído que alguien se moría en el pasillo.

Andrea esbozó una pequeña sonrisa.

—Te dije que cumpliría. ¿Has conseguido las llaves?

—Sí, gracias a ti. —Hannah se las mostró a su hermana—. No estaban en el cajón y he tenido que buscarlas. Si no hubieras fingido desmayarte, Rick podría haberme pillado.

—Bueno, bien está lo que bien acaba. ¿Me da tiempo de secarme el pelo?

—Por supuesto. Hace frío fuera y no quiero que salgas con la cabeza mojada.

Cuando Andrea se retiró al baño, sonó el teléfono. Janie contestó y se lo tendió a Hannah.

—Es Sally, para ti.

—¿Hola? —contestó Hannah.

—Hola, Hannah —dijo Sally muy animada—. He oído que ha ido muy bien. ¿Has conseguido las llaves?

—Claro que sí.

—Estoy en la centralita y tu vecina, la señora Canfield, te llama. ¿Quieres que te la pase?

—Sí, por favor.

Hannah cruzó los dedos mientras esperaba a que Sally le pasara la llamada. Le había dicho a la señora Canfield que la llamara cuando Greg llegara a casa.

—¿Hannah? —La voz de la señora Canfield temblaba ligeramente—. Greg todavía no está en casa y estoy muy preocupada. ¿Crees que debería llamar al *sheriff*?

—No creo que sea necesario, señora Canfield. Estoy segura de que volverá pronto.

—¡Eso espero! Estoy muy nerviosa y... quería hablarlo con alguien. ¿Podrías bajar a verme cuando llegues a casa?

Hannah estuvo a punto de refunfuñar en voz alta. Estaba deseando acurrucarse en el sofá con Moishe y ver cualquier tontería en la televisión, pero no podía defraudar a la señora Canfield.

—Claro, pero antes tengo que ir al centro comercial. Puede que vuelva muy tarde.

—No me importa. Estoy tan preocupada por Greg que no podré pegar ojo.

—Está bien, señora Canfield. En cuanto llegue, iré directamente a su casa.

—Eres un encanto, Hannah —dijo la señora Canfield aliviada—. Hasta luego, entonces.

—¿Qué pasa? —preguntó Janie cuando Hannah colgó el teléfono.

—Mi vecina está preocupada por su nieto. Él está pasando por un mal momento y ella necesita hablar con alguien. —Hannah cogió el llavero y se lo entregó a Janie—. ¿Sabes cuál de estas llaves es la de la *boutique*?

Hannah y Janie examinaron las llaves del llavero de Alan una a una. Janie las comparó con las suyas y marcaron con un rotulador las que Hannah necesitaría. Janie acababa de terminar de dibujar un plano con la distribución de la *boutique* cuando Andrea salió del cuarto de baño.

Hannah miró a su hermana y se quedó con la boca abierta. El jersey de Janie era demasiado grande para Andrea, pero se lo había arremangado y atado con la larga bufanda que llevaba al cuello. Llevaba el pelo recogido en un moño y tenía un aspecto fabuloso.

—¿Qué? —preguntó Andrea al ver la expresión de sorpresa de Hannah.

—Estás guapísima.

—No, no lo estoy. Solo intentas que me sienta mejor.

—Hablo en serio, Andrea. Estás estupenda.

—Bueno... Lo intento. ¿Tú no te vas a peinar antes de irnos?

Hannah se acarició el pelo. Le pareció que estaba bien.

—¿Peinarme para qué?

—Alguien podría verte.

—¿Quién? El centro comercial está cerrado y solo vamos a entrar en la oficina de Alan.

—Pero podríamos encontrarnos con alguien.

—Espero que no —dijo Hannah—. Y si pasa, no creo que a nadie del departamento del *sheriff* le importe que mi pelo no esté perfecto para la foto de mi ficha policial.

CAPÍTULO TREINTA

Cuando Hannah tomó el desvío hacia el centro comercial Tri-County, miró a su hermana y se dio cuenta de que estaba temblando.

—Quizá deberías quedarte en la camioneta. Puedo hacerlo yo sola.

—Tardarás el doble en revisar los archivos si no te ayudo.

—No pasa nada. No me importa. Mira, Andrea... lo que estamos haciendo no es exactamente legal. No te culpo por tener miedo.

Andrea negó con la cabeza.

—No tengo miedo.

—¿Entonces por qué tiemblas?

—Porque tengo frío. Deberíamos haber cogido mi Volvo. Tiene mejor calefacción.

A Hannah no le convenció la explicación de su hermana.

—¿Estás segura de que no tiemblas porque tienes miedo?

—Estoy segura. Estoy un poco nerviosa, pero no tengo miedo. Voy a entrar, Hannah. Al menos en el centro comercial hará calor.

—Vale —dijo Hannah, dando la vuelta a la parte trasera del centro comercial y aparcando junto a la entrada que utilizaban los empleados—. Coge las linternas y entramos.

Una nieve ligera comenzó a caer mientras salían de la camioneta y caminaban hacia la puerta. Hannah echó un vistazo a los enormes copos que caían sobre las farolas de estilo antiguo que rodeaban el edificio.

—Está nevando otra vez.

—Sí. ¿A que es precioso? Noches como esta me recuerdan a Nochebuena. ¿Te acuerdas de cuando papá nos llevaba a ver el árbol de Navidad en el parque Lake Eden y siempre nos perdíamos a Papá Noel? Tú bajabas la ventanilla del coche y decías: «¡Ahí está! ¡Allá arriba en el cielo! Creo que acaba de salir de nuestra casa». Y cuando yo miraba, ya se había ido.

—Era idea de papá. ¿Te lo creías?

—Lo creí durante el primer par de años. Después de eso, fingía por Michelle, que era más pequeña. Fuiste muy convincente, Hannah. Incluso describías a los renos.

Llegaron a la puerta y Hannah la abrió con la llave que Janie había marcado. Nunca había usado esa entrada y le sorprendió un poco lo lúgubre que era.

—No es muy bonita, ¿verdad? —Andrea se hizo eco de los pensamientos de Hannah mientras observaba las paredes verdes y *beige*.

—Supongo que piensan que no hace falta decorar solo para los empleados. —Hannah tendió el brazo a su hermana—. Ven. Janie me ha dicho cómo subir a la segunda planta.

—Cogemos las escaleras mecánicas, ¿no?

—No, las apagan por la noche. Tenemos que usar las escaleras normales. Si nos encontramos con alguien, tú déjame hablar a mí.

—¿Qué vas a decir?

—Que Janie nos ha enviado a recoger unos papeles de la *boutique*.

—¿Y si no te creen?

—Les enseñaré las llaves. Eso debería convencerlos de que tenemos permiso para estar aquí.

—Pero ¿y si creen que has robado las llaves?

Hannah sonrió mientras subía las escaleras. Andrea se quejaba de que Tracey hiciera pregunta tras pregunta y ahora ella estaba haciendo exactamente lo mismo.

—Tranquila. Janie ha prometido quedarse junto al teléfono. Les daré su número y ella se lo confirmará.

La puerta del segundo piso estaba cerrada y Hannah utilizó la llave para abrirla. Cuando entraron al centro comercial desierto, Andrea se estremeció ligeramente.

—De noche es tan diferente... —susurró.

—Sí que lo es —susurró Hannah—. Me alegro de que tengan luces nocturnas. Al menos podemos ver por dónde vamos.

Hannah avanzó con Andrea pisándole los talones. Aunque intentaban caminar en silencio, sus pasos resonaban en el enorme espacio vacío. Sin el sonido de la música en el sistema de altavoces y la multitud de compradores hablando y riendo, cada sonido se magnificaba. Las rejillas de la calefacción zumbaban como ballenas emergiendo, se oía un fuerte tictac que parecía proceder del reloj que colgaba de la pared sobre la caja registradora de la tienda de golosinas Fanny Farmer y el zumbido de un tubo fluorescente que parpadeaba en el escaparate de la tienda de deporte Sammy's era ensordecedor. Las sombras se cernían sobre ellas, y Hannah no podía descartar la posibilidad de que alguien estuviera al acecho detrás de una de las columnas con espejos que sostenían el techo o agazapado entre las entradas de las tiendas. El entorno le recordaba a Hannah todas las películas malas de terror que había visto, y era muy inquietante.

Andrea miró detrás de ella más veces de las que Hannah pudo contar mientras se dirigían a toda prisa hacia la tienda de Connie Mac. A Hannah le entraron ganas de hacer lo mismo, pero se contuvo. Dos pares de ojos mirando en direcciones opuestas eran mucho más útiles. Ojalá hubieran tenido cuatro pares de ojos para poder cubrir todos los frentes. «Aquí no hay nadie más que nosotras», se dijo. Y se lo repitió una y otra vez como un mantra hasta que llegaron a la entrada de la *boutique*.

A Hannah le temblaban ligeramente los dedos al abrir la puerta de cristal de la tienda de Connie Mac, pero, una vez que entraron y volvieron a cerrar la puerta tras ellas, se sintió mucho más segura. Aunque las minúsculas bombillas de seguridad nocturna de la tienda no iluminaban mucho, sus ojos se estaban adaptando al bajo nivel de luz. Al menos no chocarían con un expositor y romperían algo caro.

—¿Podemos encender las luces? —preguntó Andrea, esperanzada.

—No. Uno de los guardias de seguridad podría verlas.

—Pero por la noche no hay guardias de seguridad.

Hannah se volvió hacia su hermana sorprendida.

—¿Cómo lo sabes?

—Me lo dijo Bill. Uno de los chicos de la oficina del *sheriff* estaba buscando un segundo trabajo justo después de Navidad. Vino aquí a solicitar un puesto de vigilante nocturno y el director del centro comercial le dijo que ya no tenían.

—Vale..., es bueno saberlo —dijo Hannah, sin saber si aquella revelación la hacía sentirse mejor o peor: un guardia nocturno podría pillarlas revisando los archivos de Alan, pero pensar que había un guardia en el edificio la había hecho sentirse un poco más segura.

—Entonces, ¿podemos?

Hannah tardó un segundo en recordar la pregunta inicial de su hermana.

—No, no podemos encender las luces. Alguien más podría estar aquí trabajando hasta tarde.

—Pero no había más coches en el aparcamiento.

—Es cierto, pero no quiero correr riesgos. Cualquiera de los otros dueños de las tiendas podría aparecer en cualquier momento. Si pasa por aquí de camino a su tienda, se preguntará por qué están encendidas las luces. Y si llama al departamento del *sheriff* para denunciarlo, tu propio marido podría detenerte.

—Buena observación —dijo Andrea, y abandonó la discusión.

Las dos hermanas pasaron por delante de mostradores y estanterías y se dirigieron a la trastienda. Estaban a mitad de camino cuando Andrea señaló un expositor de sartenes de hierro fundido.

—Mira, Hannah. La abuela Ingrid tenía sartenes como estas.

—Son arañas —le dijo Hannah.

—¡¿Dónde?! —Andrea dio un respingo—. Odio las arañas.

—Me refiero a las sartenes. Antes las llamaban arañas.

Andrea dio un suspiro de alivio y se acercó de nuevo a la mesa de exposición.

—Estos precios son una locura. Mira esta pequeña. Cuesta sesenta y nueve dólares y casi no cabe ni un huevo.

—El hierro fundido vuelve a estar de moda. Tengo un juego entero de arañas de la abuela Ingrid, si quieres una.

—Quédatelas. Total, no cocino... —Andrea avanzó, pero se detuvo ante un expositor de utensilios de cristal tallado—. Este jarrón es precioso. Tiene que ser de Baccarat.

—Ahora a investigar, que no estamos de compras —dijo Hannah, empujando a su hermana hacia delante—. Vamos, Andrea. Son casi las diez y media y no quiero estar aquí toda la noche.

—¿Podemos encender ya las luces? —preguntó Andrea, una vez que hubieron entrado en la trastienda y cerrado la puerta tras ellas.

—Todavía no. —Hannah señaló las ventanas de la pared de enfrente—. Esas ventanas dan al aparcamiento delantero y alguien podría ver las luces desde la autopista. Ven conmigo. El despacho de Alan está por aquí.

Cuando Hannah abrió el despacho de Alan, Andrea resopló con decepción.

—¡También tiene una ventana! ¿Significa eso que tenemos que revisar sus archivos con linternas?

—Me temo que sí —le dijo Hannah, acercándose al archivador que había junto a la pared—. Al menos hay dos sillas. Siéntate en el escritorio y te traeré algunos archivos para que los revises.

Hannah cogió los archivos del cajón superior y le dio a su hermana el contenido del cajón inferior. Colocaron sus linternas a modo de lámparas y trabajaron en silencio durante unos diez minutos, revisando montones de papeles. La mayoría de los archivos de Alan contenían documentos rutinarios relacionados con la gestión de Connie Mac's Kitchen Boutique.

—Creo que lo tengo, Hannah. —Andrea parecía emocionada mientras señalaba el documento que había estado leyendo—. Es el testamento de Paul MacIntyre y está fechado el día anterior a la muerte de Connie Mac. Está firmado ante notario y dice que Paul deja el cincuenta por ciento de su herencia a Connie Mac y el otro cincuenta por ciento a... ¡Janie!

—¿Nuestra Janie?

—Sí. Jane Ellen Burkholtz. Lo dice aquí. Pero ¿por qué iba a hacer Paul algo así? A menos que... —Andrea se calló y empezó a fruncir el ceño—. ¿Crees que Janie te mintió acerca de su aventura con Paul?

—Estoy casi segura de que no. Tiene que haber otra explicación.

—¿Pero cuál? La gente no deja el cincuenta por ciento de su dinero así porque sí.

—No, claro que no —dijo Hannah, y entonces se hizo la luz. Alex le había dicho que el padre biológico de Janie iba a dejarle algo en su testamento.

—¿Qué pasa, Hannah? —Andrea se inclinó hacia delante para mirar a su hermana a la luz de la linterna—. ¿Sabes algo que yo no sé?

—Creo que sí.

Hannah dudaba. Había prometido no decirle a nadie que Janie era hija de Alex, pero ella sola había averiguado la identidad del padre biológico de Janie.

—Si te lo digo, tienes que prometerme que no se lo dirás a nadie. Ni siquiera a Bill.

—¿Es tan grave? —Andrea tragó saliva cuando Hannah asintió—. Vale, lo prometo. Cuéntamelo.

—Creo que Paul MacIntyre es el padre biológico de Janie.

Andrea pareció sorprendida por un momento y luego sacudió la cabeza con vehemencia.

—Te equivocas, Hannah. Yo estaba en casa de Janie todo el tiempo cuando éramos pequeñas, y es imposible que Isobel hubiera tenido una aventura. Adoraba a Garland. Hacían todo juntos, iban a todas partes juntos y...

—Espera un momento —interrumpió Hannah antes de que su hermana pudiera seguir—. No estaba insinuando nada de eso. Lo que quería decir es que Janie es adoptada.

—¿Adoptada? Pero... ¿estás segura?

—Estoy segura.

—Si Paul es su verdadero padre, ¿quién es su verdadera madre? —Andrea tragó saliva y puso cara de asco—. ¿Connie Mac?

—Connie Mac no. No puedo decirte quién es, pero desde luego no es ella.

—¡Qué alivio! —dijo Andrea, soltando el aliento en un gran suspiro—. ¿Es alguien que conocemos?

—Sí, y eso es todo lo que voy a decir al respecto. No me presiones, Andrea. Prometí que nunca lo contaría y no lo haré.

Andrea suspiró.

—¿Ni siquiera una pista pequeñita?

—Ni eso.

—¿Y Janie? ¿Lo sabe ella?

—No. Isobel y Garland prometieron no decírselo nunca. Su madre biológica lo puso como condición para la adopción. Quería que Janie tuviera una familia de verdad, con una madre y un padre cariñosos, y eso es exactamente lo que tiene. Su madre biológica nunca quiso correr el riesgo de poner en peligro los sentimientos de Janie hacia Isobel y Garland.

Andrea parecía dispuesta a objetar, pero se lo pensó un momento y luego asintió.

—De acuerdo. Lo entiendo.

—Bien. Ahora volvamos al señor Cincuenta por Ciento. Resulta que es Janie y sabemos que ella no mató a Connie Mac. La única otra posibilidad es Paul, y él también está limpio.

—Al menos sabemos por qué Connie Mac estaba tan enfadada el día que murió. Tuvo que ser un verdadero *shock* descubrir que Janie recibiría la mitad de la herencia de su marido. ¿Crees que sabía que Janie era hija de Paul?

Hannah negó con la cabeza.

—No creo que Paul le dijera a nadie por qué puso a Janie en su testamento, ni siquiera a Alan. Alan podría habérselo dicho a Connie Mac si lo hubiera sabido, y Paul no se habría arriesgado a eso. Creo que lo único que Alan le dijo a Connie Mac fue que había redactado el testamento de Paul y que Janie se quedaba con el cincuenta por ciento.

—¿Y Connie Mac supuso que Janie se acostaba con Paul y que por eso estaba en su testamento?

—Tiene sentido. ¿Qué pensarías si Bill redactara un testamento y su abogado te dijera que ha dejado el cincuenta por ciento a una mujer del trabajo?

Andrea se puso muy seria.

—Entiendo lo que quieres decir, y eso casi me hace sentir lástima por Connie Mac. Pero si Janie no la mató y Paul tampoco, ¿quién lo hizo?

—Ni idea. Nos hemos quedado sin sospechosos, Andrea.

—Es verdad —dijo Andrea, muy desanimada—. Hemos seguido todas las pistas y lo hemos hecho todo bien, pero, aun así, hemos fallado. ¿Qué vamos a hacer?

—No tengo ni idea. Lo único que sé es que no quiero volver a pasar otro día como hoy. Sigo sin poder entrar en The Cookie Jar, he encontrado otro cadáver, uno de mis amigos más antiguos me ha mentido y he fracasado por primera vez en un caso de asesinato. Estoy en una racha perdedora, Andrea. Será mejor que guardemos estos archivos y nos vayamos antes de que nos detengan por allanamiento de morada.

—Siéntate aquí y descansa. Yo me encargo. —Andrea cogió una pila de expedientes y los devolvió al archivador. Cuando volvió a por un segundo montón, parecía desconcertada—. Has dicho que un amigo te ha mentido. ¿Qué amigo?

—Greg Canfield. Me dijo que había triplicado su dinero con las inversiones *online,* pero me mintió. Acabo de enterarme de que la empresa en la que dijo que había invertido quebró hace tiempo.

—Me pregunto por qué mentiría sobre eso. —Andrea pensó un momento y luego chasqueó los dedos—. Salías con él, ¿verdad?

—No salía con nadie.

—Sí que salías. Sé que tuviste una cita para el baile de fin de curso.

—Eso fue una encerrona —respondió Hannah con sinceridad, aunque el recuerdo todavía le escocía un poco—. Papá le prometió a Cliff Shuman un trabajo de verano si me llevaba al baile. Tú eras la que tenía todas las citas, incluso entonces.

—Pero Greg iba mucho a casa. Lo recuerdo.

—Eso es cierto, pero no estábamos saliendo. Greg y yo éramos muy buenos amigos.

—¿Crees que habrías salido con él si no se hubiera mudado?

«¡Claro que sí!», quiso decir Hannah, pero se lo pensó mejor. Intentó mantener un tono informal y dijo:

—Tal vez. Me gustaba y creo que yo también le gustaba a él.

—Entonces seguramente te mintiera por eso. No quería admitir que había fracasado, así que se inventó esa historia para impresionarte.

—Puede ser. Lo llamé para preguntarle, pero no estaba en casa. —Hannah recogió otra pila de expedientes y se los entregó a su hermana—. La señora Canfield está muy disgustada. Cree que Greg está en plena crisis personal y está muy preocupada por él.

—¿Qué le hace pensar eso?

—Greg le dijo que se quedaría con ella temporalmente, solo hasta que Annette encontrara una casa en Colorado, pero han llegado unos papeles legales para él de un bufete de abogados de familia en Denver. La señora Canfield cree que son papeles de divorcio.

—Tal vez tenga razón. Conocí a Annette y no me pareció de las que se quedan cuando el dinero escasea.

—Lo sé. Supongo que Greg no tenía suficiente éxito para ella.

—Pero lo tenía —objetó Andrea—. Su tienda generaba dinero. Lo sé a ciencia cierta.

—¿Entonces Greg no quebró?

—No. Su tienda tuvo récord de ventas en diciembre. Uno de sus dependientes me dijo que habían vendido más que todas las demás tiendas del centro comercial. Por eso no entiendo por qué Greg perdió el contrato de arrendamiento. No tiene sentido.

—¿Por qué no?

—Porque el centro comercial cobra alquiler, pero también se lleva un pequeño porcentaje de los beneficios de cada tienda. ¿Por qué se iba a negar el centro comercial a renovar el contrato de Greg si su tienda le reportaba dinero extra?

—No lo sé —dijo Hannah y empezó a fruncir el ceño—. Es como dispararse en su propio pie, a menos que...

—¿A menos que qué?

—A menos que el gerente del centro comercial tuviera un pez más gordo en mente. ¿No nos dijo Rhea Robinson que Connie Mac no firmaba contratos de alquiler en un centro comercial si había tiendas de la competencia?

—Sí, pero la tienda de Greg era un negocio de importación.

—¿No me dijiste que compraste un tarro para galletas en la liquidación de Greg?

—Compré dos. Estaban a mitad de precio. Y también compré un juego de platos de diario. Son muy bonitos, Hannah. Tienen florecitas azules alrededor del borde.

—¿Así que Greg vendía muchas cosas de cocina?

—Sí. Tenía cristalerías, cuberterías y... —Andrea dejó de hablar y tomó aire bruscamente—. Ya veo por dónde vas y creo que tienes razón. Voy a buscar el contrato de alquiler que firmó Connie Mac.

Tardó unos instantes, pero Andrea encontró la carpeta correcta. Se la dio a Hannah y la hojearon juntas.

—Yo miraré el contrato de alquiler —se ofreció Andrea, sacando el documento legal de la carpeta—. Estoy más familiarizada con los contratos que tú. Tú mira la correspondencia.

Trabajaron en silencio durante varios minutos. El único sonido que se oía era el de las páginas que pasaban. Finalmente, Andrea le devolvió el contrato a Hannah.

—Aquí no hay nada sobre tiendas de la competencia. Es todo normal.

—Pero esto no lo es —dijo Hannah, mostrando un montón de páginas grapadas por una esquina—. Aquí hay una carta que Alan escribió al gerente del centro comercial. Dice que Connie Mac acepta abrir una de sus tiendas de cocina en el centro comercial, pero con una condición: quiere que el director del centro cancele el contrato de Greg cuando llegue el momento de renovarlo y ceda su espacio a su tienda de cocina.

—¿Y el gerente del centro comercial estuvo de acuerdo?

—Sí. Alan redactó un contrato de cuatro páginas. El gerente del centro comercial lo firmó, y lo mismo hicieron Connie Mac y Alan.

—¿Así que Connie Mac y Alan echaron a Greg del negocio?

—No soy abogada, pero eso es lo que parece.

Andrea pensó un momento y cogió el cuaderno de Hannah.

—¿Quieres que añada a Greg a nuestra lista de sospechosos y anote lo que hemos averiguado?

—Por supuesto. Hay gente que ha matado por menos. No creo que Greg asesinara a nadie, pero tengo que comprobarlo. Le prometí a la señora Canfield que bajaría a tomar un café cuando llegara a casa y me llevaré esta carta. Si Greg está allí, le preguntaré sobre...

Hannah dejó de hablar bruscamente y Andrea la miró.

—¿Qué?

—He oído algo. Apaga la linterna. Rápido.

Andrea apagó la linterna y Hannah hizo lo mismo. La habitación quedó sumida en la oscuridad. La única iluminación provenía de una farola lejana que brillaba débilmente a través de la ventana.

—¿Qué has oído? —preguntó Andrea.

—Un coche. Creo que ha rodeado el edificio y aparcado detrás.

Las dos hermanas escucharon atentamente. Todo estuvo en silencio durante casi un minuto, y entonces oyeron el débil sonido de una puerta al cerrarse.

—La puerta de la escalera —dijo Hannah, buscando en su bolsillo las llaves de su camioneta y dejándolas caer en el bolso de Andrea—. Acabo de meter mis llaves en tu bolso. Tómalo y métete debajo del escritorio.

—¿Por qué?

—Porque podría ser alguien del departamento del *sheriff*. Seguiré con mi historia original de que Janie me ha enviado aquí a recoger algo. Quizá pueda convencerlos de que la llamen para confirmarlo, pero igual me llevan a la comisaría para interrogarme. Si eso ocurre, espera a que se vayan y lleva mi camioneta de vuelta al hotel.

—Pero puedo respaldar tu historia. Probablemente sea alguien que conozco y me creerán.

Hannah agarró el brazo de su hermana.

—No, Andrea. Métete debajo del escritorio. Por favor.

—¿Pero por qué?

—Porque a lo mejor no es alguien del *sheriff*.

—Oh —dijo Andrea, asustada—. ¿Crees que podría ser el... el asesino?

—Si lo es, no pienso permitir que te coja. Métete ahí debajo, Andrea. ¡Ahora!

—Pero si somos dos, podremos con él. No pienso dejar que te enfrentes a él sola.

—¡Métete ahí debajo ahora y no hagas ruido! —ordenó Hannah, tirando de su hermana hacia el escritorio.

—Pero puedo ayudarte. ¿Por qué tengo que esconderme debajo del escritorio como una cobarde?

—Porque no permitiré que pongas en peligro la vida de mi nueva sobrina o sobrino —contestó Hannah, empujando a su hermana bajo el escritorio y haciendo rodar la silla de vuelta a su sitio.

—Pero que no es...

—¡Cállate y haz lo que te digo! —murmuró Hannah, interrumpiendo la negación de su hermana—. Créeme, Andrea. Si te digo que estás embarazada, es que estás embarazada.

CAPÍTULO TREINTA Y UNO

Hannah salió de la trastienda con el corazón acelerado. Avanzó deprisa por el pasillo central hacia los escaparates de la parte delantera de la tienda. La iluminación del interior era tenue, pero alguien que pasara por delante de los escaparates podría mirar dentro y verla. En lugar de arriesgarse, se agachó detrás de un expositor que contenía porcelana fina.

El centro comercial estaba tan silencioso que pudo oír el débil sonido de unos pasos que se acercaban. Hannah esperaba que se tratara del dueño de otra tienda que tuviera la intención de reponer existencias antes de volver a abrir el lunes, pero no albergaba demasiadas esperanzas. Como eran casi las once de la noche de un domingo, eso era tan improbable como que a Moishe le crecieran alas de repente y saliera volando hacia el espacio exterior.

El sonido de los pasos aumentaba de volumen a medida que la persona se acercaba, repiqueteando contra las baldosas decorativas que revestían el suelo del centro comercial. Hannah estaba convencida de que pertenecían a un hombre. La zancada era segura y enérgica, y no se esforzaba por pisar suavemente. Tal vez estuviera haciendo un flaco favor a las mujeres al pensarlo, pero Hannah dudaba de que una mujer sola entrando en un centro comercial desierto a esas alturas de la noche pisara con tanta audacia.

Con el corazón en un puño, Hannah deseó que el desconocido pasara de largo, pero el sonido cesó bruscamente frente a la puerta. Se arriesgó a echar un vistazo, asomándose por encima de un plato que seguro que costaba más de lo que ella ganaba en una semana, y ahogó un grito al reconocer a la persona que estaba de pie delante de la tienda de Connie Mac.

Era Greg Canfield.

Una ola gigante de alivio inundó a Hannah. Greg estaba bien. Todos sus funestos pensamientos habían resultado infundados. Estaba a punto de ponerse de pie, preparándose para llamar a Greg y ofrecerle entrar, cuando tuvo un pensamiento inquietante. ¿Qué hacía Greg allí un domingo por la noche? ¿Y cómo había entrado?

Hannah volvió a agacharse y se quedó pensativa un segundo. Greg aún conservaba las llaves de la puerta trasera del centro comercial. Eso estaba claro. Y ella le había dicho a la señora Canfield que iba a ir al centro comercial. Tal vez Greg había conducido hasta allí para hablar con ella de las pérdidas que había tenido en bolsa y del hecho de que Annette se divorciara de él. Hannah casi se había convencido de que así era cuando oyó un sonido que echó por tierra su recién formada teoría.

Ese sonido era una llave en la cerradura, girando los bombines. Lo siguió un clic, y entonces Hannah oyó abrirse la pesada puerta de cristal. Greg debía de tener la llave de su tienda y nadie se había molestado en cambiar la cerradura cuando la *boutique* de Connie Mac había ocupado el local.

Hannah se movió ligeramente y volvió a asomarse, esta vez desde detrás de una fuente. Greg estaba volviendo a cerrar la puerta tras de sí. Pero ¿por qué estaba haciendo eso? ¿Y por qué no la había llamado si sabía que estaba allí?

Greg se agachó para recoger algo y Hannah casi soltó un grito cuando vio que era un bate de béisbol. ¿Había ido Greg a la *boutique* a destrozar la tienda que lo había dejado sin negocio?

Como un rayo, una imagen apareció en la mente de Hannah, una que la hizo estremecerse. Era el cráneo de Connie Mac, aplastado por un objeto que Doc Knight creía que era un bate de béisbol.

El cráneo de Alan Carpenter también había sido aplastado de la misma manera. Y había una astilla de un bate de béisbol en el gorro de Norman.

Mientras Hannah observaba, Greg empezó a caminar por el pasillo, sosteniendo el bate como si fuera un garrote. Se detuvo cerca del centro de la tienda, y una horrible sonrisa cruzó su rostro. Era la sonrisa de alguien que ha caído de lleno en la locura, un cruce entre una mueca y una mirada lasciva que hizo que a Hannah se le secara la boca de repente y que el corazón le palpitara frenéticamente en el pecho. Nunca había pensado ver una sonrisa así en la cara de uno de sus amigos. Pero tenía que dejar de pensar en Greg como en un amigo. Era el asesino. Había herido a Norman y asesinado a Connie Mac y a Alan.

La escalofriante sonrisa parecía congelada en la cara de Greg cuando volvió a ponerse en marcha. Tarareaba algo en voz baja y, mientras Hannah escuchaba, empezó a canturrear una frase con voz aguda e infantil:

—Sal, Hannah. Sal, sal, dondequiera que estés...

La voz de Greg tenía un tono cantarín que heló la sangre de Hannah. Greg estaba loco, peligrosamente loco.

—¡Sal de tu escondite, Hannah! —gritó Greg. Y luego se echó a reír de forma espeluznante—. Voy a por tiiiii... No podrás escapaaaar...

Hannah tragó saliva. Todos los juegos a los que habían jugado en el descampado del final de la manzana estaban mezclados en la mente trastornada de Greg. Pero esto no era un juego. Greg había ido hasta allí con la intención de convertirla en su próxima víctima.

—Sé dónde te escondes. No puedes engañarme, Hannah Banana. —Greg avanzó de nuevo, hacia la parte trasera de la tienda—. Estás en la oficina. He visto tu linterna y voy a por ti.

Hannah ahogó un grito. Andrea estaba en la oficina. No podía dejar que Greg entrara allí. Con el ingenio fruto de la desesperación, Hannah se escabulló hasta la siguiente mesa de exposición, la que sostenía el pesado jarrón de cristal que había llamado la atención de Andrea. Lo agarró y lo lanzó contra la pared con todas sus fuerzas.

El costoso jarrón se hizo añicos con un estruendo increíble y Greg se giró hacia el lugar donde había estallado.

—¡Así que ahí es donde estás, niña traviesa! Serás torpe, Hannah... ¿Ves lo que has hecho?

Greg pasó junto a la mesa donde se escondía Hannah. Ella contuvo la respiración, preparándose para correr, pero él no se detuvo. Movía el bate de la misma forma que un bateador potente lo mueve antes de hacer un *homerun*, mientras se dirigía hacia el lugar donde creía que ella se escondía.

Hannah sabía que tenía que advertir a su hermana que permaneciera escondida. Greg no sabía que Andrea estaba allí, y si se quedaba debajo del escritorio, estaría a salvo. Hannah respiró hondo y gritó con todas sus fuerzas.

—¡No puedes atraparme, Greg Canfield!

En cuanto las palabras salieron de su boca, Hannah se agachó y se escabulló hacia otra mesa de exposición. Greg se volvió hacia el lugar donde estaba, pero ella ya había corrido al otro lado del pasillo y estaba agachada detrás de una mesa con un servicio de plata.

—¿Dónde estás, Hannah? Sal, sal...

Greg se acercó con el bate preparado.

—¿Por qué los asesinaste, Greg? —preguntó Hannah.

Greg se volvió de nuevo hacia el sonido de su voz, pero Hannah se había puesto ya detrás de otra mesa de exposición. Tuvo que seguir gritando y moviéndose, alejando a Greg de Andrea.

—¡Se lo llevaron todo! —Greg sorprendió a Hannah contestándole—. ¡Annette me dejó cuando se enteró de lo de Redlines, y todo fue culpa de Connie Mac y Alan!

—¿Merecían morir? —preguntó Hannah, moviéndose a otra posición en el momento en que la pregunta apenas había salido de su boca.

—No se portaron bien. Tenía que castigarlos. —La voz de Greg se había vuelto más suave, y Hannah no estaba segura de si eso lo hacía más o menos peligroso—. Lo entiendes, ¿verdad, Hannah? Se merecían el castigo definitivo.

—¿Y yo también merezco morir? —preguntó Hannah, moviéndose agachada hacia otro mostrador.

—Siento tener que matarte, Hannah, pero no tengo elección. En cuanto la abuela me ha dicho que habías venido al centro comercial, he sabido que te ibas a enterar. Y no puedo dejar que le digas a nadie lo que hice.

—Se enterarán de todos modos.

Hannah se movió de nuevo.

—No, no se enterarán. Pensarán que ha sido el fantasma. Son tan estúpidos que creen en fantasmas. —Greg se rio de nuevo mientras se movía en dirección a Hannah. Y entonces empezó a cantar—: Luz de estrellas, luz de luna, espero ver al fantasma esta noche. Luz de estrellas, luz de luna... —Greg se detuvo y soltó otra escalofriante carcajada—. ¿Te acuerdas, Hannah? ¿Recuerdas el juego al que solíamos jugar? Tú eras siempre el fantasma. Ahora yo soy el fantasma y puedo asustarte.

Greg estaba de espaldas y esta era su oportunidad. Hannah se acercó al expositor de sartenes de hierro fundido. Levantó la mano, cogió la más grande, del mismo tamaño que la que utilizaba la abuela Ingrid para freír pollo, y se agachó de nuevo. Y volvió a llamar al loco que antes era su amigo.

—Nunca pensé que me harías daño, Greg.

—No te haré daño —respondió Greg, acercándose al expositor de utensilios de cocina de hierro fundido—. Te lo mereces por meter las narices donde no debes, pero no sentirás nada. ¿Recuerdas lo bueno que soy con el bate? Nunca fallo una bola. A ellos tampoco los lastimé. Me aseguré de eso. No soy mala persona.

Mientras Greg se abalanzaba hacia el lugar donde creía que ella se escondía, Hannah corrió hacia el mostrador que estaba justo detrás de él y se puso de pie. Pero, antes de que pudiera blandir la pesada araña, Andrea se levantó del mostrador justo delante de Greg. Llevaba un extintor en la mano y, mientras Hannah miraba atónita, su hermana tiró de la manivela y la espuma salió disparada directamente a la cara de Greg.

Los segundos siguientes pasaron a la velocidad del rayo. Greg gritó y soltó el bate, levantando instintivamente la mano para taparse los ojos. Y mientras estaba aturdido, Hannah levantó la sartén y le asestó un golpe en plena cabeza. Greg ni siquiera gimió. Cayó al suelo como un fardo de heno arrojado desde la parte trasera de un camión. En su caída, se llevó por delante una fuente de porcelana y varias copas de champán con bordes de plata, pero Hannah no pensó ni un segundo en los daños. Se limitó a pasar por encima de su antiguo amigo para abrazar con fuerza a su hermana.

—Lo hice bien, ¿eh? —preguntó Andrea, un poco sorprendida por su propia valentía.

—Has estado genial —dijo Hannah, dispuesta a no estropear el momento corrigiendo la gramática de su hermana—. Creo que está inconsciente, pero me sentaré sobre él para asegurarme de que no intenta levantarse de nuevo. Será mejor que llames a la comisaría.

—Ya están en camino y tienen grabada toda la confesión de Greg. Puse el móvil en alto para que la operadora pudiera oír, y ella pasó la llamada a Mike y Bill.

—¡Bien por ti! —exclamó Hannah, colocándose sobre la espalda de Greg. Tuvo cuidado de mantener la sartén a mano, por si acaso—. Enciende las luces y mira a ver si encuentras algo que podamos usar para atarlo.

Después de que Andrea corriera al mostrador, Hannah se agachó y tomó la muñeca de Greg. Tenía el pulso firme y, ahora que las luces estaban encendidas, no veía señales de sangre. Había golpeado la sartén con todas sus fuerzas, pero había sido mucho más suave con Greg que él con Connie Mac y Alan.

Andrea volvió corriendo y le entregó a Hannah un rollo de cinta de regalo de satén rojo. Tenía «Connie Mac's Kitchen Boutique» estampado en dorado a lo largo de todo el rollo.

—¿Qué te parece esto? Es lo único que he encontrado.

—Servirá —le dijo Hannah, sin pasar por alto la ironía mientras ataba las manos y los pies de Greg con un recordatorio interminable de la tienda que había sustituido a la suya. Luego se levantó y miró fijamente a Greg. Creía que lo conocía, pero no era así. La gente podía cambiar mucho en veinte años. Y Greg tampoco la conocía. Había asumido que, una vez que él la llamara, ella simplemente se presentaría como un cordero al matadero.

—¿Estás bien? —preguntó Andrea, captando el estado de ánimo pensativo de Hannah.

—Sí, gracias a ti. ¿De dónde has sacado ese extintor?

—Estaba colgado en la pared de la habitación del fondo, justo al lado de la puerta.

—Menos mal que lo has visto.

Andrea negó con la cabeza.

—Sabía dónde tenía que estar. Es un requisito legal para todos los establecimientos del condado.

—¿Y lo sabías porque eres agente inmobiliaria?

—Así es. ¿Puedo hacerte una pregunta, Hannah?

—Claro.

—Pensé que ibas a arrancarle la cabeza a Greg cuando lo has golpeado con la sartén. ¿Cuándo aprendiste a golpear así?

—En la liga infantil, supongo.

—Pero papá me llevaba a todos tus partidos y siempre fallabas al batear.

—Es verdad, pero la cabeza de Greg es mucho más grande que una pelota de béisbol. Y supongo que entonces no estaba lo suficientemente motivada.

Andrea asintió y luego ladeó la cabeza.

—Oigo sirenas en la autopista.

—Yo también. Deben de ser Mike y Bill.

—¿Qué vamos a decirles, Hannah?

—Lo mínimo posible.

—Tienes razón. —Andrea parecía pensativa—. Yo me ocuparé de Bill. Tú ocúpate de Mike.

El ruido de la sirena era más fuerte. Parecía que más de un coche patrulla había respondido, y eso era bueno. Mike y Bill no harían demasiadas preguntas si había otros agentes presentes. Hannah los oyó entrar en el aparcamiento y se volvió hacia su hermana.

—Baja y ábreles. Yo me quedo aquí vigilando a Greg.

—Pueden entrar. Tienen una llave maestra.

—¿Eso también lo sabes porque eres agente inmobiliaria?

—No, me lo ha dicho la operadora.

Las sirenas emitieron un pitido agonizante y luego sonó la puerta trasera. Hannah oyó pasos pesados en las escaleras y, mucho antes de lo que creía posible, la puerta de cristal se abrió de golpe y un total de seis ayudantes del *sheriff* entraron corriendo, con Bill y Mike a la cabeza.

—¡Estamos bien! —gritó Hannah—. Lo tenemos atado aquí atrás.

—Tú ve con Mike, yo me encargo de Bill —le recordó Andrea, y luego salió corriendo para lanzarse a los brazos de su marido.

Después de que los otros cuatro ayudantes se hubieran llevado a Greg, Hannah se volvió hacia Mike. No parecía contento, y Hannah supo que tenía que decir algo.

—Lo siento, Mike. Sé que no debería haber venido aquí sin decírtelo, pero una cosa llevó a la otra y... ¿estás enfadado conmigo?

—Enfadado no es la palabra.

Hannah suspiró. Un trozo de cemento era más flexible que Mike en ese momento.

—Tienes que creerme, Mike. No sabía que Greg era el asesino. Estoy tan sorprendida como tú.

—Bueno... Al menos nadie ha resultado herido. ¿Por qué habéis venido hasta aquí?

—Andrea y yo estábamos buscando pistas. Sé que no deberíamos haberlo hecho sin decírtelo, pero pensé que podría ahorrarte tiempo haciendo algo de trabajo preliminar. Solo quería ayudarte.

—¡Menuda ayuda! Casi consigues que te maten.

—Pero no podía saber lo que iba a pasar. ¿De verdad crees que habría traído a Andrea aquí conmigo si hubiera pensado que era peligroso?

—No, supongo que no.

Hannah lo miró fijamente. Las arrugas de su ceño se habían suavizado y notaba que estaba cediendo un poco.

—Íbamos a acudir a Bill y a ti con cualquier cosa que encontráramos.

—¿Estás segura de eso?

—Sí, absolutamente.

—De acuerdo, te creo —dijo Mike y la estrechó entre sus brazos—. No me dejas muchas opciones, Hannah. Tengo que encontrar alguna forma de mantenerte a salvo.

Hannah levantó la vista para estudiar su expresión. No parecía enfadado, pero era imposible saber lo que le pasaba por la cabeza.

—No vas a encerrarme, ¿verdad?

—No, tengo otra cosa en mente.

—¿Qué es?

—Empezaremos cenando en el hotel mañana por la noche. Justo después, te enseñaré qué hacer en un *clinch*.

Hannah no estaba segura de qué decir. ¿Hablaba Mike otra vez de clases de defensa personal? ¿O tenía otra cosa en mente? Todavía estaba tratando de pensar en una respuesta cuando Mike se inclinó y la besó, y entonces dejó de pensar por completo.

Varios minutos después, o tal vez más, Mike la soltó.

—Tengo que volver al trabajo, Hannah.

—¿Pero por qué? Tienes la confesión de Greg. El caso está cerrado.

—Todavía queda mucho papeleo por hacer. —Mike le dio la vuelta y la condujo hacia la puerta, donde Andrea y Bill los esperaban—. Aunque en realidad tendrías que hacerlo tú, ya que estás empeñada en hacer mi trabajo.

CAPÍTULO TREINTA Y DOS

Hannah miró su reflejo en el espejo que colgaba sobre la barra del Hotel Lake Eden. Mike había ido a comprobar su reserva y ella se sentía muy elegante esa noche. Llevaba puesto su nuevo vestido de seda verde, el que Claire Rodgers le eligió para una noche tan especial. Hannah fue corriendo a Beau Monde Fashions en el descanso del mediodía y, aunque Claire le hizo un descuento, se había gastado una pequeña fortuna en el vestido perfecto.

Era realmente precioso y Hannah sabía que le quedaba bien. El verde intenso resaltaba el color de sus ojos y hacía que su pelo pareciera más castaño que pelirrojo. Como siempre había creído que su pelo podía servir de faro para advertir a los marineros de las rocas peligrosas, aquello era un pequeño milagro.

Incluso Moishe parecía impresionado con el nuevo aspecto de Hannah. Se había acurrucado en medio de la cama mientras ella se vestía y, cuando terminó, la siguió por el pasillo, ronroneando y frotándose contra sus carísimas medias de seda.

La noche anterior, aunque ya era tarde, fue a ver a la señora Canfield para contarle que Greg estaba en la cárcel por los asesinatos de Connie Mac y Alan Carpenter. Temiendo que se viera obligada a enfrentarse a la histeria, las lágrimas o tal vez algo peor, Hannah se sintió aliviada al comprobar que su anciana vecina se lo tomó con calma. La señora Canfield estaría bien. Las mujeres de Minnesota eran duras.

Pensar en Greg había deprimido a Hannah, y después de dar de comer a Moishe y meterse en la cama volvió a pensar en la técnica de defensa que Mike mencionó. Cuando se quedó dormida, consiguió convencerse de que Mike simplemente había elegido una forma peculiar de decirle que tenía planeada una velada romántica. A Hannah no le disgustaba un poco más de romanticismo en su vida. Solo había una cosa que le preocupaba de la cita con Mike, y era... Norman. Y allí estaba, en la puerta, con Carrie y Delores. Hannah suspiró y una oleada de culpa la invadió. ¿Por qué Norman no había llevado a sus madres a la Corner Tavern?

—Hola, Hannah. Estás muy guapa. —Norman se acercó para cogerle la mano—. No sabía que estarías aquí esta noche. ¿Te apetece unirte a nosotros?

—Eh... Bueno, en realidad...

—Hola, Norman. —Mike eligió ese momento para volver.

—¿Qué haces aquí?

—Nuestras madres me han obligado a traerlas. Tienen algo que celebrar, pero no me han dicho de qué se trata.

—¿En serio? —A Hannah le picó la curiosidad—. He hablado con madre esta mañana y no ha mencionado nada de una celebración. No será el cumpleaños de Carrie, ¿verdad?

—No, es en junio. ¿Y el de tu madre?

—El 15 de septiembre. Me pregunto qué...

—Hola, Mike. ¿Llegamos tarde? —Bill interrumpió las especulaciones de Hannah mientras se acercaba con Andrea.

—No es tarde. Sally nos está preparando la mesa —respondió Mike, y luego se volvió hacia Hannah para explicárselo—. Bill me dijo que iba a llevar a Andrea a cenar esta noche, y pensé que podríamos hacer un cuarteto. Te parece bien, ¿no?

—Por supuesto —dijo Hannah. ¿Qué otra cosa podía decir cuando Bill y Andrea estaban a su lado?

—Oye, Norman —dijo Mike, dándole una palmada en el hombro—, no hay razón para que te quedes solo con las madres. ¿Crees que les gustaría que nos sentáramos todos juntos?

«Tiene que ser una broma», pensó Hannah con un suspiro, y sus sueños de una cena romántica a la luz de las velas con Mike se desvanecieron en el aire.

—Creo que les encantaría, pero ¿estás seguro de que no molestaremos? —Norman parecía un poco preocupado.

—En absoluto. —Mike volvió a darle a Norman en la espalda—. De todas formas, prácticamente todos somos familia.

—Vale. Iré a decírselo. Y buscaré a Sally y le diré que necesitamos una mesa para siete.

Hannah luchó por mantener una sonrisa agradable en su rostro. Al menos Mike había dicho que se consideraba parte de su familia. Pero también había dado a entender que consideraba a Norman y a Carrie parte de su familia. Como se suponía que Norman era su rival, Mike obviamente no tenía claro el concepto.

Cuando Norman se marchó, Bill y Mike empezaron a hablar de asuntos policiales y Andrea se sentó en un taburete junto a Hannah.

—¿Cómo lo sabías? —murmuró.

—¿Saber qué?

—Que estoy embarazada. He ido a ver al doctor Knight esta mañana y me lo ha confirmado.

Hannah se encogió de hombros.

—Supongo que fue porque estabas comiendo mucho, y eso solo lo haces cuando estás embarazada. ¿Estás disgustada?

—Al principio sí, pero solo porque no me lo esperaba. Tendrías que haber visto la cara de Bill cuando se lo he dicho. Se ha puesto muy contento y por eso hemos salido a cenar.

—Qué bien —dijo Hannah, pero una parte de ella deseaba que Bill hubiera elegido otro restaurante.

—Siento mucho que nos hayamos acoplado a tu cena. Sé que querías estar a solas con Mike, pero Bill no me lo dijo hasta después de hablar con Mike. Intenté llamarte para avisarte, pero ya te habías ido.

—No pasa nada.

—Estás muy guapa, Hannah. Me encanta ese vestido. ¿Lo has comprado en...? ¡Oh-ooooh! Ahí viene madre.

Hannah se giró y sus ojos se abrieron de par en par al ver por primera vez a Delores. Su madre llevaba un mono de lamé dorado y parecía una Barbie morena vestida para los Oscar.

—¿Se ha vuelto a hacer mechas en el pelo?

—Bertie se las ha hecho esta mañana. Hay algo un poco antinatural en tener una madre que parece más joven que nosotras.

—Solo con esta luz —precisó Hannah—. Pero está estupenda, y sabe cómo hacer una buena entrada. Y eso me recuerda... ¿sabes qué celebran esta noche madre y Carrie?

—No, no he oído nada al respecto.

—Tengo la sensación de que lo averiguaremos pronto —dijo Hannah, levantándose con su hermana para saludar a su madre y a Carrie.

La cena de esa noche fue festiva y, para su sorpresa, Hannah se dio cuenta de que estaba disfrutando. Estaba sentada entre Norman y Mike, que parecían competir para que ella tuviera todo lo que se le antojaba. Cuando llegó la hora del postre, Hannah decidió que era el momento de hacer un anuncio.

—He contribuido con seis bandejas de multibarritas al bufé de postres de Sally de esta noche. Es una receta nueva y necesito vuestra opinión.

—Sean como sean, no pueden ser mejores que tus *muffins* de arándanos —dijo Bill con una sonrisa.

Hannah se volvió para mirarlo fijamente.

—¿Y tú cómo lo sabes? Creía que estaban registrando los contenedores de *muffins* en busca de huellas.

—Lo hicieron, pero salieron limpios —explicó Mike—. Y, como los *muffins* ya tenían dos días, nosotros... eh...

—¿Los compartisteis en la comisaría? —Hannah terminó la frase por él.

—Así es. No pensamos que los querrías de vuelta. No estás enfadada, ¿verdad?

—Claro que no. —Hannah se esforzó por ser amable—. Me alegro de que no se hayan desperdiciado. ¿Hay más café en esa jarra?

Mike y Norman echaron mano de la jarra al mismo tiempo y Hannah casi se rio a carcajadas. Era la primera vez en su vida que dos hombres se dejaban la piel por complacerla.

Mike llegó primero a la jarra y llenó la taza de Hannah. Luego se inclinó hacia delante para hablar con Norman.

—¿Estás recuperado del golpe en la cabeza?

—Estoy bien, pero si Lake Eden se vuelve más peligroso, voy a necesitar clases de kárate.

—El kárate no te servirá de mucho a menos que tu agresor sea un listón de madera sobre dos ladrillos. Oye, Norman, prometí enseñarle a Hannah algunos movimientos de defensa personal, y también podría enseñarte a ti.

—Gracias, Mike. —Norman parecía muy agradecido—. Tú dime cuándo te va bien y me apuntaré.

—¿Qué tal esta noche? Tengo que enseñarle a Hannah qué hacer en un *clinch,* y mi edificio de apartamentos tiene gimnasio.

—Genial. Llevaré a nuestras madres a casa y luego iré a tu casa. Te lo agradezco mucho, Mike. Desde que conozco a Hannah, nunca estoy seguro de cuándo me voy a meter en líos.

Hannah estudió el café de su taza mientras sus dos pretendientes discutían con precisión cuándo y dónde reunirse. Definitivamente, la velada no estaba resultando como ella esperaba.

—Andrea, querida —Delores se inclinó para tocar el brazo de Andrea—. No has probado el champán que he pedido.

Mientras Hannah miraba, la cara de Andrea se volvió de un tono rosa que hacía juego con el vestido que llevaba.

—Seguro que está delicioso, madre. Es que esta noche no me apetece beber.

—Pero ¿por qué, querida? No vas a conducir, ¿verdad?

Las mejillas de Andrea se sonrosaron aún más mientras negaba con la cabeza.

—Entonces, ¿por qué no te tomas una copa?

—No, madre. Gracias, pero estoy... eh...

—Embarazada. —Hannah proporcionó la palabra que parecía congelada en los labios de su hermana.

—¿En serio? —Delores pareció estupefacta por un momento, y luego corrió alrededor de la mesa para abrazar a Andrea—. ¡Es maravilloso, querida! ¿Cuándo te has enterado?

—Hoy. Pero Hannah lo supo ayer.

Delores, confundida, se volvió para mirar a Hannah. Ella se encogió de hombros.

—Debo de ser vidente.

Durante unos instantes, todos hablaron a la vez, felicitando a Andrea y a Bill. Hannah, con una sonrisa en la cara, disfrutó del momento en que su hermana era el centro de atención. Andrea parecía feliz, y eso era lo que importaba. Y Bill parecía absolutamente encantado.

—Hannah también tiene buenas noticias —dijo Delores cuando el alboroto se hubo calmado un poco—. Cuéntaselo, cariño.

—¿Contarles qué? —preguntó Hannah, mirando a su madre con total estupefacción.

—Lo del libro. Vas a escribir uno, ¿verdad?

—Ah, el libro... —Hannah suspiró profundamente. Era obvio que su madre había hablado con Kurt Howe, que le había contado todo. Ahora tenía que explicárselo al resto de su familia, y todos la miraban con curiosidad—. Kurt Howe ha venido a la tienda de galletas esta mañana y me ha pedido que escriba un libro de cocina. Le he dicho que me lo pensaría.

—Pero tienes que hacerlo —insistió Delores.

—Solo si puedo incluir algunas de nuestras viejas recetas familiares e historias sobre Lake Eden —puntualizó Hannah—. Como diría Andrea, todavía no es un hecho.

Otra ronda de felicitaciones siguió al imprevisto anuncio de Hannah, y entonces Delores hizo tintinear una cuchara contra el borde de su copa de champán. Cuando estuvo segura de que todos los ojos estaban puestos en ella, dijo:

—Carrie y yo también tenemos un anuncio.

Hannah inhaló y contuvo la respiración. Si Delores y Carrie habían preparado algo juntas, no podía ser bueno.

—Carrie y yo vamos a entrar en el negocio de las antigüedades —declaró Delores—. Todos los que han visitado la casa de

Ezekiel Jordan nos han animado a abrir una tienda de antigüedades. Y, como Luanne Hanks ha mostrado tanto interés, la vamos a contratar para que nos ayude a comprar piezas y a llevar la tienda.

—¡Eso es estupendo, madre! —Andrea alargó la mano para acariciar la de su madre.

—Desde luego que lo es —añadió Hannah, dando un gran suspiro de alivio. Abrir una tienda de antigüedades mantendría a su madre ocupada y sin preocupaciones.

—Eso no es todo —dijo Delores, haciendo una pausa dramática—. Carrie y yo hemos firmado el contrato de alquiler esta tarde, y nunca adivinarás dónde nos vamos a ubicar.

Hannah casi tenía miedo de preguntar, pero lo hizo:

—¿Dónde?

—Justo a tu lado, querida.

—¿Quieres decir... en la misma manzana? —Hannah tenía la esperanza de haber entendido mal.

—Justo a tu lado, querida. Carrie y yo vamos a convertir la casa de Ezekiel Jordan en una tienda de antigüedades. Me sentía culpable por no pasar suficiente tiempo juntas, pero ahora podré acercarme y tomar café contigo todas las mañanas. ¿No es maravilloso, cariño?

De alguna manera, Hannah consiguió mantener la sonrisa en su cara.

—Maravilloso —dijo.

Multibarritas

Precaliente el horno a 175 °C, con la rejilla en la posición intermedia.

100 g de mantequilla
1 lata de leche condensada azucarada (395 g)

Columna A
(175 g)
Galletas María troceadas
Barquillos de vainilla picados
Galletas de chocolate troceadas
Galletas de dinosaurios troceadas
Galletas de mantequilla troceadas

Columna B
(400 g)
Trocitos de chocolate
Pepitas de caramelo
Trocitos de mantequilla de cacahuete
Pasas
M & M's *(sin frutos secos)*

Columna C
Coco rallado (150 g)
Cereales de arroz azucarado (100 g)
Malvaviscos pequeños (125 g)
Copos de maíz azucarados (100 g)
(picados)

Columna D
(150 g)
Nueces picadas
Pacanas picadas
Cacahuetes picados
Anacardos picados

Derrita la mantequilla y viértala en un molde para pasteles de 23 x 33 cm aproximadamente. Incline el molde para cubrir bien el fondo.

1. Espolvoree uniformemente un ingrediente de la columna A sobre la mantequilla derretida.

2. Vierta la leche condensada azucarada por encima.

3. Espolvoree uniformemente un ingrediente de la columna B por encima.

4. Espolvoree uniformemente un ingrediente de la columna C por encima.

5. Espolvoree uniformemente un ingrediente de la columna D por encima.

Presione todo con las palmas de las manos. Hornee a 175 °C durante 30 minutos. Deje enfriar bien sobre una rejilla y corte en barritas.

(A Tracey le encanta ayudarme a hornearlas: ella elige los ingredientes.)

TABLA DE EQUIVALENCIAS

PESO

Arándanos	100 g	⅔ taza
Azúcar blanco	100 g	½ taza
Azúcar glas	100 g	¾ taza
Azúcar moreno	100 g	½ taza
Cacao en polvo	100 g	1 taza
Chocolate blanco	100 g	⅞ taza
Harina	100 g	¾ taza
Mantequilla derretida	100 g	½ taza
Mantequilla de cacahuete	100 g	½ taza
Nueces de macadamia	100 g	¾ taza
Nueces picadas	100 g	¾ taza
Pasas	100 g	½ taza
Pepitas de chocolate	100 g	½ taza
Preparado de tarta de arándanos	100 g	½ taza

VOLUMEN

1 l	4 tazas
½ l	2 tazas
250 ml	1 taza
125 ml	½ taza
80 ml	⅓ taza
60 ml	¼ taza

TEMPERATURA DEL HORNO

160 °C	325 grados Fahrenheit
180 °C	350 grados Fahrenheit
190 °C	375 grados Fahrenheit
200 °C	400 grados Fahrenheit

AGRADECIMIENTOS

Gracias a mi círculo de degustadores. Es un trabajo duro, pero alguien tiene que hacerlo. Mi agradecimiento especial a Ruel, cuya piel estaba empezando a ponerse morada después de probar tres docenas de *muffins* de arándanos, y a Lyn, por entusiasmarse con las supremas de chocolate blanco de Lisa. Gracias a John S., mi querido editor, siempre lleno de ideas y entusiasmo, y a todos los demás compañeros de la editorial Kensington que me han apoyado y animado. Un gran agradecimiento a Terry Sommers, que somete mis recetas a una prueba final (¿estás precalentando ya el horno, Terry?). Gracias a Jamie Wallace por perfeccionar www.MurderSheBaked.com, sitio web oficial de Hannah Swensen. Y otro gran agradecimiento a mis nuevos amigos por *e-mail* que me han escrito para decirme que disfrutan de Hannah Swensen y su extensa familia casi tanto como yo.

COZY MYSTERY

Serie *Misterios en la librería Sherlock Holmes*
Vicki Delany

1

2

Serie *Secretos, libros y bollos*
Ellery Adams

1

2

Serie *Una librería en Cambridge*

Elizabeth Penney

1

Serie *Misterios felinos*

Miranda James

1

2

3

4

Serie *Misterios de una espía real*
Rhys Bowen

1

Serie *Coffee Lovers Club*
Cleo Coyle

1

2

3

Serie *Crimen y costura*
Sally Goldenbaum

1

Serie *Misterios de una diva* doméstica

Krista Davis

1

2

Serie *Misterios que dejan huella*

Krista Davis

1

Serie *Amelia Peabody*

Elizabeth Peters

1

Serie *Misterios bibliófilos*

Kate Carlisle

1

2

3

© Peter Lovino

JOANNE FLUKE

Joanne Fluke es la autora estadounidense superventas del *New York Times* creadora de los misterios de Hannah Swensen, serie que incluye numerosos títulos, como: *Caramel Pecan Roll Murder, Triple Chocolate Cheesecake Murder* y el libro con el que todo empezó, *Chocolate Chip Cookie Murder (Unas galletas de muerte).* Sus historias se han adaptado en la serie de televisión *Murder, She Baked,* que se emite en el canal estadounidense Hallmark Movies & Mysteries. La asociación de escritores Mistery Writers of America le concedió, junto a Michael Connelly, el premio Grand Master en la edición de 2023 de los Edgar Awards. Al igual que Hannah Swensen, Joanne Fluke nació y se crio en un pequeño pueblo de la Minnesota rural, pero ahora vive en el sur de California.

Más información en www.joannefluke.com

Descubre más títulos de la serie en:
www.almacozymystery.com

Serie
MISTERIOS DE HANNAH SWENSEN

1

2

3

4